U0901864

山涧清秋月 著

我的倾城谋划师

[上册]

青岛出版社
QINGDAO PUBLISHING HOUSE

图书在版编目（CIP）数据

我的倾城谋划师 / 山涧清秋月著. --青岛：青岛出版社，2019.1

ISBN 978-7-5552-7090-4

Ⅰ. ①我… Ⅱ. ①山… Ⅲ. ①长篇小说－中国－当代 Ⅳ. ①I247.5

中国版本图书馆CIP数据核字(2018)第276223号

书　　名 我的倾城谋划师
著　　者 山涧清秋月
出版发行 青岛出版社
社　　址 青岛市海尔路182号（266061）
本社网址 http://www.qdpub.com
邮购电话 010-85787680-8015　13335059110
0532-85814750（传真）　0532-68068026
责任编辑 郭东明
责任校对 商芷宁
特约编辑 李宇东
装帧设计 蒋　晴
照　　排 梁　霞
印　　刷 三河市良远印务有限公司
出版日期 2019年1月第1版　2019年1月第1次印刷
开　　本 32开（880mm×1230mm）
印　　张 15
字　　数 300千
书　　号 ISBN 978-7-5552-7090-4
定　　价 55.00元

编校印装质量、盗版监督服务电话　4006532017　0532-68068638

建议陈列类别: 畅销·青春文学

[上册] **目 录**

[下册] 目 录

Chapter 01

我 的 倾 城 谋 划 师

世人都说世界上最动听的情话是“买买买”。尽管夏一心不差钱，但当林承志把自己的信用卡交到她手里，说让她买几件漂亮衣服时，她心里还是乐滋滋的，在大夏天里，比喝了橙味的冰水还要身心舒畅。

她对何芸竹说：“走，你选地方，我消费。”

何芸竹挽了她的手：“我要吃芝士大龙虾，不限量的那种。”

看看手表，离晚饭还早着呢，夏一心建议先在三生广场逛逛。

何芸竹开着那辆才买的红色宝马敞篷跑车。骄阳高照，车身耀眼的光泽似乎要跟太阳齐辉，买车的时候夏一心觉得这车的颜色太骚包，何芸竹偏偏就认定了这款：“我要告诉那些狗眼看人低的，姐现在赚得盆满钵满，骚包怎么了，姐有底气！”

疾驰而过的风拂起她们的长发，两个靓丽的女孩子引得两旁车道上的男司机纷纷侧目。

芸竹说：“等会儿我要买两套衣服，准备去相亲。”

夏一心笑她：“哟，想通了？”

“听说人家是从国外留学回来的，我去看看，万一是潜力股，就赶紧收了。”

车驶到三生广场车库的门口，三生广场身处城市腹地，繁华闹市，四面全是林立的高楼，车道显得格外狭窄。车辆鱼贯而入，排在她们前面的是辆劳斯莱斯古思特限量版，布鲁克林绿加上沙丘黄的车身，典雅庄重，很容易让人联想到沙漠里的绿洲，充满了活力，整个C市就此一辆。

芸竹说：“那不是你秦伯伯的车吗，要不要去打个招呼？”

两辆车停得很近，从驾驶座上下来的是个陌生男人，他个头儿很高，深蓝色的风衣外套显得身材更加修长，芸竹问夏一心：“这帅哥是谁呀？一心，你认识吗？”

车库里灯光昏暗，看不清他的脸。能把秦伯伯的爱车开出来的人，想必深得对方的喜爱，但夏一心不记得秦伯伯身边有这么一个人。

男人锁好车门，径直地往电梯间走去，芸竹对高个子的男生情有独钟，尤其是这种鹤立鸡群类型的，于是她拉着夏一心：“走，去看看。”

挨不住芸竹的好奇心，两人快步往电梯间走去，男人立在电梯门口等电梯，比香槟白的大理石门还高出一截。两个女孩与他并肩而站，芸竹侧头看了一眼，男人侧脸鼻梁挺拔，眼眸深邃，她立刻心花怒放。

电梯到了，男人侧过身，比了一个手势，很绅士地请她俩先进。夏一心说了句“谢谢”，进到电梯后转身，男子迎面走来，她注意到对方有一双很好看的眼睛，眸色深沉，却炯炯有神。

芸竹在身后轻轻拽了一下她的衣角，表达着“怦然心动”。

男子在电梯到达商场的一层时走了出去，芸竹说：“帮我问问你秦伯伯，他是什么人。”

夏一心打趣她：“帅哥多着呢，看不完的！”

两个人径直来到“莲生珠宝”。女孩子哪有不喜欢珠宝首饰的，每次来三生广场，两人都会从这家店逛起。这是一个本地设计师独创的品牌，作品简洁干练，将中国文化和现代元素完美地糅合，很受上流名媛的青睐。

莲生这个月推出了新款手链“情牵日月星”。黄色一直都是中国人崇尚的颜色，菱形链身上坠着日、月、星三枚图案，中间镶嵌着质地很好的黑曜石，独具匠心，有种低调的典雅。链子放在陈列箱里，仅此一条。

芸竹很是喜欢，正想让售货小姐拿出来看看，一个柔媚的女声抢先一步：“小姐，这条手链我买了。”

说话的女孩子穿着新款的白色香奈儿印花长裙，配一件皮草背心，挎一个爱马仕的包，眼睛斜着看人。

芸竹也不示弱：“小姐，看你一身名牌，想必也是有教养的人，没学过先来后到吗？”

女人笑笑：“你买得起吗？人家售货小姐也是辛苦赚钱的人，何必耽误别人的时间。”

就穿着而言，夏一心和芸竹是要稍逊一些。尤其是夏一心，外套是打折的平价款，旧牛仔裤，简单朴素，尽管她相貌出众，在奢侈品店里却难免被人轻视。

“呵，就你有两个臭钱？”芸竹也不是好欺负的，立刻怼回去，“对了，一心，都说什么眼看人低来着？”

女人恼羞成怒，正欲发火，销售小姐适时说道：“对不起，这条手链已经有人订下了。”

花枝招展的女人冲芸竹和夏一心翻了个白眼，长裙摇曳地走了。

夏一心说：“挑挑别的吧，我看这白珍珠不错，会很衬肤色。”

销售小姐赶紧介绍：“我们这里的白珍珠都产自南海，因为海水质地好，珍珠色泽光润，非常适合小姐您。”

芸竹挑了一条，戴在脖子上对着镜子看了又看：“以前总觉得珍珠适合我妈那种年纪的人戴，没想到我戴也不错。”

这时，旁边一个低沉磁性的声音响起：“小姐，我来拿预订的手链。”

芸竹和夏一心同时回头，竟然是刚才电梯间里遇到的男人，销售小姐热情地将那条“情牵日月星”装进深蓝色绒布盒子里，交到他的手上。

“谢谢。”

男人将盒子放进风衣外套的口袋里，转身走了，举手投足间干净利落，意气风发。只是他走的时候，似有若无地看了眼夏一心。夏一心并没注意，芸竹推了推她：“他刚才看你呢？”

芸竹对帅哥往往跟打了鸡血一样兴奋，夏一心白了她一眼，说：“别多想，人家可是有女朋友的。”

芸竹不服气：“万一没有呢？”

夏一心说：“他买女式手链，难道是自己戴？”

夏一心经营着一家叫心芸的咖啡厅。店里的特色蓝山咖啡豆，由她一个在牙买加的同学定期供货，圈子里的朋友知道她这里的咖啡豆正宗，就都直接从她这里拿货。

“盛文嘉宴”的货通常是她亲自去送，老板虽然年轻，在C市却名号响亮，黑白两道都要给面子。她想着背靠大树好乘凉，每次去总得寒暄几句，让对方印象深刻。

今天她去的时候老板不在，经理对她的态度十分客气。交完货，她在验收单上签好字，经理笑眯眯地说：“老板特地吩咐过要好好招待夏小姐，我们这里有今年最新的武夷山大红袍，听说夏小姐对于茶道很有见地，特地想请你尝尝。”

“真是客气了。”

“我让人把茶送到花园的小厅里，夏小姐请自便，如果有什么需要，尽可以找我，我就在前厅接待客人。”

夏一心微微点头示礼，然后朝花园走去。

她很喜欢这家会所的花园，上方是玻璃穹隆顶，形成一个巨大的阳光花房，外面寒风瑟瑟，园内四季如春。

漫步穿过种满铃兰的碎石小径，一只梅花鹿突然窜出来，吓得她愣了一下，小鹿回头看了她一眼，转身就跑了。

夏一心暗忖：有钱就是好，天上飞的、地上跑的、水里游的，尽可以收入囊中。

拈花阁里已经摆好了茶具，其实她对茶并没有多少研究，品茶的这一套功夫还是父亲教的，在大老板面前卖弄了一回，被他误认为是行家。

茶具很漂亮，上等的龙泉青瓷，晶莹剔透如同翡翠，跟着厅里古色古香的雕花窗棂交相辉映，仿佛梦回古境。

既然用好茶来款待她，她就不能辜负美意。夏一心将少许茶叶放进青瓷茶壶里，用沸水一滚，刮去泡沫，茶叶洗净后散发出淡雅宜人的香味儿。

漆黑静谧的夜空下光芒一闪，她抬起头，看见一朵红色的礼花绽开、陨落，紧接着又是一朵……

夏一心的眼眶微微泛红。这么多年，她一直很害怕看烟花，尤其是过年的那几天晚上，漫天喜庆的烟火，她会把自己藏在被子里，与这份美丽完全隔绝。

父亲失踪的那天晚上，她在缙云山的别墅过十五岁生日，父亲为她放庆生的烟火。她永远都记得那个画面，夜空中点点璀璨，父亲爱怜地摸着她的头说，每年生日都会为她放烟火，她淘气地问：“如果有天放不了了呢？”

父亲笑着说：“那时候会有一个人代替我爱你，替我放漂亮的烟火。”

父亲被一通电话叫走了，她拉着父亲的手，撒娇不让他离开。父亲说很快就回来，烟火停止的时候，他就回来了。

夏一心没有想到这是父亲对她说的最后一句话。烟火停了，她在别墅的大门口站了整整一夜，父亲再也没有回来。

在那之后的很多年，夏一心总是在心里期盼着，烟火停了，父亲就回来了。她一次一次期盼，一次一次失望。到现在，她已经不敢再看。

在这里放烟花讨女孩子欢心、求爱玩浪漫的不少。夏一心低下头，突然，视线中出现了一只男人修长有力的手，递过来一张格子手帕。

她吸了吸鼻子，抬起头，男人深邃的目光注视着她，仿佛能看透她的心。

夏一心目光惊讶，是前两天在三生商场遇到的那个男人，他的出类拔萃让人过目难忘。

男人一直拿着手帕，极有耐心地等她接过去。盛情难却，夏一心接过来："谢谢。"

她用手帕擦着眼泪，闻到一股淡淡的药香味，想了好久才记起是杜仲，苦涩中带着清雅，很独特的喜好。现在用手帕的人很少了，喜欢这种味道的人更少，她开始好奇这是一个怎样的男人。

为了表示感谢，夏一心说："如果不介意留下来喝杯茶吧！"

男人坐到了她的对面，她微微拿高水壶，一股清泉直下。茶叶随着冲水转动，香醇散发到极致。

夏一心不动声色地悄悄打量对面的男人。他上身的黑色衬衣尽管没有Logo，她也能认出是Brioni（布里奥尼）的定制款，很低调，一般人是很难看出来的。她算是耳濡目染吧，父亲曾经也喜欢这个牌子的衣服。

男子从口袋里掏出烟盒，问："可以吗？"

她点点头："请随意。"

男人将烟点上，轻轻地夹在指间。微光下，他的手骨节分明，尽管纤长，却刚劲有力。

夏一心将装着微黄茶汤的杯子轻轻推到男人面前："请。"

他呷了一口，问："你懂茶道？"

"一点点。"夏一心笑着回答。

男人说："《茶汤一会集》里说到一期一会，我却觉得人生何处不相逢。"

夏一心没想到男人会记得自己，他们不过是电梯中和珠宝店中匆匆一瞥。她笑笑，回道："在我看来，人生会有很多见面的机会，但每一次的心境不会是一样的，它强调的是此时此刻，无论是主是客，自当珍重。"

男人点点头，听到夏一心的看法，赞赏地看向她。

这时，男人的手机响了。他抱歉地起身，转身接起："好，我马上过来。"

挂断电话，他不忘道谢："谢谢你的茶。"

"不客气，我想我们还会有见面机会的。"

男人穿过不远处的花坛，一个人走过去和他热情地握手。那个人夏一心认得，是商会的会长，在C市也是响当当的人物，看来这个男人身世不凡。她喝了一会儿茶，竟然忘了问他的名字！

夏一心接到林承志打来的电话，他在外地做锦绣纤城项目的连锁店面调研。锦绣纤城的执行董事突然变了脸，对原本顺利的调研诸多敷衍，咨询项目进行困难。

挂断电话后，夏一心仰面靠在椅背上，闭上眼睛，若有所思。锦绣纤城是国内首屈一指的服装卖场，现在的执行董事不过是个听话的傀儡，实权掌握在老板谢宝华手里。

这个谢宝华她很小的时候就认识。那时候他跟夏父被人称为庆市双雄，两人私交也很好。父亲曾说过，他是个很有抱负的人，却爱猜忌，不过这也跟谢宝华的经历有关，早年跟人合伙做生意被人骗过，差一点倾家荡产。

前两天谢宝华的儿子谢朝辉还到她店里来喝过咖啡。因为两家的交情，她一直和这个大了二十岁的哥哥相处融洽。谢朝辉是个非常有才华的人，就是个性偏强，太过独立。谢宝华大概是担心大权旁落，一直把谢朝辉放在锦绣纤城连锁部总监的位置上，一待就是整整十年。

公司内部极其复杂。谢朝辉虽然掌管锦绣纤城最大的业务部门，上头有跟父亲打江山的元老压着，下头的人又三天两头要改革，他夹在中间，郁郁不得志。

夏一心决定一个人去探探谢宝华的底儿。她暂时不打算把这个想法告诉林承志，芸竹说男人都有自尊心，尤其像林承志这样满怀抱负、意气风发的，最爱面子。如果她左右他的工作和决定，一定会打击到他的信心。

谢宝华自从去年被检查出肝癌，手术后一直住在市郊的南山疗养院里。夏一心买了绿豆糕，这天一早开车过去。

其实今天是谢宝华的生日。上了年纪的人都不喜欢过生日，总觉得大一岁，离死神也就近一步。不知道从什么时候开始，谢宝华对生日越来越敏感，下面的人索性在这一天都避得远远的，免得触霉头。夏一心特地选今天是因为没有旁人在，可以聊聊贴心话。

疗养院管理严格，要见谢宝华必须在前台通报，前台小姐打过电话之后，笑着说："夏小姐，谢先生请你进去，他在秋枫亭。"

秋枫亭是个名副其实的地方，在亭子模样的玻璃房里，一眼就能看到漫山的红枫。山里的气温要低很多，外面寒风瑟瑟，亭内温暖如春。

在服务小姐的引领下，一进房间，看到坐在谢宝华旁边的男人，夏一心的眼神露出惊讶，冥冥中似乎跟他特别有缘，两人已经是第三次见面了。

她走过去，恭敬地说："谢伯伯。"

久病让谢宝华身体孱弱了很多，整个人瘦了一大圈，但精神还好，头发刚染过，乌黑柔亮。

谢宝华看到她手里拎着荷记的绿豆糕，笑着说：“有心啦，还记得来看看我这个老头子。”

他接着为她介绍：“司昭南，他在美国的老板詹姆斯是我的恩人。当年我去美国的时候，就是他给我讲零售模式，让我改变了锦绣纤城的经营模式，获得了事业上的成功。”

夏一心看向司昭南：“我们见过的。”

谢宝华惊讶：“你们认识？”

司昭南解释：“是见过两面，但还不知道小姐贵姓。”

谢宝华赶紧介绍：“夏一心，她父亲可是我的至交好友，朝峰的夏翔文。”

司昭南恍然：“就是朝峰摩托的夏翔文吧，真是幸会幸会。”

她父亲的名字已经很少有人再提起，说到父亲的名字时，司昭南眼里带着的崇敬，让夏一心顿生好感。

司昭南起身递上名片，薄而硬的黑色卡纸，波浪的暗纹，像水一样高深莫测。夏一心看到“九戢咨询管理公司”，心里警觉起来。她听林承志提起过，这是一家才入驻庆市的咨询管理公司，为了能够打开市场，正在与他竞争锦绣纤城的业务。

她双手接过来，笑着说：“不好意思，我今天没带名片。”

室内温度高，夏一心脱下外套，司昭南很绅士地主动接了过来，挂在旁边的衣架上。她微微一笑：“谢谢。”

送上手里的东西，夏一心对谢宝华说：“记得您最喜欢吃荷记的绿豆糕，正好顺路买了点。”

“正好，我也饿了。”

服务小姐送上空碗碟，夏一心把绿豆糕一一摆上，先送到谢宝华的手里，再端给司昭南，司昭南礼貌道谢。

“我以前最喜欢吃这个。有好多次，我加完班从公司出来，满大街找，听到有人在巷子里吆喝着卖，赶紧下车去追，吓得人家以为我是抢劫的。”想起过去，总是有许多趣事，谢宝华叹了口气，随即情绪又低落下来：“后来得了糖尿病，就不敢吃了。”

“我买的是无糖的，吃一点没关系。”夏一心说。

谢宝华看向她：“我一直记得你父亲对我的恩情。那年我突发心肌梗死，如果不是他急救措施做得好，我早没命了。丫头，有什么事你尽管说，只要我能帮上忙的，绝不摇头。”

夏一心笑着说：“托您照顾，我现在挺好的，就是来看看您身体怎么样。”

谢宝华拿起一块绿豆糕，说道：“有你挂念着，好多了。”

夏一心看向司昭南：“我对司先生其实早有耳闻，听说你是华尔街的精英，在管理咨询业里是个佼佼者。”

“佼佼者不敢当，只是通过工作来获得一种认同。我此次来走亲访友，也是希望能得到一些支持。”他丝毫不避嫌地继续说，“我刚才还在和谢先生聊锦绣纤城现下的情况，希望我的一些建议可以提供帮助。”

他的直爽，他的不掩饰让她欣赏，而且他很敏锐，知道锦绣纤城的决策者是谢宝华。

谢宝华点点头：“司先生的能力我是肯定的。”他又说，“我听说你男朋友林承志也在做公司的调研，现在的年轻人真是不容小觑，我是老了，公司的未来，就得靠你们喽。”

玩笑似的语气表明谢宝华对公司改革的决心，只是要如何进行改革，就得看谁有这个实力了。

吃着松软的绿豆糕，两个男人继续之前的话题，谢宝华问：“不知道司先生对于服装业未来的发展趋势有什么见解？”

司昭南畅谈：“第一点，线上线下的无缝衔接将成为新的消费趋势。近两年实体店开始普及使用手机支付，未来全渠道的服装企业与零售商将成为真正的赢家，尽可能多的购物选择一方面拓宽了服装品牌的销售渠道，另一方面也可以最大程度优化消费者的购物体验。

“第二点，现在大家都在说电商的崛起，正是门店零售的危机，我却觉得服装行业将迎来真正的复苏。在紧迫的局势下，优胜劣汰，逼得你不得不改革，建立一套时尚实用的产品和设计、灵活快速反应的供应链体系，以及精细而系统的运营管理模式。

“第三点，转型跨界，把投资目光放远。这样的案例很多，比如悠远服饰重金投资咖啡品牌；千姿美妆收购了两大医美品牌；水袖美服打算把服装业务分拆上市，还干起了能源锂电池。企业的多元化战略把风险分散到了多个点上。

“第四点，人工智能在服装业上面的应用。基于大数据、物联网、技术创新等层面应运而生的智能服装，正在逐渐成为未来服装行业的一个关键风口，以Polo衫成名的Ralph Laren就设计了一款可检测用户心率、呼吸频率的智能T恤。还有一些服装放置了智能试衣间，在扫描人像之后，可以在显示屏上任意搭配服装，直到顾客满意为止。”

司昭南的分析独到，知无不言，没有因为要得到锦绣纤城的业务而有所隐瞒和故弄玄虚，反而更容易获得别人的信任。

谢宝华尽管嘴上没有表态，但夏一心能从他的眉目眼神中看到他对司昭南的称赏和认同。

对手实在太强，她开始替林承志担心起来。

商场上的事，风云变幻，复杂莫测。

担心冷落她，谢宝华问：“丫头，我听说你前段时间在搞什么庆市咖啡协会？”

夏一心笑着说：“形势所逼，现在都在做企业文化。庆市的咖啡市场被国外的连锁集团占了一大半，他们待遇高、福利好，还有培训机制；我们本地的咖啡馆规模小、人员少，从业人员的社会福利很难得到保障，就更别谈培训和晋升了，想找一个专业的咖啡师很难。所以我就和几个咖啡厅的老板商量了一下，把本地的咖啡馆联合起来建立协会，大家互帮互助嘛。前两天跟朝辉哥见面的时候，我还向他请教过申请协会需要些什么资质！”

谢宝华竖起拇指：“你跟你爸一个样儿，做什么都认真，能变出新花样来！”

这时，护士进来打断他们的谈话，提醒谢宝华会客时间到了，做理疗的刘医生在房间里等着他。

谢宝华说：“不好意思，你们好不容易有时间来陪我这老头子坐坐，偏巧刘医生也来了，他是很难预约到的。”

夏一心说：“不要紧，反正我有很多时间可以来陪您。”

司昭南也起身，恭敬地说：“今天叨扰了。”

“天气预告说晚一些会有大雨，就不留你们了，你们早点下山，注意安全。”谢宝华嘱托司昭南：“跟你聊天我很高兴，麻烦你帮我送送一心。”

可能是快下雨的缘故，天色阴暗，空气中都是湿黏的味道。司昭南的车一直缓缓行在前面，转弯处他都会打灯，提醒她前面的拐道。车下到南山路口，他把车停了下来，夏一心知道对方在等她，当车并行的时候，两个人都摇下了车窗。

司昭南说：“夏小姐，再会。”

夏一心挥了挥手：“再会。”

Chapter 02

我 的 倾 城 谋 划 师

难得的星期天，厨房里飘来鸡汤的香味儿。这是林承志的拿手菜，用油将鸡肉酥一遍再炖，肉质细滑，香味也更加浓郁。

夏一心闻着鸡汤的香味儿，看着这个月咖啡店的盈利报表，心里最惬意不过。

林承志系着围裙从厨房里出来，她问："锦绣纤城的项目进展得怎么样？"

"还好。"

林承志信心满满："我们一共跑了全国六十多个卖场。以前锦绣纤城的丝制品和刺绣都是潮流的标杆，每年也都有新品，但设计都显老气。"

夏一心说："前两天我也逛了一下，客户的年龄层大多都是三十岁以上，她们的消费更理性。而且我在货架上看到早几年的款式，总店内都夹杂着陈货，就更别说其他的店铺了。我猜测他们的存货应该不少。"

林承志又补充："还有最重要的一点，他们在连锁店的选址上有很大的问题——盲目地扩张，我在沛县那种人均收入偏低的地方竟然都能看到连锁店。"

"唯一值得欣赏的是员工的培训做得不错。"他拿出数据表，"在对客户的热情度、商品介绍以及精神面貌上都能达到80%，这些数据能给我很好的灵感。"

见他自信满满的样子，夏一心想着还是别说司昭南的事了，知道对手的强悍反而会增加压力。

晚上9点之后，咖啡店里的客人很少，但外卖的量会大起来。咖啡店往前走100米就是一条商业大道，那里汇集了很多跨国公司的分公司。加班对于精英们来说是家常便饭，咖啡是提神佳品。

外面开始下雨，湿冷的天气一点都没有妨碍外卖小哥的热情。一个穿着黄色雨衣的年轻小伙子跑进来："28号订单，两杯蓝山咖啡。"

夏一心把两杯咖啡打包好交到小伙子手里，又递过一杯热牛奶："这个是给你的。"

小伙子笑了笑："谢谢。"

外卖小哥推门出去，与一个高大的身影擦身而过，男子的个头儿很高，穿着黑色的长呢外套，在夜色中更显得冷峻不凡。夏一心笑着说："司先生，欢迎光临。"

司昭南走到吧台边："夏小姐，晚上好！"

夏一心说："里面坐吧，咖啡刚煮好，这个时候口感是最好的。"

司昭南笑道："那我来得正巧。"

她引领着他坐到靠窗的雅座上。司昭南坐下，目光环顾四周，墙上是薰衣草花海的墙纸，一棵黄桷树从大厅的中间拔地而起，一直延伸到二楼，树纹逼真，枝叶在灯光的折射下闪动着碧绿的光泽，乍一看有些花哨。但是出门左转会发现，这一条街都是林立密集的写字楼。人们在钢筋水泥的办公室里闷了太久，在这里坐坐，看到有镇定作用的绿色和紫色，能缓解眼部的疲劳，放松心情。

司昭南瞟了一眼价目表，夏一心经营的都是品牌咖啡。圣赫勒拿、拉埃斯梅拉和蓝山，都是咖啡中的佼佼者，很符合经济学中的二八定律。毕竟一幢商务大楼里，精英只有20%，激烈的竞争环境下，人们随时随地都得保持活跃的精神。这些人对咖啡的需求更多，为了彰显自己的身份，对咖啡的品质要求更高。那些普通的职员，偶尔会买咖啡，但有限的经济条件会让他们犹豫比较，从而会带来经营的不稳定性。所以锁定消费群体很重要。

夏一心把煮好的咖啡端过去，旁边精致的小碟里有一点绿色的酱汁。她说："我觉得蓝山放一点香草会更醇香，但不知道你的喜好，就放在旁边了，可以自己添加。"

"谢谢。"司昭南搭着腿坐着，一只手放在桌面上，修长的手指下意识地轻敲了两下。

她问："等朋友吗？"

他点头。

这时，一个身材高挑儿、穿着职业套装的女人推门进来，披着一头染成栗色的大鬈发，给人干练利落的感觉。女人向着司昭南走来，坐下："不好意思，来晚了。"

夏一心问："这位小姐，你需要喝点什么？"

女人笑了笑："一杯橙汁。"

女人脱下外套挂在旁边的衣架上，手腕上的链子在弱光下依旧流光溢彩，夏一心瞄了一眼，转身回到吧台。

女人玩笑似的抱怨："我在办公室忙得要死，你倒清闲，跑这里来喝咖啡。"

司昭南问："卓颖，锦绣纤城的资料准备得怎么样了？"

"正在写连锁店的报告。锦绣纤城现在全国一共有246家门店，每一家都保持着精致华丽的装修。他们为了维持品牌的形象和定位，各个方面都是高要求，间接造成了金玉其表，败絮其中的现象。”

司昭南十指相交：“这是明显的后遗症。三十年前，国内的经济正处在大力改革，百废待兴的时候。锦绣纤城的前身只是一家普通的百货公司，作为第二代继承人的谢宝华在一次国外交流会上引进了两个时尚的女装品牌，完成了锦绣纤城的第一次转型。锦绣纤城在引领了国内服装潮流十年之后，就开始自有品牌专业零售商的经营模式，把时尚跟中国的传统结合起来，研发了一批以丝绸与刺绣为特色的服装和家居用品。一度，锦绣纤城的客户拿到产品，摸到材料，就能辨别出是锦绣纤城的产品；在第二个十年的跨越后，公司的定位走向了全高端。产品质量的提升、业务范围的迅速扩张就意味着成本的增加。据我所知，前年，锦绣纤城第一次出现了利润下降，去年下半年的当期利润几乎为0。”

夏一心亲自端了橙汁过来，又附赠了两份糕点，说是店里的新品，请他们尝尝，给些意见。

看着夏一心的背影，卓颖问：“她就是林承志的软肋吧！想想那小子大言不惭的模样就可笑，我们第一次出手，一定要打一场漂亮仗。”

在司昭南眼里，林承志这样的竞争对手不值一提，他继续刚才的话题：“我已经去拜访过谢宝华，跟他谈过之后，我能感觉到他心里的天平已经倾向我，我们要趁热打铁。”

卓颖笑着说：“我明白你这话的意思，就是让我加班呗！问你要了一条手链，你就物尽其用，要把这手链钱给赚回去，你的算盘也打得太精了！”

夏一心在吧台里清算一天的账单，芸竹从外面走进来，不停搓手：“最近连着降温，简直要冻死人，还说什么全球温室效应，只是骗我多买两件秋装。”

夜间客人不多，寥寥两桌，芸竹一眼就瞥到了司昭南。她凑上来问夏一心："那不是那天在三生广场遇到的帅哥吗，他对面的女人是谁呀？"

"女朋友。"夏一心敢肯定，"上次我俩在商场看到他买走的情牵日月星就是送给她的。"

芸竹撇撇嘴："唉，好不容易发现个才貌双全的，又被别人捷足先登。"

夏一心问："你上次不是说有人给你介绍了个才貌双全的海归，怎么，没对上眼？"

芸竹像泄了气的皮球："人家说工作太忙，连面都不肯见。发掘的机会都不给我。"

一大早，夏一心去了林承志的公司。公司跟才开业的时候大相径庭，从位置偏僻的开发区搬到商业密集的纽约大厦。办公室宽敞明亮，视野开阔，这里的确是商业精英汇聚之地。

走进志诚咨询管理公司，她熟络地跟大家打招呼，顾从诚迎面走过来："一心，好久不见。"

夏一心笑着说："也没多久，一个星期吧。"

顾从诚揉了揉有些蓬松的头发："我怎么感觉像好几个月没见了。"

顾从诚是个典型的工作狂，他这副惺忪的样子，肯定是上了通宵的班，夏一心晃晃手里的打包袋："带了咖啡过来，马上煮给你喝。"

"好啊。"顾从诚欣然接受，又说："你是来找承志的吧，他现在还没来，估计得等会儿。"

公司的茶水间是夏一心亲手布置的，很多饮料机还是她从咖啡店里拿过来的，还有一套煮咖啡的壶。她煮着咖啡，顾从诚走到桌边坐下，支着头："10点钟的会，看来我得靠你这杯咖啡撑着了。"

"锦绣纤城的项目怎么样了？"夏一心不想让林承志感觉自己对他

的工作干扰过多，业务的进展方面，她都是从顾丛诚这里打听的。

顾丛诚是志诚管理咨询公司的合伙人，是毕业于美国布朗大学的MBA。就工作能力而言，他是公司的主心骨。林承志伶牙俐齿，又会交际应酬，他们一个主内，一个拓外，公司才有风生水起的基础。

顾丛诚的能力出众，人也随和，从认识之初，就和夏一心两人相处融洽。夏一心一直有心想介绍他给芸竹。芸竹也和他见过两次面，自是满心喜欢，无奈顾丛诚冷冷地擦不出爱的火花，就不了了之了。

“不是很乐观。”顾丛诚如实说。

夏一心问：“你认不认识司昭南？”

顾丛诚惊讶：“你认识他？”

“我那天去拜访谢宝华的时候遇到他的。”

听她这么一说，顾丛诚突然明白了，说：“他的动作可真快，看来我又要头疼了。”

他接着又说：“那个人可大有来头，二十二岁就拿到麻省理工的金融硕士学位，又花了两年的时间拿到哈佛商学院的MBA，进入美国最大的管理咨询公司麦肯锡。他可是深得麦肯锡的真传，所向披靡，四年的时间从普通的咨询顾问做成了合伙人。他回国来发展，大概也是看到了国内的商机更有挑战性。庆市是西南地区最大的城市，大型企业和跨国分公司众多。而且他的实力不容小觑！”

“他为人怎么样？”

“以前没什么交集，他在美国留学生里头可是神一样的传说，私底下见过几次，人是温文儒雅，彬彬有礼，其他的没看出什么来。”顾丛诚问，“你对他有兴趣？”

“我知道他在着手锦绣纤城的案子，所以问问。”

“我们也在头疼，自从他来了之后，郭总的态度就开始含糊了。”

他们的咖啡喝了一半，林承志就站在门口：“闻着这味儿，我就知道你来了。”

夏一心站起身："想你了，不知不觉就走过来了。"

一旁的顾从诫打趣着："别一大早就秀恩爱，一点儿不顾及我们这些单身人士的感受。"

夏一心玩笑："只要你肯敞开怀抱，有的是妹子想扑过来。"

林承志对着夏一心笑："去我办公室吧。"

恋人间的甜言蜜语，当然要找个安静的地方说。

走进办公室，林承志轻轻地将门锁别上，就快步上去抱夏一心，刚搂住她的腰，就被她推开。夏一心用眼睛瞥了一下旁边的落地玻璃墙："别人会看见的。"

林承志不好意思地挠挠头："不好意思，是我太大意了。"

公司为了拉近上下级的关系，建立信度，办公室都是落地玻璃墙。人们来来往往，任何人的工作态度一目了然。

林承志问："来找我有什么事吗？"

"就是来看看。"

其实她是担忧锦绣纤城的项目，这也是公司发展的关键时刻。畅通电器的项目让志诚的招牌在庆市的商圈里小有名气，他们要趁热打铁，如果这次锦绣纤城的项目成功，那就算是在这个圈子里站稳脚跟。如果他们输了，名声大振的就会是九罭。

最近工作的事情多，两个人聚少离多，林承志猜想她肯定是想自己了，于是说："等这个项目完了，我带你去度假。我想起你答应当我女朋友的时候，我就说要带你去环游世界。手头上工作多，就忽略了，是我不好，这次绝不失信。"

去哪儿玩她不在意，只要两个人在一起就好。

她看着林承志的脸，眉目清秀，意气风发，总是带着温柔的笑，让人如沐春风，跟小时候记忆里的样子一样，一点儿都没变。

林父是她父亲的司机，她父亲关照他们父子俩，所以允许林承志跟她一起坐车上下学。高中毕业后，林承志就去了国外深造。她问过林承志，他们分开的时候都还是少不更事的孩子，他的心里怎么会只有她？

他说得很动情：“爱情是很奇妙的东西，中国有句古话叫‘情不知所起，一往情深’。感情不需要太多的语言，一个动作，一个眼神看进心里，就让人永远都忘不掉。”

芸竹不止一次说过：“这简直太浪漫了。你爸一直高深莫测，说不定当初就是看懂了他这份心，才花钱送他出国去深造的。”

尽管父亲已经不在了，他的爱却无所不在。

顾丛诚敲门进来，看见两个人一个坐在办公桌前，一个坐在靠墙的沙发边，问：“没打扰你们吧！”

林承志问：“有什么事吗？”

顾丛诚从来不拿夏一心当外人，公司的事也不避讳她，直接说：“我手下的顾问又离职了一个。现在正是项目的紧要关头，一下就少了两个人，猎头公司那边一直没有合适的人推荐。”

说话间，顾丛诚的目光移向夏一心，她有些诧异，问：“是需要我帮忙吗？”

顾丛诚建议：“我觉得临时找的人都不如你合适。你了解公司，想必项目的一些进展情况，承志也不瞒着你，你马上就可以进入工作状态。我接下来的工作是对公司内部进行访谈调研，你是学心理学的，正好派上用场。”

夏一心是很想帮助林承志，但论起专业来，她却是个不折不扣的外行。现在公司有九罭这个强有力的竞争者，出不得一点差错。

“不行。”林承志略显激动，“一心，我不是怀疑你的能力。这次锦绣纤城的项目竞争者很多，实力也很雄厚，我们不能掉以轻心。你对公司的业务不熟悉，一时半会儿恐怕不能适应。”

顾丛诚不以为然：“你忘了，从公司创办开始，我们能搭上畅天的高靖远这条线，还能获得锦绣纤城谢朝辉的帮助，一心功不可没。新招的人手不可能比她更了解公司，这也是我要请她帮忙的缘故。”

“可是……”

林承志还要再辩解，被顾丛诚堵了回去：“你最了解她，也应该是最支持她的人。”

夏一心是真心想帮助林承志，但也知道自己的能力有限。她为了不让两人都为难，主动说：“要不这样吧，公司现在缺人手，我就来顶着；等合适的人来，我就把工作交接给他。”

顾丛诚立即说：“那就这么定了。”

林承志似乎颇有微词，但夏一心主动开口，他也不好反驳，只得说：“那先这样吧。”

顾丛诚是真的急着用人，让夏一心第二天就去正式报到。公司的人都跟她熟识，她省了刚入职的生疏感。她去到顾丛诚的办公室，后者向她简单介绍了一下项目的人员和情况：“承志主要负责外洽，整个团队的管理和调研报告汇总由我在做。锦绣纤城的调研分为三块，两个人负责销售门市版块；两个人负责采购版块，负责内部管理版块缺人手。你能来，我完全放心后面的工作。”

虽然夏一心从林承志那里了解到一些关于管理咨询工作的知识，但作为一个正式的咨询顾问，她还是个新手，于是主动说：“如果有不足的地方，你得提点我。”

顾丛诚将一沓文件装进包里，说：“具体的工作之后慢慢熟悉，我们要先去一趟锦绣纤城总部。”

顾丛诚带着夏一心一起去锦绣纤城的总部。她记得上一次来还是十年前，现在五层的砖房变成了钢筋水泥的三十八层气派大厦，茶色的幕墙玻璃在阳光下闪闪发光，就像锦绣纤城在百货行业里无法忽视的地位。

在接待处，顾丛诚说明了来意。一通电话后，接待小姐带着职业性的笑容说：“顾先生，郭总请你去二十七楼的办公室。”

观光电梯快捷又方便，他们的视野渐渐开阔，可以看到规划整齐的花坛与草坪，穿着制服的员工来来往往，一片朝气蓬勃，很难看出繁华景象的背后，危机暗涌。

电梯停在二十七楼，门打开的时候，迎面站着的竟然是司昭南。他穿着一件黑色的西装，头发一丝不苟地往后梳着，更显沉稳和严谨。他身后还跟着一个助理模样的男人，他对着夏一心微笑："在这里见到你，挺意外的。"

"司先生，你好。"夏一心报以同样礼节性的笑容。

司昭南又笑着跟顾从诫打招呼："顾先生，你好。"

顾从诫说："每次见到司总，都这么神采奕奕。"

司昭南客气地笑了笑，没再说什么。

等夏一心和顾从诫走出电梯，司昭南才快步走进来，转身向他们挥挥手："回见。"

司昭南出现在这层楼，满面春风，他肯定已经见过郭总了，并且两人相谈甚欢。顾从诫说："看来这项目有变数。"

夏一心倒很淡定，有利益，就有觊觎，任何跟利益挂钩的东西得来都不会轻而易举，只能各凭本事。

他们敲开总裁办公室的门，郭嘉远对于夏一心的到来显得很意外，问："一心，你怎么来了？"

"我加入志诚了。"

郭嘉远在谢宝华身边当了十年的助理，清楚夏一心和谢家的关系，对她也是格外客气。郭嘉远说："我知道你们之前一直忙这个项目，很辛苦。但现在九罭咨询管理公司也力求这个机会，你们是同行，他们的实力你们多多少少也有些了解，关键的是他们提出的几点建议让我们非常满意。"

志诚比九罭先着手调研，而九罭更早交出结果报告，不得不感叹他们的行动迅速。顾从诫说："郭总，我能理解你们的初衷和诚意，毕竟这关系到锦绣纤城以后的发展，大家都会非常慎重。你看，前期我们已经投入了大量的人力和物力，就是为了找到让公司发展最好的机遇。九罭的司总我早有耳闻，也知道他的实力。但重要的决策，并不是名气能代替的，需要的是适合，不知道郭总能否给我们一个公平竞争的机会？”

郭嘉远面露难色，夏一心说：“郭总，就是现在做小买卖都会货比三家，更何况是锦绣纤城这样的大公司，能拥有更多更全面的建议，也有助于公司的改革和发展。你不用顾虑我们私下的关系，我只是把它当成一份想要做好的工作而已。”

商场如战场，有竞争才能不断地提升自己。

郭嘉远立即转难色为笑脸，似乎就是等他们先开口，他说：“那好，时间为1个月，你们两家公司拿出具体方案，我们会从中选择一家签约。我知道大家都耗费了不少的人力物力，对于落选方，我们也会给出一笔成本费用。”

走出办公大楼，顾从诚说：“看来接下来有场硬仗要打了。”

夏一心说：“其实我们也是有胜算的，国内市场跟美国可不一样，他是华尔街精英，你也是久经沙场的MBA，未必就胜不过他。”

顾从诚笑着说：“你对我这么有信心？”

“不仅是对你，还有整个团队，大家齐心协力总会有成绩的。”

回到公司之后，顾从诚立即召开全体会议，介绍夏一心的正式加入。其他的人都鼓掌表示欢迎。其实她应该算是公司的元老，从创办之始的选址、采办，到为林承志打通渠道，夏一心都亲力亲为，资历比后招进来的咨询顾问要深。再加上她性格大方开朗，跟大家相处融洽，她的到来，会让工作更加轻松。

他们接着调整工作方案，顾从诚带夏一心着手管理层的调研活动，林承志则带着其他人仔细审核销售、采购和库存部分的汇总资料。

顾从诚打开锦绣纤城管理层的资料，仔细查阅他们的年龄、学历、经历等信息。自从创办人谢宝华因病放权入院后，锦绣纤城的高层就来了一次大换血。顾从诫说：“可能在那个时候，谢宝华就看出锦绣纤城在固有的模式下已经失去了竞争力，年龄偏大的管理层顽固又缺乏活力。但毕竟是跟着自己打天下的元老，他只能把这把狠心裁将的刀交给自己的手下。”

夏一心翻着履历：“现在管理层的核心就是郭嘉远和下面的副总裁、营销总监这三个人。副总裁和营销总监都是猎头公司找来的，而且这两个人之前都在世界500强的企业担任过策划总监。在我看来，做策划工作的人都是大脑非常活跃，行动能力会差一些。”

顾从诫记下来：“你提出的这点意见值得参考。”

顾从诫有烟瘾，拿出烟盒往外走，夏一心说：“就在这里抽吧，我不介意。”

“可我介意，我可不想你吸二手烟，承志肯定要心疼死。”

顾从诫跟郭嘉远提出要对三十位中层管理人员进行沟通了解。夏一心试着将他们分类圈出来，从市场规划、连锁管理和人事、财务四个部门着手。

在所有的调研中，访谈其实是最重要的资料收集环节。关于如何设置问题才能在员工的回答中更精确地找到管理漏洞，顾从诫说：“问题委婉一点比较好，中国很多人都讲究中庸之道，尤其是中层管理人员。枪打出头鸟，谁都不想被当成靶子。”

夏一心建议：“那我们的处境就会很困难，去分析他们的话又需要大量的时间和精力，我们大可以把问询的地方设在公司以外的场所，不使用任何记录设备，就像聊天一样，这样就能让他们放松警惕，要告诉他企业所面临的危机，关系到他们切身的利益，并且询问材料不计名。”

为了让大家能坦然直面问题，他们把会面的地方选在了夏一心的咖啡馆里。接受问询的员工接到短信后，直接去到咖啡厅。访谈就跟聊天一样，不进行任何记录。

内部的矛盾，只有置身其中的人最明白，但他们往往会因为很多干扰，不敢说出内心的真实想法。访谈只有把握得当，才能得到正确的答案。

这一块恰恰是夏一心最擅长的，第一点：要让他们明白利害关系，如果公司的业绩一直下滑，肯定会面临很大的人事变动，他们的生活也将随之改变；第二点：尽可能倾听，不做任何的引导，不能问得太多，抓住中心问题，否则对方会变得焦躁和不耐烦。

夏一心和顾丛诚花了一个星期的时间把访谈做完，除了个别不太合作外，收效还不错。紧接着他们要进行数据整理，找出内部管理的症结所在。

顾丛诚问："我看到有人留名片给你了，是不是约你吃饭？"

什么都逃不过他的眼睛，夏一心回答："是有，我只能说自己已经有男朋友了。"

这时，顾丛诚的手机响了，看到屏幕上显示的名字，他露出无奈的表情。工作中再大的困难，他都能一笑而过，坦然面对。夏一心猜测着，肯定是家事。

夏一心听到他对着电话说："好，好，我去就是了。嗯，我不会迟到的。知道，就在中山公园附近嘛。"

他挂断电话之后，夏一心问："逼你去相亲吗？中山公园附近的餐厅几乎都是吃相亲饭的。"

"我有个阿姨住在庆市，我妈非托人家介绍对象，这不，麻烦的事儿来了！"

"去见见吧，说不定就真是你的缘分呢！"

Chapter 03

我 的 倾 城 谋 划 师

这一天终于能按时下班，夏一心接到芸竹打来的电话。芸竹爸妈催她回去吃饭，不用说，又是回去接受“先成家后立业”的家庭教育。但盛文嘉宴那边打电话来，说咖啡没有了，让她们赶紧送过去。

那是大客户，平时都是夏一心和何芸竹轮着去，怕店员过去会让人觉得怠慢。这回夏一心只得亲自过去。

她没有开车过来，只好搭出租车。上下班的高峰期，车子比蚂蚁还慢，走走停停。半道上，她又去第三方调研公司取资料。同事临时有事拜托她，她正好路过那家公司，顺道去拿，第二天再带回到公司。

这个点正是出租车最好挣钱的时候，在盛文嘉宴的门口停车后，司机就催促着夏一心快点把货箱搬下车去。她穿着高跟鞋，装咖啡的货箱又重，需要轻拿轻放。她把货箱从后备厢里搬出来，正要放到地上，一只大手伸过来将箱子接住，她听到一个熟悉的声音：“夏小姐，让我来吧。”

当目光里出现那双大长腿，她就知道是司昭南。他手长又有力，一手拎一个箱子，很快就把六个货箱拎到酒店门口。大堂经理看见了，赶紧让服务员来搬，还向她道歉："夏小姐，不好意思，刚才疏忽了。"

夏一心问司昭南："司先生，你是来会客的？"

"原本是约了人在这里吃饭，刚刚他来电话说有事来不了。我刚从里面出来。"说到这里，他看向她，"俗话说邀请不如巧遇，不知道有没有荣幸一起吃个晚餐。"

好歹也算是朋友，而且那天他小心翼翼一路护送她从南山道下来，于情于理，她至少得请顿饭作为回报，夏一心说："好吧，等我把货品交接一下。"

这顿饭她来请，来庆市，当然要请当地菜，才能尽地主之谊。夏一心小声说："我知道有家特别正宗的庆市菜，味道真正好。"

在盛文嘉宴这种庆市远近闻名的餐厅门口说正不正宗的话，难免有些尴尬。高档的私人会所，用料和工艺都十分讲究。但有时候太过精致，往往会破坏食物最初的味道。

司昭南笑了笑说："好，就听你的。"

在夏一心的指引下，司昭南把车开去了麓德苑。这是一家花园式的本地菜餐厅，她很久没来了，进门口的那条巷子外墙上画满了红色的"拆"字，让她惊讶。

夏一心对这家麓德苑的餐厅充满了感情，因为这家店的前身是夏父所开的朝峰孤学院，专门收留那些父母双亡和流浪街头的孩子。夏父在朝峰集团每年的盈利中拿出了一部分，帮助这些孩子完成学业，成功走进社会。后来朝峰破产之后，学校也关了门，被整体卖给现在的餐厅老板。老板跟她熟识，见到她，热情地寒暄后，主动领着他们去了包间。

庆市是山城，城市道路起伏蜿蜒不说，有些公寓大楼，同在一个小区，却是一栋在山上，一栋在山下。麓德苑看似平坦，有点像四合院，中庭是荷花池，还建起两座亭台楼阁，供客人饭后游玩。

夏一心向司昭南介绍："庆市的地形非常神奇，我们从大门进来直接到这里，别以为这里是一楼哦，实际上这里是第五层。”

她走到窗台，拉开半掩的窗帘。司昭南也起身走到窗边，窗外视野开阔，居高临下，可以看到几排整齐的商务大楼，那里就是曾经的朝峰摩配。朝峰倒闭之后，那里就变成了庆市的机电交易市场，再往前，就是笔直的江堤。

对于这个地方，夏一心是既喜欢，又心疼。她母亲是难产去世的，所以父亲对她格外疼爱。从她能走路开始，父亲就把她带在身边，朝峰的办公室等于她的第二个家，也是她成长的地方。

想到这里，夏一心的眼眶红了，父亲和蔼慈祥的脸浮现在脑海里。在那间宽敞的办公室里，父亲喜欢把她举得高高的，然后说：“我的一心赶紧长大，你是我的未来，也是朝峰的未来。”

父亲也是朝着这条路培养她的。父亲给她讲管理理念、营销策划、改革与变通。还在初中的时候，她就决心报考经济管理专业顶级的人民大学，希望将来成为父亲得力的助手。只是她的愿望还没来得及实现，父亲就失踪了。

父亲失踪后，产品的研发中断，银行贷款施压，管理也陷入了危险，朝峰的繁华很快就倾塌。那一年，她才十五岁。

夏一心哽咽着，眼泪止不住滑落脸颊。她曾经无数次告诉自己，面对生活的坎坷不会掉一滴泪，但父亲永远是她心底的柔软。

尽管父亲没有给她留下半句遗言，但她明白，她的平安幸福永远是父亲最大的牵挂。她的高考成绩能够上人民大学的经济管理专业，但在填报志愿的时候，她却写了心理学。商场上争斗无情，她只想做个平凡的女孩子，过着普通的生活，平安是福。

“令尊的事，我听说过。”

不知什么时候，司昭南站在了她的身后，夏一心回过头：“不好意思，你好歹也是客人，我只顾着自己想事情，怠慢了。”

他又问："我很好奇，令尊是怎么失踪的，当时警察的调查结果是怎么样的？"

这起案件当时轰动C市，很长一段时间都是街尾巷头议论的话题，还让当时C市很多富豪感到风声鹤唳，惶惶不安。

夏一心不愿再回忆过去，但过去的事在她的脑海里挥之不去。这不是什么秘密，告诉他也无妨，她说："我爸失踪那天晚上，在缙云山的别墅给我过生日，晚上9点左右，他接了一通电话就出去了。天亮的时候，有人发现他的车停在路边，被人为损坏。警察勘查后，说我父亲应该是被人强行劫持的。三天后，管家接到绑匪打来的电话，说要拿一百万现金去赎人，不许报警。

"管家拿不定主意，和几个股东商量之后还是报了警，准备在交付赎金的时候抓捕罪犯。后来走漏了消息，绑匪没有出现在约好的交款地点，也没再打过电话来，绑匪消失了，我爸也消失了。"

说到这里，夏一心带着明显的鼻音。她曾不止一次地幻想过，绑匪没有拿到赎金，又不想成为罪犯，就放了父亲，父亲没有回来，只是在一个偏僻的地方迷了路。想了又想，等了又等，尽管她不想承认，却又不得不承认，父亲已经死了。

夏一心哽咽了一下，抬起头，司昭南已经把手帕递到她的面前，他似乎对格子手帕情有独钟。

她接过来，擦着眼泪，淡淡的药香迎面而来，她问："你喜欢杜仲？"

他点点头，没有解释为什么。

手帕上沾了她的眼泪，她说："我洗干净了再还给你。"

服务员送菜单进来，两人坐回到餐桌边，夏一心问："对于菜式，司昭南可有什么不喜欢的？"

"都可以。"

她又问："不知道司先生原籍在哪里？"

“庆市。”

她惊讶：“司先生是庆市人？”

他的口音一点都听不出来是庆市人。

面对夏一心的疑惑，司昭南解释着：“我十六岁就出国了，在外面待了十五年。”

夏一心又问：“你是庆市什么地方的人？”

“忠州。”

她玩笑：“忠州可是出忠臣良将的地方。”

两个都是庆市人，在口味上就没什么差别，夏一心要了店里的拿手菜。

司昭南瞥到桌上放着的文件袋，正中央印着调研公司的名字，他问：“你们委托第三方对锦绣纤城的满意度和期待值进行了调研？”

夏一心愣了一下，两家公司可是竞争对手，这些属于商业机密吧，可不能拿来当作聊天的谈资。

司昭南笑着说：“我觉得，我们应该算是朋友吧。”

朋友就意味着信任，畅所欲言。夏一心暗忖，他是个行家，这些东西在他眼里算不得什么，回避倒显得自己小气。

她笑了笑说：“面对你这位强悍的对手，我们可没少做工作。我又是新手，最近忙得一个头两个大。”

司昭南主动拿起茶壶，倒了两杯茶，一杯主动送到她面前，她闻了闻说：“这里的菜好，但茶就差了一点，茶还是要盛文嘉宴的最好。”

他点头，上次在盛文嘉宴，他尝过她的茶艺。

话题回到调研上，司昭南说：“其实国内不少商家会犯这样的错误，把目光放在顾客的满意度上，却忽略这个市场需要什么样的产品。无论任何行业，需求最重要。”

只是简单的几句话，却如石破天惊一样击中了夏一心的内心。曾几何时，父亲也说过同样的话，社会越来越发达，需求也会水涨船高，市场会随之发生翻天覆地的变化，你永远都无法满足顾客的欲望，只有跟随着市场的节奏来改变自己。

夏一心说："谢谢。"

"谢什么？"对于这两个字，司昭南有点意外。

服务员端着菜肴进来，话题便转到了菜式上。因为他离开庆市太久，吃多了牛排面包，对于麻辣的东西，他还不能完全适应。

既然司昭南喜欢赐教工作，夏一心正好有问题需要人解答，于是问道："做演示的时候，你是用什么样的软件？"

司昭南没有任何思考，脱口而出："就是最普通的文档，用PPT演示。"

夏一心追问："那有什么诀窍没有？"

司昭南侃侃而谈："PPT演示是把结果交给客户的最重要的环节，也是客户对商品的第一印象。就像我们毕业的时候做简历一样，作者为了让看的人觉得自己与众不同，印象深刻，除了内容外，会把页面做得很有特色，不但底纹底色用心，有的女孩子还会配上香水味，我还见过PPT带背景音乐的。"

呷了一口茶，他继续说："客户委托我们对他们进行专业的服务，他们最关注的只是结果，能帮他们扭转困局的结果。那些花里胡哨的东西对他们来说没有丝毫诱惑力，清晰的思路，简单明确的文字，反而能提高他们的接受度。"

夏一心点点头，短短的晚饭时间，他已经给她上了两课了。

吃完饭，喝茶的时候，司昭南问："请问夏小姐对翡冷翠这个小区熟悉吗？"

夏一心眨了眨漂亮的大眼睛，说："我正好住在那个小区！"

"真巧。"司昭南笑着说，"我肯定要在庆市定居的，一直在托朋友看合适的房子。正巧翡冷翠B区有业主要出国，转手房子，我最近忙，还没来得及去看看。"

夏一心说："我住在A区的小公寓里，B区全是别墅。说实话，我在A区住了快三年了，还没去过B区，那里保安严密，不是B区的业主，保安可是不让进的。"

司昭南说："那我改天去看房子的时候，希望夏小姐帮我参考参考。"

夏一心笑道："举手之劳。"

本来说好夏一心请客的，但司昭南借口上卫生间的时候去把账结了。他说既然是朋友，男士就应该先主动请女士吃饭，这是礼貌。

临别时，他问："可以加你的微信吗？"

她点点头："很乐意，我的微信号是手机号码。"

从饭店出来之后，夏一心一直在琢磨司昭南提到的迎合市场。要随着市场的变化而变化，公司不仅要有活跃的生命力，也要有敏锐的嗅觉。

回到家，她把锦绣纤城的策划书拿出来仔细地看了看。锦绣纤城一直把主要的顾客群设定在有消费能力的中年女顾客身上，这样的顾客尽管财力雄厚，但消费相对理性，购买率不高。

她给顾从诫打电话，打算听听对方的意见。电话那头响了很多声，接通的时候，顾从诫的声音听起来很疲惫，她不忍心再让他加班，打算明天到公司的时候再说，于是叮嘱："我担心你又在加班，所以打电话问问。"

顾从诫笑着说："这个时候，也只有你在关心我。放心，我再怎么加班，也知道身体是革命的本钱，我可不想庆功宴还没吃到，人先倒下去。"

"那明天见。"

"明天见。"

挂断电话，夏一心正准备睡觉，林承志的电话就进来了。他似乎喝了酒，说话有点口齿不清。原来他刚应酬完，喝了酒，不能开车，希望她去接一下。

夏一心赶紧换了衣服，搭出租车过去。天色尽黑，夜空中一颗星都没有，漆黑寂寥。夜色下的城市却霓虹璀璨，似乎永远都保持着繁华与喧闹。她环顾四周，夜风中，有挽着手的情侣匆匆而过，也有孤身的行人拉起领口，想用外套来抵挡秋夜的寒冷。

终于，她在一根电杆下面找到蜷在那里呕吐不止的林承志。她弯下腰，将手轻轻放在他的肩头，问："好点了吗？"

林承志抬头起，大概是难受，眼睛眯成一条线，嘴里迷迷糊糊地哼着："一……心……"

夏一心吃力地把他扶起来。他昏昏沉沉，也记不清车到底停在什么地方了。她只得在路边拦了辆出租车，把他送回公寓去。

他的公寓就在公司附近，方便上下班。她打开公寓的门，公寓出乎意料地干净。林承志做菜的手艺好，却懒于收拾，他的公寓都是夏一心在打理。她这两天工作忙，没空过来，以为会乱成一堆。他大概是为了让她能轻松一点，所以才自己动手收拾。夏一心想到这里，心里不禁一阵甜蜜。

她扶着他到床上躺下，赶紧去拧了热毛巾来给他擦脸。毛巾带来的温暖让林承志长长地舒了口气，他眯着眼睛看着她，露出呆呆的笑容："琳……达……"

他的声音很小，夏一心没有听清，问："你说什么？"

过了一会儿，他就发出微微的鼾声。他身上散发的酒味刺鼻，看来喝得不少。担心夜里会有突发情况，夏一心不敢离开，只好在柜子里找了床被子，和衣躺到客厅的沙发上。

夏一心没躺多久，就听到里屋传来呕吐的声音。她赶紧进去，林承志伏在床沿上，地上已经一片狼藉，衣服、床单上也沾了污渍。为了能让他睡得舒服一些，她帮他把外面穿的毛衣脱下来，又换上了干净的床单，把地上的污渍打扫干净。做完这些，她已经满头大汗，原本就疲倦，现在更是头昏脑涨。

林承志难受，嚷着想喝热茶。她在厨房里找了一圈，找到一包散茶，只能将就着泡来给他喝。喝过热茶，又休息了一会儿，他清醒了很多。他捧着她的脸，怀着歉意地说："对不起！"

夏一心说："不是提醒过你少喝点吗？伤胃！"

林承志爱怜地摸着她的发顶，说："昨晚我跟锦绣纤城的几个总监一起吃饭，把他们灌醉了，我才探到他们的口风。到时候方案会通过高层会议决定，我都打点好了，他们大多数都会投我们的赞成票。"

她知道他求胜心切，但这一招目前似乎并不好用，也有失公允。锦绣纤城最后的决策权应该在谢宝华手里，高层的总监不过是些附和者罢了。

折折腾腾，天就亮了，夏一心这一夜几乎没睡，疲惫不堪。她到卫生间用冷水洗了脸，强打着精神准备去上班。

林承志没注意到她脸上的疲惫，说："你先去公司吧，我去把车开回来。"

临走前，夏一心突然想起司昭南的建议，于是把调整市场方向的事跟他说了，林承志问："你怎么突然想到这个？"

她如实回答，林承志诧异："你认识司昭南？"

"见过两次，跟他闲聊了两句。"芸竹提醒过她，说男人都小心眼，如果知道你跟除他之外的异性交往过密，肯定要吃味儿。夏一心担心他会不开心，所以只能保密吃饭的事。

林承志叹了口气，笑着说："你呀，就是太单纯了，他可是我们的竞争对手，怎么可能给你善意的提醒？重新定义一个公司的经营目标，可不是一朝一夕的事，况且以锦绣纤城现在的财务情况，他们根本就没有财力和人力在公司没倒闭之前完成。司昭南那家伙分明就是想误导你，我们的方案已经出来了，要有信心。"

他在她额间轻轻吻了一下，就出门了。夏一心看看墙上的钟，离上班时间还有一会儿。她赶回去换了件干净衣服，又火急火燎地赶去公司。

她刚打开电脑，顾丛诚就走过来："一心，你没睡好吗？"

夏一心愣了一下，明明化了妆，难道没遮住黑眼圈？

她挤着笑容："还好啦。"

"你等等。"顾丛诚回到办公室，很快就又出来，手里多了两罐透明的东西。他将罐子放到夏一心的办公桌上："犒劳你的。"

她仔细一看，竟然是两罐速食燕窝。她好奇："顾大哥，你喜欢吃这个？"

顾丛诚说："客户送的，我又不养颜，用不着。而且听说燕窝的蛋白质还没有鸡蛋高，我倒宁愿吃鸡蛋。"

"谬论！"夏一心说，"中国人自古把燕窝当成滋补圣品，吃了几百年了，怎么可能没功效。"

顾丛诚说："这是女孩子喜欢吃的东西，你多吃点，免得把你累倒了，承志可得怪我了。"

夏一心想了想，决定把市场需求的着重点跟顾丛诚谈一下。他是项目的负责人，最后如何定夺，他来决定。

她把自己的想法说了一遍。顾丛诚说："我之前也考虑过这一点，但锦绣纤城的顾客群已经发展得比较成熟，如果完全改变现有的市场定位，在前途并不明朗的情况下，这样的做法太冒险。而且锦绣纤城目前的财务情况堪忧，不适合大规模的改革，这个只能从长计议。"

他想了想又说："由此看来，司昭南的项目重点，可能就在这一点上。"

等待的时间，司昭南觉得无聊。他拿出手机，以前用习惯了的Facebook，在国内用起来却非常麻烦，需要下载VPN，今天卓颖提醒他要入乡随俗，他才下载了微信。他点开一绿一白像两个气泡的标志，出现的画面是被白雾笼罩的蓝色地球，一个人影孤独地站立着。

漆黑的天空衬得圆盘明亮皎白，让他想起夜晚在北美沙漠笔直的公路上飞驰，追逐夜空中皎白的圆月，那时的精神是振奋的，心却是孤寂的。

没想到微信的第一个好友竟然是夏一心，头像是她娇俏可爱的脸。他对着头像轻轻点一下，照片就出来了。她一直都是素面朝天，白皙的脸上圆溜溜的大眼睛，浅浅一笑，有着东方女人独有的温婉。

“司先生，康先生请你进去！”

一个声音打断了他的思绪，他抬起头，面前是穿着真丝改良汉服的接待小姐，脸上挂着恭敬的笑容。

司昭南将手机放进外套口袋里，在接待小姐的引领下，进入康乔的工作间。

工作间由一块一块正方形彩绘玻璃拼接而成，空间挑高，阳光好的时候，玻璃上的彩绘图案会倒映在白色大理石的地板上，充满异域的神秘。他觉得太花哨，但康乔说斑斓的色彩能带给他最好的灵感。

一个身材高挑的模特站在圆形的台子上，跟石膏人像一样，一动不动，身上罩着一件白色不规则的长裙。康乔半蹲着，在白色的长裙上用水彩颜料作画。

司昭南走到康乔的旁边，康乔侧头看了他一眼，目光又回到描了一半的墨色葫芦藤上。

康乔说：“今天是吹的哪阵风，竟然想着来看我。”

“是来找你办事的。”两人交情深厚，说话很随意。

“我正在准备日本东京春季时装展，你看这创意怎么样？”

司昭南耸耸肩：“我对时尚不了解。”

“但你知道怎么能让我万众瞩目。”葫芦藤画完了，康乔让模特到旁边休息一下，20分钟后继续。他放下手里的笔，问：“说吧，是不是要推荐你的美女模特女朋友到我这儿一展风采？”

“你知道我不喜欢开玩笑的。”

“知道是玩笑，还这么严肃做什么！”康乔好奇，“我们认识也有五六年了，你也不交个女朋友什么的，你不会是喜欢我吧！”

康乔在暗示，他的不近女色让人怀疑取向。

司昭南不跟他绕弯子：“我最近接了个项目，是国内一家大型的服装生产企业，我想推荐你去当设计师。”

“你哪里是推荐我去当设计师，明明跟我讨债来的，谁能有你的算盘精！”

傍晚芸竹要去相亲，店里需要人照管，夏一心跟顾丛诫请了个假，提前下班。

到咖啡厅的时候何芸竹还在，她里面穿了一条蓝白格子的中式改良旗袍，外面套一件系腰带的白色毛呢外套，就像是从民国戏里走出来的温婉女子，这是芸竹以前怎么都不肯穿的款式。夏一心问：“你今天准备唱哪一出？”

“认真相亲呗！”

何芸竹的态度第一次这么端正，夏一心好奇：“是怎么一个青年才俊把你的态度提升成这样？”

“听说他就在前面那条街上开公司。不说公司怎么样吧，能在那里租用办公室的，再怎么也得有点实力吧。而且我听说在国外待太久的男人，看多了大胸金发暴露妹，会对东方女人的温婉矜持特别喜爱。”

“谬论！”夏一心打趣着，“看来是急着想嫁人了。”

芸竹见她拿着笔记本，穿着黑色的职业套装，说道：“还好意思笑我！有人以前跟我说想过悠闲安静的生活，煮一杯咖啡，看一会儿书。结果呢，还不是一头扎进明争暗斗的职场。”

何芸竹不喜欢人民公园的氛围，会显得相亲对象是个普通世俗的男人，跟众多来相亲的甲乙丙丁没什么区别。只是三姑六婆说的男方的条件太诱人。本着四处撒网，总会捡一只漏网金龟的原则，她还是精心地打扮来赴约。

餐厅是这一带最好的，是园林式的装修，这也是为什么她要穿中式套装了，哪怕别人看来诙谐，至少要让对方印象深刻。

包间名字叫水榭阁。订的是包间，至少证明对方不小气。

走进去，何芸竹眼睛就开始发亮，竟然是“志诚第一帅”顾从诫。

其实林承志也帅，林承志的帅是那种青春阳光大男孩儿，而顾从诫则要老成很多。何芸竹觉得他那是岁月沉淀出的男人味。林承志名花有主，她就不觊觎了，悄悄把顾从诫列为“志诚第一帅”。

何芸竹打过顾从诫的主意，还让夏一心旁敲侧击地暗示过。奈何最后被他委婉地拒绝了，说自己一心事业，怕冷落对方。

顾从诫也惊讶：“何小姐。”

既然是老熟人，芸竹也不拘束了：“你不是说不想谈恋爱吗，怎么来相亲了？”

“介绍人是我亲姑妈，不敢拂她的面子。”

客人结完账，夏一心将找补的零钱交到客人手里，柔声说“谢谢”。客人客气地点点头，转身走出咖啡厅。门还没关上，何芸竹赶紧用手拉住，头先伸进来，冲着她俏皮地笑：“给你带了个老熟人来。”

跟着芸竹进来的是顾从诫。

夏一心惊讶，问：“你怎么来了？”

芸竹笑笑：“我三姑妈介绍的相亲对象就是他。”

和夏一心打完招呼，顾从诫说要回去加班。他客气地跟何芸竹告别，快步离开。

何芸竹感叹：“真是人间极品，你看我们是不是特别有缘？”

“我绝对相信你的眼光。”夏一心好奇相亲进展得怎么样：“你们准备交往？”

“还是上次那套说辞，不过……”芸竹沮丧，支着头，“他越是不喜欢我，我就越喜欢他，你说我是不是有病？”

夏一心笑芸竹：“俗话说，问世间情为何物，不过是一物降一物，你是遇到降得住你的人了！”

何芸竹说：“下次顾丛诚订咖啡一定要告诉我，我亲自去送。”

Chapter 04

锦绣纤城的项目已经到了最后的阶段，公司希望在总结报告的基础上大家能各抒己见，让方案尽可能完善。

顾从诚把大家召集起来，对调研结果做最后的确认。

会议室里，顾从诚向大家介绍着调研的最终结果：“锦绣纤城陷入危机的三大原因，第一点就是感性文化和理性文化的矛盾。因为谢宝华早年对于时尚和改革敏感，让锦绣纤城抓住了最好的机遇，并在服装界享有举足轻重的地位。这也造成了谢宝华沾沾自喜的性格。其实在谢宝华卸任前，锦绣纤城就已经在走下坡路了。

“第二点，产品的开发和设计跟不上迅速发展的时尚潮流。锦绣纤城在国外的几家门店生意还好，都基于老外对中国传统文化的喜爱，但在国内市场是明显行不通的。中国传统衣饰文化的受众面比较小，锦绣纤城在设计团队的建设上没有少花钱，但对于潮流的敏感度不够。

“第三点，门店扩张得太快。为了做到全中国第一，锦绣纤城盲目迅速地开着分店，消耗了大量的人力物力，直接造成了资金的流转困难。

“第四点，部门间各自为政，协作怨言颇多。一个不团结的队伍，是企业发展的致命伤。”

顾从诫的几点分析简练、精准，让夏一心受益匪浅。

综合以上的问题，他提出几点解决办法：“第一，处理堆积的存货，承志已经联系好收购这批存货的厂家，可以回笼一批资金用于公司的周转；第二，关掉15%的门店，缩减开支的同时，有利于之后公司销售的重新定位，今后对于开店的标准要重新评估；第三点跟第二点是有联系的，随着市场的发展，消费结果也在发生变化，做一次全面的消费调研，将顾客群定在中高端那一类；第四点，基层和管理级缺乏沟通，在锦绣纤城的内部建设沟通的桥梁，比如匿名的意见箱，对于销售、后勤、采购、节源等方面提供建议，并对采纳的员工给予奖励，激发员工主动改革的进取心。”

大家没有异议，顾从诫把做好的材料交给夏一心：“没问题吧。”

经过几天的钻研，夏一心对PPT的制作熟练了很多。她学着抗日剧里小士兵，信心满满：“保证完成任务。”

打开调研报告，她又发现顾从诫的一个优点。底稿是他手写的，非常漂亮的硬笔书法。在计算机普及的现在，能写一手漂亮字的人很少了。

他文字功底非常好，用句简洁干练，其中利弊一目了然，哪怕最后展示给客户的是PPT，底稿也干净漂亮。而且他还有美术天赋，画的图表棱角分明，比例得当，连阴影部分的线条也很均匀。

她玩笑：“你是一个被管理咨询耽误的画家。”

项目马上到了生死的紧要关头，大家反而精神振奋，主动留下来加班。夏一心全神贯注地对着电脑，核对自己输入的文稿。突然，一只涂了亮色指甲油、纤细白皙的手指轻轻敲了敲她的桌面。夏一心抬起头，来人一头大波浪鬈发，眉目艳丽，此人浅浅一笑：“我叫琳达，我来给你们送夜宵。”

说完，她晃了晃手里的打包袋，上面印着“汇江大酒店”。在庆市，这里的夜宵最有名。酒店五十二层的开阔空间，360度转旋的餐厅可以放眼整个城市壮丽的夜景，去那里用餐得提前半个月预订。她能轻松买到，除了有钱外，肯定家世不凡。

大家还在惊讶这个突然闯进来的陌生女人是谁，林承志带着笑容从办公室出来了。他在看到不请自来的女人时，动作变得僵硬：“琳达，你怎么来了？”

琳达走过去，很自然地在他脸颊上一吻：“想你了呗，你说加班，就特地买了夜宵来给你，我是不是很贴心！”

同事的目光不约而同地看向夏一心。夏一心抬头望着亲密的两个人，林承志已经移情别恋，这是不争的事实。

琳达主动把夜宵放到每个人的桌子上，笑着说：“你们这么努力地帮小志挣钱，这点东西不成敬意。”

当琳达把海鲜粥送到夏一心桌前时，她回头打趣林承志：“原来你有这么漂亮的女下属，说，你是不是见异思迁过？”

林承志脸色惨白，将琳达拉到一边：“好了，我在工作，你先回去吧。”

琳达嘟着嘴：“怎么，发短信的时候不是说想我想得要命吗，才见面就要走。”

林承志拉着琳达出去了。大家面面相觑，夏一心的心里五味杂陈。她站起身：“我去一趟卫生间。”

从洗手台前面的镜子里，夏一心看到自己微红的眼睛。刚才那一幕已经很明了了，她真该趁着人都在，追上去问个清楚，偏偏自己又是个慢性子，不喜欢纠缠。但此刻，她又后悔得心痛难耐。

顾丛诚从吸烟室出来，发现办公区的气氛不对，于是问：“发生什么事了？”

有人小声说："林总移情别恋，新女朋友刚才来过了，是个混血妞儿。"那人又指指桌上的夜宵，"人手一份。"

夏一心的座位空着，他问："一心去哪里了？"

"去卫生间了，这会儿可能正在伤心！"

顾丛诚立即往卫生间去，站在女卫生间门口，他犹豫了一下，还是敲响了门："一心，你还好吗？"

门很快就打开了，尽管夏一心极力地克制情绪，泛红的眼睛却骗不过别人："有什么事吗？"

"刚才的事我听说了，你别着急。我会仔细问问承志，他要是敢对不起你，我第一个不饶他。"

"我没事。"夏一心故作平静，转身就往办公区走，在自己的位置上坐下，继续在电脑上查找资料。

大约20分钟后，林承志回来了。他刚走到门口就被顾丛诚拽着往茶水间去。进到茶水间，锁上门，顾丛诚问："上次海德老板的生日宴上遇到的琳达，就是那个拉斯维加斯赌场老板的女儿，你什么时候跟她搞在一起的？"

顾丛诚用力捏着他的领口，仿佛要把他掐死一样，林承志说："你不松开，我怎么说。"

顾丛诚松开手，恨恨地看着他："一心为你付出那么多，你对得起她吗？"

林承志面露无奈："是琳达要缠着我的。"

顾丛诚白了他一眼："你以为我不知道，那天我看你情况就不对，大献殷勤，还主动送她回家！"

推脱不了，林承志只得承认："我是一时鬼迷心窍，我改还不行吗！"

"你现在去跟一心解释道歉，你让公司的人以后怎么看她？"

他比林承志大五岁，除了合伙人之外，私底下，林承志把他当成哥哥看待。他的话如同家长的话，林承志说：“行，我立即就去。”

林承志毕竟是老板，下头的员工不敢多言，他走到夏一心的办公桌前：“一心，你跟我进来一下。”

夏一心放下手里的笔，跟着走进办林承志公室，她平静的表情反而让他心慌。林承志说：“一心，你别瞎想，她是我一个客户的女儿，最近老是缠着我。为了一笔业务，我不得不敷衍她一下，我绝对不会变心的。”

“还有呢？”

她嘴上笑容淡淡的，眉眼间的失落却掩藏不了，林承志赶紧揽住她的双肩，低头吻她，快要碰到她湿热的唇瓣时，她用力地推开他：“我要去做资料了。”

夏一心挣脱林承志的手，刚一转身，林承志就从身后紧紧地抱住她：“一心，我真的错了。”

他这么快就承认错误，她却过不了心底的坎。她看中的正是他的朴实与忠诚，现在想来真是讽刺。

“放开。”她没有挣扎，语气坚定。

林承志非常了解夏一心的脾气。她的优点是独立温柔，睿智又善解人意。她不像很多女孩子在热恋的时候那样黏人，却会在他最需要的时候鼎力相助。她很聪明，知道进退得当，做他身后的小女人，不掩盖他的锋芒。她的缺点就是太倔，她一旦认定的事，八头牛都拉不回来。

这个时候不能逼她太急，林承志松开手：“一心，我会证明给你看的。”

去锦绣纤城交报告的那天，顾丛诚给大家放了假。出了前两天琳达的事，他担心夏一心会情绪不好，就让她在家里休息，等待他们的好消息。

琳达的事在夏一心的心里阴霾不散，以至于她整个人都打不起精神。为了不让自己萎靡下去，她准备去对面的超市买点菜，练习做菜是她调节心情的一种方式。

她刚走到门口就遇到那辆显眼的“沙漠之舟”。司昭南摇下车窗，向她打招呼：“夏小姐！”

夏一心向对方点头示礼，想起那天他提到过，这里有一套待售的房子，于是问：“司先生是来看房子的吗？”

司昭南点点头：“不知道有没有荣幸请夏小姐帮我参考参考。”

“你太客气了。”

既然人家把话都说到这个份儿上，她又住这个小区，说不定以后是邻居，这点举手之劳不好推辞，只得上了他的车。

车上，她闲聊：“我挺好奇的，这辆车是秦伯伯的爱车，就连他儿子都不肯借，为什么会借给你？”

司昭南不觉得是殊荣，只说：“我才来庆市，还没有买到合适的车，他就先借给我开了。”

夏一心卧室的窗户正对着B区，透过窗户能清楚地看到那8幢掩映在茂密绿荫中的别墅。在绚丽的阳光中，黑色的外墙会折射出像宝石一样闪亮的光泽。B区的保安严密，像她这样住在A区高层小楼的人，平时是无法自由进入的。

业主给了司昭南钥匙，他开门进去。别墅的内部并没有夏一心想象中的华丽，简单的白，低调的黑，绚丽的水晶吊灯又不失情调和雅致，实木的桌椅透着淡淡的木香，简约朴素。看得出原主人是个很懂生活情趣的人。

别墅一共有三层，六百多平方米。夏一心说：“一家三口住还是非常舒适的，刚才进门的时候，我看院子打理得挺不错，很宽敞。假期的时候你们在那里开个小聚会，做做烤肉什么的，挺好。”

司昭南说：“我还没成家，一个人住。”

一个人住这么大的房子，她会觉得冷清。

他问："小区的配套设施怎么样？"

"小区有餐厅和健身中心。物业还不错，价格比起一般的小区稍稍贵一点，但我觉得物有所值。"

司昭南提议到小区里去转转，于是两人就在B区的绿化区转悠。夏一心感叹，有钱就是好，B区的绿化是A区远远不能及的，绿色的香樟到了深秋依旧生机勃勃。刚才她还像专家一样介绍着小区的服务，一转才发现C区里有独立的餐厅，全透明的阳光房设计，被绿树藤蔓所围绕，颇有别有洞天的味道。

物业也是独立的，每一幢都有单独的物业管家，为业主量身解决问题。看来是她多虑了。

散步的小径边有一台自助咖啡机，正好有点口渴，夏一心便说请他喝咖啡。他们走近一看，咖啡竟是免费的。夏一心拿了一次性纸杯，接了一杯，尝了尝："不错，摩卡的味儿不错。"

她赶紧又接了一杯，递给司昭南，说："我觉得这个世界真不公平。同一家公司，不过是小区不一样罢了，我在A区住了三年，就没见过免费供应的东西。"

司昭南说："这咖啡钱恐怕会从我每个月的物业费里面扣了。"

今天的阳光很好，明亮又温和，照在他的脸上，他淡淡的笑容也显得特别亲切。夏一心关心道："你今天心情不错。"

他挑了挑眉："还好吧？"

她试探着问："今天是志诚交报告的日子，你会紧张吗？"

他一脸莫名："我为什么要紧张？"

夏一心觉得自己多此一举，她是头一次接触这样的公司，对结果的得失比较在意，而他久经沙场，想必已经习以为常了。

逛完小区绿化区，司昭南就决定买下这套房子，然后说："夏小姐，以后我们算是邻居了，还请多指教。"

锦绣纤城的咨询项目最后以九罭的胜利而告终。为了志诚在业内的声誉，没有公开竞争的结果，是总裁郭嘉远打电话告诉顾从诫的。被问及原因，郭嘉远说："其实九罭提出的观点跟你们的差不多，但他们所提供的改革办法更具体有效，为了公司的利益，我们只能选择他们。"

对方语气委婉，态度明确。

林承志非常懊恼，顾从诫却一点也不惊讶。司昭南本来就资历雄厚，合伙人卓颖就曾经是麦肯锡的高级咨询顾问，曾经有世界500强的企业想挖她去当CEO，她都拒绝了，毅然跟着司昭南回国创业。不可否认，九罭的实力高出他们很多，被这样的公司打败也不是什么丢人的事儿。

顾从诫去找郭嘉远虚心谈过，做管理咨询不仅仅是找到项目的问题所在，更多是要用最切实可行的办法帮他们解决困难。志诚对于存货的解决方案是将大量的库存低价出售回笼一批不小的资金，这的确可以解决他们当前的资金困难问题。但锦绣纤城这么多年一直在中国服装品牌的顶端，最大的优势就是服装的材质。既有传统丝质品的柔滑细腻，又抗皱耐用，是很多仿品都做不出来的。如果这种材质以低价大量流入市场，他们在口碑和销售上会受到很大的冲击。

九罭给出的办法却是釜底抽薪，将陈货全部销毁，并告知所有的供货商和渠道商，让大家明白其中的利害关系，不变革就意味着彻底的毁灭。

听他这么一说，夏一心才恍然，当初林承志那么执着地寻找那批陈旧库存的买家，没想到最后画蛇添足，成了最大的败笔。

最让锦绣纤城集团满意的是司昭南带去了设计师康乔。康乔是少有的被国际时尚界所接受的中式服装设计师。他常年穿梭在各个时尚场所，接受最领先的潮流信息，轻而易举就知道哪个颜色会是今年的主导色，哪个款式会成为大家追捧的对象。直接聘请他当设计师，比自己建立一个设计团队，培训设计人才节省成本，市场的接受度也最高。

大家忙碌了好几个月，最后一无所获，心情自然低落。

顾从诚说："正因为我们的第一单做得太顺利，大家多多少少有些膨胀的情绪。现在国外很多知名的咨询公司都盯着中国市场这块肥肉。这才来了一个司昭南而已，你们就失落成这样，将来还会有更多的挑战在前面，狭路相逢勇者胜，大家要随时保持干劲！明天全体员工放假一天，调整好心态，还有新的挑战等着我们！"

夏一心第一次就出师不利，尽管失落，但很快就平复心情。胜败乃兵家常事，再强的王者，都有挫败的经历，而且挫败能让人更加快速地成长。她记得小学的时候参加奥数比赛，许多叔叔伯伯都夸她是个数学天才，但很少有人知道，她奥数的功底来自无数个寒来暑往在奥数学校的苦读，练习运算、做习题。她付出辛勤的汗水，换来的却是强中自有强中手。她挫败、沮丧，甚至一度想放弃，是父亲给了她勇气。失败不可怕，可怕的是你不知道为什么失败，下次面临同样的问题时，是否会重蹈覆辙。

顾从诚担心她会有挫败感，特地请她吃饭，还叫上了林承志，为了让气氛活跃，还叫来了何芸竹。芸竹一听是顾从诚请客，高兴得赶紧回去化了一个"倾国倾城"的妆容，希望顾从诚能印象"深刻"。

顾从诚订了巷子火锅，夏一心约了何芸竹一起过去。都过了饭点儿，他们迟迟不见林承志，于是打电话过去。林承志说他有应酬忘了说一声，就挂了电话。他们只得三个人用餐。

巷子火锅不是什么高档餐厅，位子却非常不好订，每天排队的人都能从店门口排到巷子外面。顾从诚说："我听承志说你最喜欢这家的火锅，我一个星期前就来订了。"

何芸竹笑着："从诚哥，你真是个细心的人，谁要是嫁给你，肯定会幸福死的。"

顾从诚不太吃辣，所以锅底要了鸳鸯的。芸竹很热情地帮顾从诚夹菜，作为一个地道的吃货，不停推荐着什么样的菜涮清汤比较好吃；又说他工作忙，吃什么样的菜可以减压。

顾从诚安慰夏一心：“锦绣纤城的项目你非常努力，尽管没有预想的收获，想必你也有不少经验了。”

夏一心笑着说：“还得感谢让我有这样的机会，证明一下自己的能力。”

顾从诚问：“你接下来有什么打算？我的意思是，你就留在公司吧，假以时日，前途不可限量。”

她还没有开口，何芸竹就附和着：“你想做什么就去做吧，咖啡店可以完全交给我。”

夏一心跟何芸竹从高中开始就是闺密，除了无话不说以外，芸竹对她还有那么一点点崇拜，只要是对她有利的，芸竹总是无条件支持。

其实一开始夏一心蛮有信心的，但锦绣纤城的项目到底还是失败了，她甚至有点后悔当初没有坚持更改市场定位这一项，于是问顾从诚：“承志有没有说什么？”

顾从诚说：“我相信他会很欢迎的，一起上班，你们不是会有更多的时间相处？”

夏一心笑了，这一点倒是不错。

见夏一心吃得差不多了，芸竹悄悄给她递眼色，示意她留自己跟顾从诚单独相处的机会。夏一心心领神会，放下筷子，说：“从诚哥，我突然想起约了人在咖啡厅谈事情，我就先走了，麻烦你等会儿吃完饭帮我送芸竹回家。”

顾从诚说：“那是肯定的。”

临走前，夏一心向芸竹悄悄比画了一个加油的手势。

走出火锅店，夏一心给林承志打了通电话，想着锦绣纤城的失败似乎对他的打击很大，两个人应该促膝谈谈，给他打打气。可电话响了很久都无人接听，她只得给他发短信，说应酬结束后给她来通电话，让她放心。

临睡前，夏一心没等来林承志的电话，倒等来了芸竹的电话。吃完饭，顾从诫径直就送她回家了，亏她半路还提议去公园散散步，消消食，顾从诫却说还有工作没做完，真是不解风情。

何芸竹问：“他都三十好几的男人了，不会一点儿欲望都没有吧，他会不会取向有问题？”

第二天一大早，夏一心跟往常上班一样准时去了公司。顾从诫说手头上有了新项目，让她打起精神，准备接受新的挑战。

林承志11点才到公司，一脸的倦容，估计昨晚应酬，又很晚才睡。见到夏一心，他先是愣了一下，然后问：“一心，你怎么来了？”

顾从诫说：“她本来就是公司的员工，你惊讶什么？我手头上的事多，她可是个好助手！”

夏一心问：“昨天晚上你去哪儿了，为什么没有回我的电话？”

林承志的声音有点慌乱：“昨晚喝多了，没有看手机。”他深吸了一口气，很快又恢复镇定，问，“一心，你跟司昭南很熟吗？”

“还好。怎么了？”

“你们什么时候认识的？关系好到什么程度？”林承志追问着。

夏一心疑惑：“我跟他熟到什么程度，有什么关系？”

林承志拿出手机翻了翻，然后递给她，显示屏上是一张远拍的照片，从古朴的雕花窗看进去，她和司昭南对桌而坐，这是他们那天在麓德苑吃饭的时候被别人拍到的。

夏一心往下翻，下面一张是她和司昭南漫步在小区里，正是那天她陪着对方去看房。她用不可思议的眼神看着林承志：“你调查我？”

林承志厉声问：“第一张照片的拍摄时间，是不是你去调研公司拿资料的那天？”

他的声音引来办公区同事们纷纷侧目。

“是的。”

“你是不是应该给大家一个交代？”

看着林承志咄咄逼人的脸，夏一心无法理解，仅凭一张照片，就非得让她承认自己出卖了公司的数据给对方？

她解释：“我和他只是普通朋友的关系，那天只是很平常的会餐，而且全程他都没有看过文件袋里的资料。”

空气中有明显的火药味，顾从诚帮她澄清：“我相信她，从我们公司成立之初，一心就帮着公司做了不少事。你怀疑她，也得有个动机，她能在司昭南那里得到什么好处，钱？她是在乎钱的人吗？”

大家惊讶于夏一心跟司昭南的私交，听顾从诚这么一说，心明显偏向她。志诚公司能顺利发展，夏一心功不可没。尽管她是个落魄千金，但名望和交际圈都在那里摆着，她没有选择家世优渥的公子哥，而跟着林承志白手起家，这一点就可以说明，钱并不能左右她的思想。

也有同事点头，表示赞同顾从诚的看法，但有的却是沉默。司昭南才从美国归来，两人无论从哪方面都不太可能有交集，但偏偏在这个节骨眼上，私下约会，不得不让人怀疑，而且有人觉得，像司昭南那样的精英，很少有女人不会动心吧！

夏一心不在乎这些，她只在乎林承志的看法，别人可以误会她，但他不可以。他们是真心相爱的恋人，恋人之间最重要的就是信任。现在，他这样不分青红皂白大声地质疑，已经是对她最大的侮辱。

该说的她已经说了，面对林承志的冷眼，夏一心拿上包，转身走了。清者自清，她不屑继续争辩下去。

顾从诚追出来：“一心，越在这个时候，你越不能退缩，更要证明自己。”

夏一心鼻子发酸：“我伤心的是他的态度，我需要冷静一下。”

走出办公大楼，她的眼眶已经发红。她不想被别人看到自己失控的情绪，只好把头放低，走得太快，迎面撞到一个人，于是她赶紧道歉：“对不起，对不起！”

“夏小姐？”

夏一心抬起头，没料到自己撞到的人竟然是司昭南。司昭南看出她眼底波动的情绪，问：“你怎么了？”

夏一心吸了吸鼻子：“没事，我还有急事，改天见！”

怎料她走得太快，脚下没踩稳，一扭，右脚的鞋跟断了。真是人倒霉，喝水都塞牙。

“我来帮你吧！”司昭南伸出手，“把另一只给我。”

夏一心疑惑：“你要做什么？”

“让你舒服一点。”

司昭南扶着夏一心到旁边的石凳上坐下，蹲下身去脱下她左脚上的鞋子。尽管现在是开放的社会，但一个谈不上亲密的朋友如此动作，有点突兀。

他拿过鞋来，将鞋跟掰掉：“现在好了，两只都一样，穿着会舒服点。”

夏一心是气糊涂了，连这个办法都忘记了，她说：“谢谢。”

司昭南又说：“你现在的样子很落魄，发生什么事了吗？”

夏一心默不作声。

司昭南说：“心情会影响人的气色。”

“可能最近有点忙。”

她不愿意说，他也没再问，只说：“那回见！”

回去后的夏一心冷静下来。她觉得可能是这次项目的失败对林承志的打击太大，他才会草木皆兵，等两人都静下心来再好好谈谈，说不定就能解开误会。

她坐在吧台里无精打采。尽管她什么都没说，何芸竹也猜出一二，知道两人在闹矛盾，于是说：“放不下就去公司看看呗，坐在这里心不在焉的，自己找不痛快。”

夏一心心里纠结着不能先妥协。这一次，本来就是他先误会她的，两人成为男女朋友的时间不长，但好歹也算是从小一起长大的，日积月累的了解就比不上心里小小的猜疑?

犹豫间，芸竹拿出电话给顾从诫打过去，旁敲侧击地打听林承志的下落。得知他正在公司加班，芸竹立即煮了咖啡，打包好递给夏一心："虽然我不太瞧得上那小子，但好歹也是你喜欢的人，拿去，两人好好谈谈。还有你，我知道你是个特有主意的人，语气别太硬，点到即止。"

僵持下去未必是明智的处理方式。这个点儿公司的人不多，或许是恳谈的好机会，于是夏一心拿上煮好的咖啡，缓步往志诚的办公室走去。

深夜的办公楼灯火通明，商业精英看似风光体面，背后的努力与压力也不小。夏一心来到志诚的门口，大厅办公区只有几盏灯，略显昏暗，门是半掩着的。她推门进去，远远的，林承志办公室的灯是亮着的。

她体谅他的辛苦，年纪轻轻，也没有丰厚的家底，要在这座繁华的城市站稳脚跟，困难重重。他心里也有很多无奈与挫折，她告诫自己，等会儿见到他，要心平气和。

办公室的门是关着的，透明的玻璃墙映出两个暧昧的身影，办公室明亮的灯光让夏一心一眼就认出，从背后圈着林承志脖子的女人正是那天送夜宵过来的琳达。

这一次，她不会再逃避，而是敲了敲门，然后推门进去。

看到她的那一刻，林承志显得有点慌张，他甩开琳达的手，站起身来："一心，你来做什么？"

夏一心极力克制着心里的愤怒，但声音还是颤抖着："我来看看你，想跟你解释一下司昭南的事。但我现在发现，我解不解释一点都不重要，你只是在找一个借口跟我分手，对吗？"

最后两个字，她加重了声调，严肃的质问让林承志顿时哑口无言。

琳达问："阿志，她不是你手下的员工吗？"

夏一心说："不是，是女朋友！"

琳达一双深邃的眼睛瞪着林承志，饱含怒意的声音里带着几份娇嗔："你给我解释清楚。"

林承志眼神飘忽，在两个女孩子间权衡利弊，他战战兢兢地向琳达解释："她是我的前女友，我们已经分手了。"

琳达得意地看向夏一心："你听到了吗，他已经不喜欢你了！"

琳达的脸上尽是胜利者的得意，夏一心对琳达并无恨意，琳达不过是一个被花心男甜言蜜语哄骗的天真小女孩子，跟当初的自己有什么两样？她只是觉得自己太傻，没有早点看清林承志表里不一的真面目。

夏一心将手里的咖啡扔进旁边的垃圾筒里，走上去，对着林承志的脸扬手一巴掌。她从来都不会打人，但这一巴掌，是他欠她的。

她的手刚放下来，琳达一巴掌就狠狠地扇在她的脸上："不许你打我的男人。"

林承志愣在那里，根本无法平息两个女人的纷争。夏一心也不想再自取其辱，转身跑了。走出志诚的门口，她再也忍不住，哭出声来。

夏一心不知道是怎么回到咖啡馆的，这条路并不长，她却感觉走了好久好久，脚步沉重，仿佛有一个世纪那么长。

她的脸色比出去的时候还难看，芸竹走上来："一心，怎么了，他还在摆架子，不依不饶？"

夏一心没回答，像游魂一样上了楼。芸竹追了上去。进到休息间之后，夏一心突然抱住芸竹，哭了起来。

她是个不爱哭的人，何芸竹跟她认识这么多年，就没见她掉过几次泪，现在哭成这样，肯定大事不好。芸竹说："肯定是那个王八蛋，老娘不教训一下他，就不姓何。"

夏一心拽住芸竹的胳膊："算了，也怪我太自信，以为他的爱不会变，现在想想，这世上哪有一成不变的东西……”

芸竹彻底明白了，嘴里骂着：“真是个忘恩负义的东西，也不想想当初回来的时候就是个垃圾，不是你拿出私房钱帮他，还林总，好意思！”

夏一心说：“要怪就怪我瞎了眼，我不想再去自取其辱。”

芸竹安慰她：“一心，你别丧气，失去你是他的损失。你这么漂亮，又能干，一大把青年才俊等着呢，咱肯定会比他过得好。”

夏一心揉了揉疼痛的头：“芸竹，让我一个人待会儿，好吗？”

夏一心在志诚上班的这段时间，咖啡店一直是何芸竹一个人在打理，所以她没有太多的时间疗伤。一大早，她就去了咖啡店，店门还没开，顾从诚就等在那里。

夏一心问：“怎么不打个电话，站在门口多冷。”

顾从诚搓着手：“也没到多久，估摸着你要来了，等等也没什么。”

夏一心不用问都知道，他肯定是为林承志的事来找她的。

坐下来，她要去煮咖啡，顾从诚说：“不用，一杯热水就好了。”

冰箱里有牛奶，她加热后递给他。早上喝热牛奶，身体会暖和一些。

顾从诚接过来喝了一口，问：“你还会去公司吗？”

夏一心摇头：“不会了，既然要划清关系，就不适合再见面。”

顾从诚再缺人手，也不会让她为难，只是问：“你现在是怎么打算的？”

夏一心苦笑了一下：“还能怎么样，各自安好。”

变了心的男人，没什么可留恋，而且现在他有了新的恋人，恐怕伤心的人只有她而已。

顾从诚说：“我支持你。”

“谢谢。”夏一心问，“你跟林承志是生意上的合作伙伴，你不是应该更偏向于他才对吗？”

顾丛诚说：“我做人做事都有一定的准则，经过这件事后，恐怕我也得考虑一下是否要和他合作下去。”

顾丛诚一直像大哥哥一样关照她，她很是感激，但工作不能感情用事，夏一心劝着：“顾大哥，谢谢你为我着想，但我不想因为我影响到你的工作。有时候一个人在爱情上不忠，不代表在工作上不尽心，毕竟没有谁会跟钱过不去。”

顾丛诚笑了笑：“现在商业圈不是流行一句话，说做事先做人，如果连做人的准则都没有，在工作上，也未必是个守则的人。”

夏一心和顾丛诚是能敞开心扉的人，于是她问：“丛诚哥，你之前见过那个琳达吧？”

顾丛诚也不瞒她：“是的，他们是在一个私人聚会上认识的。听说琳达的背景很硬，父亲在拉斯维加斯开酒店，名声很是显赫。我只是很惊讶，琳达会喜欢他。”

林承志年轻帅气，嘴又甜，女孩子动心也是常理。她不也是那个经不起甜言蜜语的人吗？只是此刻，她彻底明白，他追求的是什么，而自己又败在了哪里，事实就是这么残忍。

顾丛诚说：“马上就过年了，有没有兴趣去滨城度个假。”

夏一心知道顾丛诚是滨城人，言下之意，邀请她跟他一起去滨城，因为过年，她这边只有她一个人在家。

夏一心说：“不了，我还有事。”

他也不再劝她，时间是治疗一切伤口最好的良药。

Chapter 05

每到大年三十的那天，她就会觉得时间如梭。匆匆一年又过去了，这一年收获不错，芸竹带着父母出国旅游去了。当初两个人决定经营咖啡店的时候，何爸爸和何妈妈还真为她俩捏了一把汗，觉得两个初出茅庐的小姑娘，要在这条商业街上立足，不是件容易的事。现在她们小有成就，芸竹就巴巴地送他们去旅游。过去这两年，她可是很努力地在创业。

年三十这天，平时繁华的商业街上只有寥寥几个行人。夏一心给店里的服务员早早放了假，让他们回去吃团圆饭。她一直守到晚上快7点，店里一个人都没有，她知道即使坐下去，今天晚上也不会有客人，便收拾着准备打烊，一个高大的身影踏风而来。

“夏小姐。”

她回过头，原来是司昭南，于是问道：“司先生没回去过年？”

“加班。”他回答。

夏一心笑着说：“钱可是赚不完的，有时候也得让自己停下来休息休息。”

“一起吃晚饭吧。”

夏一心惊讶地看着司昭南，后者笑了笑：“我也是一个人。”

除夕夜要找一家小餐厅不是件容易的事，平日里热闹喧嚣的大都市像瞬间被抽走了灵魂一样，即使满街的霓虹闪烁，也显得冷清寂寥。街道的两边只有零星几家店开着，其他店都漆黑一片，大酒楼里年夜饭火爆，如果没有预订，根本没有位子。

司昭南提议：“我家冰箱里还有几样菜，不知道能不能请夏小姐去我那里坐坐，尝尝我的手艺？”

今天晚上总不能饿着，夏一心只得点点头。

司昭南的别墅虽然豪华宽敞，可在夏一心看来，一个人住太过冷清，还有点阴森森的。

担心她冷，司昭南打开地暖，又特地把客厅的暖炉打开，再给她泡了一杯柠檬茶。

他在美国生活了十多年，已经习惯了简单健康的饮食菜肴。一点鸡排，一点蔬菜沙拉，他又开了一瓶白葡萄酒，说：“简单了些，请别介意。”

在这样一个团圆的日子里，她不是孤单一个人，她就已经很感谢他了。

夏一心问：“既然未能回家，该把伯父伯母接过来才是。”

司昭南顿了一下，才说：“我父母已经过世了。”

难怪他能在国外一待就是十多年，除夕夜还加班这么拼。他无牵无挂，倒也洒脱。想到这里，夏一心竟然有种同病相怜的温暖。

鸡排煎得很好，嫩滑不腻，配上黑胡椒，味道很爽口。司昭南说：“有没有兴趣到九戥来上班，你会有更广阔的发展空间。”

夏一心愣了一下，惊讶他会如此问。

他说：“你不是已经离开志诚了吗？那天我听到你的好朋友，就是咖啡馆里的那个女孩子在大楼门口那里跟林承志吵架。”

夏一心低下头，又急又羞。怕把事情闹大，她一再叮嘱芸竹别去找林承志的麻烦，没想到那个好打抱不平的家伙还是去了。现在人尽皆知，她被林承志给甩了。

她说：“谢谢你的好意，我很喜欢咖啡馆这份工作。”

司昭南目不转睛地看着她：“我是很认真的。”

“你想多了，我根本没想过要做这份职业。即使离开志诚，我也没有想过要再从事其他的工作，现在挺好的。”

他看着她，一双深邃的眼睛似乎能穿透她的内心，说：“你父亲就是太过锋芒，才会招来横祸，所以你一直谨慎收藏自己的羽翼，一心只想做个成功男人背后的小女人。只是所托非人。”

夏一心目光侧视，表示不想再听他说下去。

司昭南继续说：“在没来庆市以前，我听说了林承志给畅天电器做的管理咨询案，他能将公司的内忧外患做得直观透彻，非常成功。我原是带着一点敬意的，但见过本人之后，我能肯定他的背后另有高人。

“我仔细打听才知道他第一次交出的报告书提出了三点，一是物料囤积过多，造成大量资金流失；第二点就是产品太过单一，在其他几个品牌的电器崛起后，市场占有份额越来越少；第三点就是产品定位不准确，高不成，低不就，很容易被消费者忽略。但这三点指向的都是外销，直到第二次报告才提出最根本的原因在管理层。”

顿了一下，他继续说：“畅天的管理层很复杂，三个股东各自为政，分管着物料、生产和销售三个版块，他们相互关联，又相互掣肘，矛盾很大，才会导致公司停步不前。而且喜欢摆出前辈的架子，打压年轻人的执行总裁，让年轻人空有一身抱负，却无法施展。”

司昭南说着凑近夏一心：“是你吧，是你说服了畅天的执行总裁高靖远，让他集结有分红的工人出面施压，逼迫三个大股东放了权。”

夏一心转念一想，有点生气：“你在调查我！”

司昭南没有立即回答，放下刀叉，然后拿过桌上的纸巾盒，抽出一张，轻轻地擦手后，扔进纸篓里。抬眼看夏一心时，他眼眸如星："你知道作为一个咨询顾问，最重要的技能是什么吗？"

夏一心想了想："如何准确找到问题的所在！"

"错，是直觉。"司昭南解释着，"简单来说，就是你思考问题的方式。当你接手一个项目的时候，你脑海里自然而然就知道第一步要做什么。我以前跟你提过，在业界，对于咨询顾问聘用的要求，更多趋向于各大名校的MBA。因为在MBA的培训课程里，有一些训练他们如何灵敏机智地应对市场变化的方法，而你的这种技能是天生的，也是你的才华所在，如果不好好运用它，岂不是辜负老天给你的厚待？"

能得到司昭南如此高的评价和另眼相待，夏一心突然心情大好，身体里热血沸腾，她有种很奇妙的感觉，眼前的这个男人会带她进入一个奇妙的冒险世界，精彩斑斓，充满诱惑。

司昭南说："你知道我为什么会选择咨询管理这一行吗？"

夏一心目不转睛地看着他："为什么？"

司昭南说："当一家公司的总裁，再怎么居高临下，目光却只能以这家公司为中心。而作为咨询顾问，商海里万事万物，尽收眼底，他们的生死存亡，都掌握在你的手里。你会觉得，那才是真正的挑战。"

他能瞥见她的潜质，那是一种与生俱来，无时无刻不在血液里流动的欲望。它会不自觉地嗅到与商海息息相关的信息，只要找准那个切入点，它就会倾泻而出，无法阻拦。

何芸竹知道夏一心要去九翾上班，第一个念头就是："你是想报复林承志吧？"

夏一心说："我从没这么想过，只是经不起他这么一说，我也不知道为什么就同意了，那种感觉十分奇怪。"

跟司昭南的一席话，让她觉得豁然开朗，人生的路途很长，需要她去奋斗的事很多，没有必要去计较林承志的心胸狭隘。

何芸竹说："你向来是个很有主意的人，想去就去吧。想当初要开店的时候，我犹豫不决，就怕亏本。你劝我说，人生总要遇到很多的机会，不去把握，你就不会知道选择是对是错，错了又怎么样，反正姐有大把的青春可以重来。"

夏一心打开电脑准备做一份简历，司昭南让她去公司报到的时候交一份简历。

这还是她第一次做简历。她想着大学毕业的时候，很多同学为了找一份好工作，把简历设计得精美独特，像一本本画册，各种荣誉证书订成厚厚的一沓，好让用人单位眼前一亮，增加好印象。

她的成绩还算优秀，没想过要背井离乡。一毕业，她就收拾行李回到庆市。刚好芸竹提议说想开一家咖啡厅，两人跑遍了庆市大大小小的咖啡厅，考查市场、租房、设计装修、做广告，才有了现在的"心芸"。

交到九罭的简历不用太精美，简单明了就好。咨询管理公司本来就是快节奏的工作，太复杂，反而给人华而不实的感觉。

夏一心花了半个小时写完简历，附上毕业证书，装进文件袋里。

司昭南的话一直在她脑海里回荡，像打了兴奋剂一样。有时候她会想，说不定这就是她的新年新气象。

顾从诫初二就回来了，拎着一大包土特产来看夏一心，见到她桌子上摆的简历问她怎么回事，她把要去九罭的事说了。

顾从诫先是有些惊讶，想了想说："如果你真的喜欢这份工作，去九罭不失为一个好的选择。司昭南的能力出众，如果他肯带人，你的前途不可限量。"他又说，"其实我打算跟承志散伙，出来单干。如果那样，你会来帮我吗？"

志诚也算是在夏一心的帮助下建立起来的，她对志诚的情感不亚于亲手建立起来的家园，如果志诚真的散伙了，她会感觉到遗憾。

夏一心说："我现在没想那么多，觉得自己的能力还不足以帮助谁，只是单纯喜欢这个行业，想学一些东西。等我成长了，你需要我的时候，我肯定会来的。"

顾丛诚说："我一直担心你不能从承志的感情中走出来，现在看来，是我多心了，你的状态很好。"

"林……"话到嘴边，夏一心把话又咽回去了。其实她在心里还有那么一点点记挂，但是想想，不过是她自作多情罢了。林承志现在的女朋友家大业大，他正风生水起呢吧，哪有她操心的份儿。她打算去九畟上班还有另外一个原因，她希望自己忙一点，繁忙的工作会让她忘却一切烦恼。

初八是第一天报到的日子，夏一心起得很早，早上堵车严重，她选择坐地铁过去。庆市的地铁在上下班的高峰期人多得可怕，赶超春运，好在地铁不堵，她准时到达公司。

走进九畟的大门，办公区里人来人往，一派繁忙的景象，她有类似的工作经验，却莫名地紧张起来。前台小姐上来询问，夏一心说明来意，前台于是带着她去了人事部。

夏一心递上自己的简历，人事专员看了一下，眉梢一挑，笑着问："夏小姐，是学心理学的？"

"是的。"她自信一笑，虽然从事咨询行业的人很多都是金融专业毕业的，但司昭南的话给了她勇气。

人事专员点点头："司总吩咐过，你的职位是咨询顾问。"

接着他简单地说了一下岗位职责，试用期3个月，薪资等。

夏一心一一点头回应。

九畟的岗位设置跟志诚完全不一样，志诚像一只风雨同舟的小船，大家齐心协力，哪里需要，就去哪里协助；而九畟是一艘巨大的战舰，里面的人各司其职，发挥着不同的作用，看似互不干涉，却又紧密相连，滚滚向前。

人事专员叫来行政助理，带夏一心去办公区，办公区是开放式的，大家一起办公，只有经理以上的职位才有独立办公室。

夏一心很喜欢办公区的色调，严肃的黑与流动的金，低调奢华。行政助理指着靠窗的办公桌说："这就是你的位子。"

夏一心点头："谢谢。"

她刚一坐下，旁边的同事就探过头："我认识你，你不是前面那家心芸咖啡厅的老板吗？"

男同事穿着黑色的正装，眉清目秀，看着年龄跟她相仿。

她点点头："我叫夏一心，以后还请多关照。"

对方诧异："你怎么来我们公司上班了？"

卖咖啡的和咨询公司分析师，行业跨度大得让人有点不可思议。夏一心没做过多的解释，只说："什么时候想喝咖啡了，去心芸，我请客。"

司昭南从半弧形的楼梯走下来。室温适宜，他脱了外套，白色的衣衫配着黑色的针织背心，略显文雅。他走到夏一心面前，笑着说："一心，你来了！"

他的目光永远炯炯有神，看得她的心怦怦直跳。她微笑着回应："早上好。"

司昭南礼节性地点点头，径直往办公区的另一头走了。

夏一心深吸了一口气，右侧办公桌的女孩子说："别心花怒放，司总对谁都这样。"

司昭南能记住每一个员工的名字，见面时问候是他每天的例行公事，这样能提高员工的被重视感，让他们做起事来，也有干劲。

过了一会儿，行政助理过来通知，晚上大家聚餐，卓经理请客。

办公区发出一片欢呼声。卓颖是公司的合伙人，司昭南之下，万人之上，吃穿用度都非常有品位，她请客，肯定是大家平时不敢轻易进的餐厅。

办公区的气氛沸腾了一下，很快就恢复平静。旁边的女同事小声嘀咕着："你可真走运，一来就遇上老板娘请客这种好事儿。"

夏一心想起司昭南送的那条手链，看来卓颖真的是他女朋友。

她得立即进入工作状态，于是打开电脑，将公司的基本资料调出来看了一遍。一天的时间很快就过去了，订的餐厅不远，就在附近的街上，6点下班，大家一起过去。

夏一心是慢热的性格，第一天上班，跟同事还不熟识，只是默默地跟在大家的后面。

晚餐吃日料，在庆市最正宗的日料餐厅。老板是日本人，说着蹩脚的中文。包间里，一排长条桌大概坐二十多个人，司昭南和卓颖还没到，留着最前面的两个空位等他们。夏一心原本打算坐在最后面，一个男同事看着她，指着旁边的位置："你是夏一心吧，坐这里。"

尽管她在办公桌前坐了一天，但也从同事们相互招呼的寒暄声中，梳理了一遍同事的名字，能够大致知道他们各自是什么职位，还是隐约记住了一些同事的名字。于是她应声走过去坐下，问："江泽？"

江泽点点头："看来你挺机灵的！"

大概等了10分钟，司昭南和卓颖就进来了。两人并肩而行，感觉亲密，司昭南坐到了最前面的位置。卓颖说："我们刚拿下锦绣纤城的项目，今天又有好消息，法国旖旎化妆品在中国的公司也跟我们签订了项目合同。大家都干劲十足，相信我们会越做越好的。"

卓颖话语间显得霸气干练，很得人心。

顿了一下，卓颖又说："今天公司来了一位新同事，希望她能很快融入我们这个大家庭，大家继续努力合作，把公司发扬壮大。"

夏一心没料到卓颖会介绍自己，赶紧站起来，向大家微微鞠躬："大家好，我叫夏一心，是新来的咨询顾问。"

卓颖开口提拔，大家都纷纷鼓掌表示欢迎。

进入正餐时间，夏一心对生食过敏，刺身一点都不能沾。她也不喜欢日式炸鱼，总感觉腥味太重，看到有炸小虾，简单吃了两口。

旁边有人在小声聊天："我觉得这事儿没这么简单，法国旖旎在中国的护肤品界里只能算中等产品，能有多大的项目？上次你拿下凯特电器也没见有这么大的阵仗，我看这顿饭是专为这个夏一心吧，她到底什么来头？"

夏一心离得近，两个人没有半点避讳，分明就是说给她听的，她假装没听到，端起杯子喝茶。

另一个人说："你想多了，卓经理铁面无私，大家是有目共睹的。我听说商会的陈主席想把女儿放到咱们公司来实习，被卓经理以不合适的理由硬生生地挡回去了。"

Chapter 06

我 的 倾 城 谋 划 师

司昭南把夏一心叫进小会议室。会议室里除了司昭南之外，还有另外两个人，其一是昨天跟她打过招呼的江泽。他是司昭南从猎头公司找来的，曾经是一家世界500强公司中华地区的财务总监，而当时的九罭不过是一家才起步的小公司，夏一心不得不佩服司昭南挖掘人才的能力。

另一个女孩子叫郝丽，戴着大大的眼镜框，有点文学女青年的慵懒气质。但人不可貌相，听说她毕业于国内名校，是金融系博士。相比江泽和郝丽的学识和经验，夏一心有些相形见绌。

司昭南宣布，天临集团收购莲初超市的顾问小组正式成立。

首先，司昭南让夏一心来介绍天临集团的基本情况。这事事先没有通知她，夏一心也没做任何材料收集，只能硬着头皮说一些知道的信息。她深吸了口气，用清晰的声音介绍着："天临集团创办于1990年，创办人秦宇川早先以防水厂起家，后转为地产生意；1995年他创办第一家天临商场，之后陆续在全国六个城市共设立八家天临商场。听说五年前，天临商场的经营开始出现亏损，接连关闭了三家，现在只剩下闵市、滨海、洪市和庆市共五家商场。其中庆市有两家商场，秦宇川在天临集团的股份达到了80%。”

司昭南点头，表示对她介绍情况的肯定，又提醒她：“以后在作报告的时候，千万别用‘听说’这样的字眼，会显得你很不专业。”

夏一心点点头，终于可以松一口气。

接下来的三个月，他们将分别对莲初超市的实际市值和天临集团的收购能力进行评估，交出一份完美的报告。

夏一心收到了秦宇川六十岁生日宴的请柬。秦宇川为人素来高调，几乎每年的生日都会宴请朋友，其中不乏庆市的富豪名流。这也是一些人寻找商场，攀附人脉的名利场。

秦宇川是夏一心父亲的挚友。自从父亲失踪后，是秦宇川出面跟银行、供货商，还有工厂的工人进行交涉的。朝辉因为父亲的失踪，一蹶不振，以至于不得不关闭，最后还是在秦宇川的极力维护下，才保住了一笔产业留给她，让她衣食无忧。夏一心一直亲切地称他为“秦伯伯”。

她刚走到门口，秦烁就兴冲冲地跑过来：“一心，你今天真漂亮，我老远就看到你，闪闪发光。”

夏一心笑着招呼：“烁哥哥。”

秦烁很大方地挽住她的手：“我送你进去。”

秦烁是秦宇川的独生子，两人从小玩到大，非常熟络，夏一心一直把秦烁当成亲哥哥看待。她说：“我对这里很熟了，不用送，你去招呼其他人吧？”

秦烁问：“林承志呢，怎么没跟你一起来？”

夏一心脸色一白：“分手了。”

秦烁瞬间笑开了花：“真的？我早看那小子不顺眼了，贼眉鼠眼，阿谀奉承。跟他分手是对的。”

见夏一心脸色不好，他赶紧住了嘴。门口的来宾络绎不绝，他今天是负责在门口招呼客人的，秦父严苛，吩咐的事就跟军令一样。夏一心说：“你去招呼客人吧，过会儿见！”

走进大厅，夏一心一眼就看到了西装革履的司昭南，他高高的个头儿，气宇轩昂，在人群里耀眼瞩目。司昭南也看到她，挥了挥手，示意她过去，于是她缓步走近：“司总。”

司昭南说：“这里不是公司，叫我昭南就行了。”

这样的称呼似乎过于亲昵，她有点不习惯。

他问：“这里的宾客你应该认识不少吧。”

夏一心笑着说：“很多认识，但不是太熟。”

世态炎凉，父亲风光无限的时候，她家门庭若市，高朋满座。那时候她有很多亲切的叔叔伯伯，夏家没落之后，更多的是视若无睹。人情淡漠，很多人她依旧记得，只是再没有过交集。

有服务员托着酒水穿梭在宾客间，司昭南问她：“要喝点什么吗？”

夏一心瞥了一眼上面不同颜色的酒水，说：“橙汁。”

他拿了一杯，递给她。

这时，秦宇川从楼上走了下来，他身形健壮，神采奕奕，很显年轻，根本不像是年过六旬的人。他的到来吸引了在场人的目光，大家鼓起掌来，对他的生辰表示祝福。

秦宇川说要向来宾介绍一位重要的客人，说完，就招呼司昭南过去。众目睽睽之下，大家让开一条道，司昭南像耀眼的明星一样款款而去，站到了秦宇川的身旁。

他的履历很惊人，随便两条，都让人惊叹。有熟悉的名媛靠过来问夏一心：“一心，我看刚才他跟你聊得挺多的，你们很熟吗？”

夏一心如实回答：“他现在是我的老板。”

众所周知，秦宇川爱才，对司昭南这样有实力的精英，会更青睐一些，难怪他会把他的爱车“沙漠之舟”借出来。一翻介绍之后，秦宇川引领大家入席，晚宴开始。

每年秦宇川的生日宴，夏一心都是挑角落的位置坐，她不喜欢交际，也不喜欢成为别人谈论的话题，来参加，也只是为了送上自己的礼物，感谢秦家对她的照顾。

秦烁坐到她的旁边：“让我好找！”

“找我做什么？”

“你是我的贵宾。”秦烁的嘴是出了名地会哄女孩子，他说，“你总是不声不响的，我就想逗你多说两句话。”

开餐了，秦烁正要拿起筷子，秦宇川的秘书站在他的身后：“公子，先生让你过去。”

秦烁有点不耐烦：“我就坐这里！”

秘书小声说：“公子，你是知道先生的脾气的。”

秦烁觉得对方在威胁他，态度更加强硬：“不去。”

秘书知道秦烁能听夏一心劝，向她递了个眼色，夏一心赶紧说：“烁哥哥，去吧，今天是秦伯伯的生日，你可是他儿子，总不能让他扫兴。去吧，晚宴过后我在花园那边等你。”

秦烁跟着秘书过去了，远远的，夏一心看到秦宇川的旁边站着一个身材高挑的妙龄女孩子，秦烁过去之后，两个人握了握手。她猜测着，那个女孩子应该是秦伯伯亲自挑选的未来儿媳。

晚宴过后，夏一心跟秦伯母招呼了一声，就默默地离开了。秦伯伯忙着交际，招待贵宾，只有等哪天空闲的时候，她再过来道谢。

司昭南从喧闹的宴会上抽身出来，转了一圈也没见着夏一心的身影。那个小丫头，只有谈到工作的时候还会自信满满，而更多时候像一个长满尖刺的刺猬，防备着不让人靠近。

通过秦宇川，他接触到庆市不少有名望的商人，为将来的业务开展助力不少，为此，他也喝了不少酒。他喝酒向来有节制，点到即止，是时候告辞了。

知道今天要喝酒，他雇了司机。司机问他去哪里，他说："翡冷翠。"

车驶出秦家别墅，司昭南又改变了主意："去公司。"

他走到公司的门口，里面传来微弱的灯光，他轻步走进去，一个瘦小的背影坐在靠窗的位置，电脑的显示屏闪烁着，像茫茫黑暗中的引向标。

他轻轻地走到她的身后。大概是太过专注，夏一心一点都没有发现，她在搜索关于莲初超市的新闻。

天气还没有转暖，司昭南喝了酒，夜风一吹，嗓子有点干，他忍不住咳嗽了两声，吓得夏一心抖了一下，转过身，赶紧站起来："司总，你怎么来了？"

司昭南在旁边的椅子上坐下："你不是也在参加宴会吗，怎么到公司来了？"

"想着工作没做完，就来了。"夏一心对社交不感兴趣，而且那样的名利场，没有谁会在乎她这个无根无依的人。

司昭南问："你对莲初连锁了解多少？"

夏一心畅所欲言："明宇的老板郑舜华对莲初连锁是很有感情的。80年代初，莲初连锁是他和妻子一手创办起来的，莲初就是他妻子的名字。可以说明宇拥有今天的成绩，莲初功不可没。五年前，郑舜华的妻子过世后，他还特地在莲初的年会上，为妻子立了一块丰碑。明宇的产业那么多，如果内部真的出现问题，他也不会拿莲初来开刀。我想，这其中除了资金上的问题，应该还夹着情感上的博弈。"

说完她赶紧申明："最后一句是我的猜测。"

但是此话一出，她有点后悔，前两天在会议上他才提醒过，他不要猜测，要有力的事实证明。

夏一心只得接着说："郑舜华的妻子刚死的时候，大家都认为他这辈子都不会再娶，谁知不到半年，他就跟秘书好上了。他也算是庆市的名人，所以有小娱乐报报道过这件事，后来被人挖出来，早在妻子还没有去世的时候，他就已经跟秘书生下了一个儿子。"

讲到这里，夏一心有点伤感。世事难料，你陪着一个男人艰辛创业，吃尽苦头，他却在大富大贵的时候寻找所谓的"爱情"。

她讲到关键点："郑舜华和前妻只有一个独子，叫郑劲松，莲初连锁一直是他在管理。自从秘书的事曝光之后，尤其他多了一个弟弟，公司多了一个财产继承人，他们父子俩的关系就开始如同水火。郑舜华要卖掉莲初，这才是关键吧。

"我打听到郑劲松正在想办法买下莲初，天临能不能成功收购莲初，他应该是关键。"

夏一心看着司昭南，他只是一边聆听一边礼节性地点头。对于她所讲的情况，他没有表态，让她的心有点发慌，担心自己说错什么。

这个话题他没有继续下去，转而聊起了庆市的经济格局。这是一个群雄逐鹿的时代，谁能高瞻远瞩，谁能把握时机，谁就能成为王者。

渐渐地，夏一心感到惊讶，司昭南在国外留学多年，半年前才回到庆市，他竟然对庆市大到经济形式和未来规划，小到富豪名人，不仅了解，还颇有见地，甚至比她所知道的信息灵通多了。看来刚才她所谈到的莲初的信息，他早就尽在掌握中，自己却在班门弄斧。

夏一心有个疑问，公司员工每个人都有名牌，只在公司内部使用，方便认识。但名牌上的名字都是去掉姓，如果姓后面只有一个字的，就在字前面加一个昵称，比如她叫一心，江泽叫阿泽，郝丽叫小丽。

对于公司内部有职位级别的人，则在他们的姓后再加职称，比如司昭南，大家都称他“司总”。

司昭南和卓颖都在国外工作多年，对于公司的管理理念多来自国外公司工作的经历。为了称呼起来方便，增加上下级间的亲近感，很多公司内部都喜欢用英文名。国内一些公司为了跟国际接轨，方便往来业务，工作中，也常使用英文名，但九罭里，大家使用的都是本名。

对此司昭南解释说：“我不喜欢英文名，从父母为我取名叫‘司昭南’的时候，这三个字就成为我一生的代号。在国外念书和工作，很多人都入乡随俗起了英文名，很长一段时间，我写自己名字的时候都用中文名的拼音，但指导我的教授说念起来太拗口，不得已只用过Alan这个英文名。”

“现在是在国内，我们做的多是国内企业，就更没必要用英文名。对于普通的职工，昵称叫起来更有亲近感，更像一家人；对于经理以上级别的人，我坚持用职位来做后缀，是想时刻提醒大家自己的本职工作是什么，想要晋升，就得凭自己的真才实学。”

他是个恋家的人，无论身在何处，骨子里的传统和信仰都不会被磨灭，这种坚持让夏一心更加欣赏。

跟一个志同道合的人聊天是一种享受，而且她很久没有遇到兴趣相投的人，不知不觉，墙上的钟时针已经指到了2点。兴奋的感觉让夏一心毫无睡意，但想到时间已晚，为了不耽误明天的工作，她得赶紧回家。

司昭南说：“我顺道载你。”

“谢谢司总，我开车过来的。”

卓颖透过办公室的落地玻璃墙看着楼下埋头整理资料的夏一心，回过头问司昭南：“我没看出这个女孩子的能力有多强，很普通，不过脸蛋还是挺漂亮的。她是林承志的女朋友，你也敢用，你到底看上她什么？”

司昭南没有回答，目光一直停留在手里的文件上。

卓颖走到办公桌边，两手撑在桌沿上，靠近他：“你喜欢她？”

司昭南抬头瞟了她一眼，冷冷地说：“我不喜欢开玩笑。颖，别试探我，OK？”

什么都逃不过他的眼睛，卓颖的确只是借夏一心试探一下司昭南，他的心对于爱情是否有涟漪。卓颖跟司昭南共事多年，又随着他回国创业，两人朝夕相处多年，是大家眼里公认的一对。但私底下，他们却保持着友人以上，恋人未满的关系。

只要不涉及爱情的，他几乎有求必应。

卓颖也想过放弃，或许她不是他的良配。但风风雨雨这么多年，也没见他对哪个女孩子动心，她甚至怀疑过他的性取向。

他洁身自好，也没有特殊癖好，她义无反顾地陪着他走，想着千帆过尽，他终会发现自己的好。可她昨晚跟几个大学同学视频聊天，她们一个个都为人母，分享着孩子的趣事，尽管大家都羡慕她是商业女强人，拿着百万年薪，可谁又知道她内心渴望家庭的温馨，丈夫孩子热炕头？

她已经三十二岁，等不起了。

卓颖说：“我记得你说过，我能加入公司，你就欠我一个人情，现在我要向你讨这个人情债了。”

司昭南微微弯着嘴角：“说吧，想要什么？”

“我爸妈特地来庆市看我，你抽空陪我去吃个饭。”

他说：“既然是伯父伯母来，当然招待，没问题。”

卓颖笑了：“那就这么定了！”

下午6点是规定的下班时间，6点之后的九罭，繁忙程度丝毫不减。

6：30的时候，司昭南在工作QQ上通知，7点要开项目会议，成员要准点参加。

夏一心饿得肚子咕咕叫，上午她在看莲初的竞标文件，忘了午饭的点儿，等看完的时候，已经是下午3点，她想着再挨3个小时就能吃晚饭了，谁知道下午的工作也不轻松，连晚饭的点也要被带过了。

这时，她的电脑一角弹出一个对话框，是司昭南在说："到我办公室来一下。"

她推开他办公室的门，他正专注着手上的资料。她瞥了一眼他手边堆放的资料，都是关于矿业的杂志和报纸。他说过，着手一个自己完全不熟悉的行业，杂志和报纸是入门的基础。

看到夏一心，司昭南指指茶几上的餐盒说："我不喜欢吃桂花糕，总觉得是女孩子吃的零食，你拿去吧。"

夏一心看着食盒里雪白的糕点，中间点缀着金黄色的桂花。她把食盒抱在手里，还是热的。她一眼就能看出这桂花糕出自不远处那条锦绣路上的百年老店荷记，可是那里的招牌点心，他竟然也会不喜欢。

于是她试探着问："司总，我真的拿走了哦。"

司昭南抬起头："说了给你，趁热吃吧，过会儿的会估计得11点才结束。"

夏一心从不白拿人家的东西，问："司总，要不要来杯蓝山咖啡？"

司昭南想了想："可以。"

走出办公室，夏一心给何芸竹打了个电话，让店员送一杯热蓝山过来，这样她吃着他给的糕点，算是两不相欠。

美味的桂花糕下肚，夏一心立即精神满满。她6：50分走进会议室，江泽第一个到的，已经坐在那里，问："一心，遇到什么高兴事儿了，满脸春光的？"

她想难道自己的脸是红的？于是夏一心下意识地用手摸了摸脸颊

问："有吗？"

江泽开玩笑说："逗你玩的！"

江泽是个很幽默的人，不过他的玩笑，夏一心一时还无法适应。

郝丽的眼睛有点肿，江泽说："是不是偷看了不该看的东西？"

郝丽没好气地回答："闭上你的狗嘴！"

郝丽整理数据一夜没有合眼，隐形眼镜让眼睛发炎了，所以眼睛有点红。正好夏一心抽屉里有红霉素眼药膏，是前段时间她饮食太辛辣，眼睛充血，买来用的，还剩下一些，她赶紧去办公桌拿，回来的时候司昭南已经到了，7点已经过了半分钟。

司昭南语气严肃："以后一定要把握好时间观念，大家手头上的工作很多。"

夏一心说了声对不起，赶紧到位置上坐下，从桌子下面把眼药膏递给郝丽，郝丽接过，拿起来对司昭南说："司总，一心早就来了，只是刚才去帮我拿眼药膏了。"

司昭南瞟了一眼，没有改变态度。在他看来，生活和工作都必须有规划，就算遇到意外情况，也要得心应手，不扰乱任何安排。

会议正式开始，司昭南说："还有一个月时间，莲初连锁项目就要开始第一轮竞标，一共有三家公司，中天连锁、东方化工和我们。中天连锁有着丰富的连锁超市经营的管理经验，而我们和东方化工却是门外汉。要跟他们竞标，我们在专业化上有所欠缺，我们要做的工作，就是弥补这种欠缺。"

江泽看着自己手里的资料："莲初近两年一直处在亏损状态，我这边收集到的资料显示，莲初现在欠着员工的工资和各种福利近8000万，渠道供货商的欠款达到1.3亿，还有银行的贷款2亿，如果进行收购的话，就这三个款项就达到4亿。"

司昭南看向夏一心和郝丽："你们有什么意见吗？"

夏一心想了想说："这起收购案，我们应该先发制人，现在很多人只看到表面的东西，就莲初的品牌效应、内部管理和经营运作方面，并不具备多少竞争力，前些年一家独大，自然赚得盆满钵满，这几年，一大批国外品牌连锁超市涌进国内，实力凸显，自然就被别人抢占了市场。我倒是觉得莲初完善的物流配送系统才是收购的重点，近十年来，中国经济的崛起，疯长的购买力让物流业开始繁荣，我相信在未来的五年中，物流业会迎来一个新高峰。莲初的物流配送线是现成的，拿过来就能用，而且我听说庆市在未来5年的规划中，要新建一个贸易港口，也有助于将来进驻保税物流。”

司昭南心里非常赞赏夏一心的思维能够跳出常规，看到别人所忽略的东西，但他压抑着这种赞赏，不能被她察觉。他了解她的性格，不被认同，才会更加努力。

郝丽摇了摇头，表示没什么想补充的。

司昭南说：“据我了解，国外和国内在评估的过程中差异很大，国内往往比较看重实物的价值、固定的物资、要偿还的欠款；而国外则更看重无形资料，还有这家企业未来能带来的收益。我需要莲初连锁更全面的资料。”

接着他开始细分工作：“郝丽，我需要莲初超市关于金融、投资还有专利权方面的资料；江泽，你负责核实一下莲初的负债情况，要更细致的数据。”

然后他看向夏一心：“你对天临集团的了解更多，我需要一份优势的分析报告。”

秦宇川留了一份资料给司昭南，夏一心跟江泽办公完要路过天临集团的办公大楼，正好帮忙带回去。

夏一心从总经办拿了资料出来，走进电梯，电梯门快要关上的时候，就看到秦烁从长廊那头跑过来，大声地叫着：“一心，等等我。”

江泽只好按下了电梯的开门键，秦烁冲进电梯里，喘着气：“一心，好久不见。”

夏一心笑着：“烁哥哥好！”

“难得来一趟，一起吃午饭吧！”

夏一心一直刻意和秦烁保持着距离，担心吃饭的时候，他又会口无遮拦，正犹豫着，江泽先回答：“能跟秦公子吃饭，真是荣幸。”

秦烁是秦宇川唯一的儿子，在江泽看来，绝对是需要结识深交的人，对方主动提出一起吃饭，这是最好不过的机会。

天临集团地处繁华的北区中心，周围的餐厅很多。江泽主动请客，找了一家环境比较清幽的店。

江泽问秦烁菜肴的口味如何，秦烁素来大大咧咧，对于饭食从不挑剔，说让他决定就好。秦烁说着话，眼神在夏一心的身上没有离开过。

秦烁说：“一心，你简直太伤我的心了。那天晚宴，你一声不响就走了，害我找了老半天，给你打电话，你也不接，你真是太没良心了。”

夏一心怕的就是他这样不顾场合的暧昧言语，瞟了一眼江泽，担心对方会误会。

然后她蹙着眉头对秦烁说：“别说了。”

秦烁支着头，继续抱怨：“我俩好歹在一个碗里吃过饭，在一张床上睡过觉，你不能占了我的便宜，回头就不认账了。”

夏一心的脸红得像煮熟的虾，旁边的江泽却露出惊讶的眼神：“秦公子，原来你和一心这么熟，还真让我有点惊讶！”

夏一心赶紧辩解：“我们只是普通朋友，别听他胡说。”

秦烁看到她脸上的不快，只得赶紧解释：“我们秦家跟夏家算是世交，所以我和一心从小就认识。小屁孩儿的时候，睡在一张床上也没什么奇怪，都是二十几年前的事了，开开玩笑而已。”

为了消除夏一心的尴尬，秦烁不再殷勤，把话题拉到收购莲初连锁上，说如果需要他的帮忙，尽管开口。

回去的路上，江泽和夏一心闲聊起来："没想到你竟然是夏翔文的女儿，你爸以前在庆市可是个传奇。"

要在庆市商界混，自然得了解庆市商界的历史。都说商场如战场，利益纷争，城头变化大王旗，江山代有才人出，但一代一代，总有着盘根错节的联系。

夏一心尴尬地笑着："那都是很久以前的事了。"

人走茶凉，能记起朝峰的人越来越少。

江泽的态度少了平时的严肃，多了一分柔和的谄媚："好好干，以你的实力，将来绝对不可限量。"

她总觉得这样的夸赞，有点贬义。

天气明显变得暖和起来，到处都能闻到春天的气息。秦宇川怕冷，所以这个冬天几乎都待在美国。他想着也该出来活动活动，舒展筋骨，所以约了几个朋友打高尔夫，自然也叫上了司昭南。

秦宇川用人谨慎，对司昭南却有一种说不出的喜欢，司昭南在华尔街打拼多年，交际广泛，却没有半点油嘴滑舌，话不多，却字字诚恳。秦宇川原意是想让儿子多跟司昭南接触接触，也学学人家的眼界。他电话打过去，秦烁却说有事，不来了。

刚刚秘书打电话来汇报工作，他顺口问了句秦烁，结果儿子根本不在公司。秦宇川不得不叹气，什么时候儿子才能懂事，替他分忧解难，挑起秦家的担子？

司昭南穿着浅蓝色的衬衣，褐色的毛背心，笔直的休闲裤，他修长的手臂一挥，球就以一个漂亮的弧形飞了出去。

旁边有人拍手，秦宇川定睛一看，原来是鄂记的程总带着他的千金过来捧场。也难怪，像司昭南这样的青年才俊不失为女婿的好人选。尽管他出身普通，却是名校毕业，有头脑，有才华，比起家世显赫的纨绔公子，更能为已用。如果他有女儿，也会这么安排的。

一行人走走停停，说说笑笑，秦宇川问司昭南："你怎么想到雇用一心的？她之前一直在咖啡馆里待着，对于商场上的事知之甚少，我担心她不能胜任这个工作，还会给你添麻烦。"

司昭南笑着说："我知道秦老板对一心素来照顾，她的工作能力，您大可放心。我也是一次很偶然的机会才发现，她表面上是一个柔弱的小姑娘，心底却深谙经商之道。胆大心细，这正是行业的生存之道。"

秦宇川点了点头，话锋一转，又问："我看程小姐对你是青睐有加呀！"

司昭南说："程小姐年轻漂亮，还是学法律的高才生，只可惜我已经有女朋友了。"

"哦。"秦宇川问，"是不是那位卓小姐？"

司昭南笑了笑，没有回答，只说："该轮到我了，还有两个球，我就要赢了。"

夏一心从行政那里领到一批文具，从各种形状的绘图板、铅皮到橡皮。司昭南要求公司员工学会的第一个技能就是手工制图。各种演示软件容易绘制出花哨的图表，但客户要的是精准的结果。手工制图可以养成习惯，用最简单明确的办法来展示结果，以及解决方法。

江泽向她解释："九聚人一定要学会手绘草稿，一来可以集中思考；二来，能更容易把握住重点。"

自从有了电脑之后，夏一心就很少会用到笔，握在手里，生疏得可怕。

中午她和同事一起叫了外卖，在办公桌前一边吃一边闲聊，一位同事说："我听说十六楼那家志诚咨询公司最近遇到麻烦了。"

夏一心心里一惊，竟然有些担忧。

同事继续说："那家公司的老板叫林承志，有一次我跟司总去见一个客户，他也在。他那口气难听死了，还一副自以为是的样子，这还没多久呢，我看快倒闭了吧。"

另一个同事附和着："我对司总是信心满满，我觉得不出两年，我们肯定是庆市数一数二的咨询大腕。"

闲聊间，卓颖走了进来，手里拎着一个打包袋，递过来："给你们加餐。"

有人接过来，打开一看，里面竟然是帝王蟹。卓颖说："一个客户送的，你们尝尝鲜。"

这东西可不便宜，大家连连道谢。等卓颖上楼去了，有人说："我觉得司总跟卓经理的好事快近了，前天我跟男朋友去吃饭，看到卓经理带着司总见家长呢！"

有女同事叹着气："唉，这年头儿，为什么好男人总是被别人先下手为强？"

"他们这叫强强联手，你就别做灰姑娘的白日梦了！如果你有一心那么漂亮，还有点可能性。"

见同事把玩笑扯到自己身上，夏一心笑着说："现在漂亮女孩子多了，能不能找到意中人，还得看运气，我向来运气就不怎么好。"

下了班，夏一心径直去了咖啡馆，咖啡馆门口停着秦烁那辆骚包的紫色阿尔法罗密欧。庆市的交通堵塞缓慢，除了装装样子，这种跑车根本无用武之地。

一进门她就看到秦烁坐在吧台边跟何芸竹聊天，不知道秦烁说了什么，芸竹笑得花枝乱颤。

见到夏一心，秦烁赶紧站起来："一心，你来了！"

夏一心说："你很少过来，今天有什么事吗？"

"来问问你跟林承志的事。"他在她面前从不掩饰什么，有话直说，"我现在才知道，那家伙忘恩负义，放心，哥给你出气。"

夏一心双手合十："你不给我添麻烦就已经很不错了。"

秦烁又说："我今天过来是想找你们俩陪我吃饭的，你们俩可不能抛弃我。"

他嘴噪，跟谁开玩笑都说得溜，芸竹说："只要你秦大公子肯请澳龙，上刀山，下火海，我都跟你走。"

秦烁笑着："每次见面，你这小丫头片子都不忘宰我！"

秦烁出手大方在圈子里也是出了名的，所以身边模特儿、小明星就没断过。秦宇川为了让儿子"改邪归正"，试图让他成家定心，给他介绍了不少千金名媛，最后对方都被他的花心给气跑了。时间一久，秦父就懒得管他了，只要不惹出大麻烦，就随他去了。

秦烁真的请客吃澳龙，让芸竹敞开肚子吃，管饱。何芸竹最喜欢这种冤大头，哪里会客气。借着秦烁去上卫生间的空当，她悄悄对夏一心说："八成是听说你跟林承志分手了，贼心又起。"

夏一心最怕的就是这个，她已经明确地拒绝过很多次，但秦烁依旧热情不减。

何芸竹劝着她："你也别太死心眼，秦烁对你也算是有始有终了，这么多年，算是痴心不改，也知根知底。他对你的感情不会掺杂任何利益，只是单纯的爱，多好。"

秦父曾经找她谈过，希望她不要跟秦烁在一起，尽管理由很世俗，秦家想找一个实力相当的亲家，强强联手，才能永久立足。她没有对芸竹说过，只说自己不喜欢秦烁，所以芸竹有时候会抱怨她死心眼，自找苦吃。

夏一心说："别说这事了，说到这我就糟心，我现在只想工作，没心情再谈恋爱。"

芸竹撇了撇嘴："口是心非。"

秦烁从卫生间回来，问："吃饱喝足，我们来点消食运动怎么样？"

芸竹满怀期待，既然有人肯买单，多多益善。

“我们去夜游佛光寺，怎么样？”

夏一心先说：“我还要回去看资料，明天开会要用。你也知道，莲初的收购案在即，刻不容缓。”

秦烁了解她的性格，她是认真的人，八头牛都拉不回来。尽管扫兴，也只能作罢，于是他说：“那我送你回去。”

“我自己开了车，你送芸竹吧。”

Chapter 07

每天早上，司昭南都会面带笑容地跟见到的人打招呼，亲切地称呼大家的名字。

路过夏一心面前，他笑着说：“一心，早上好！”

夏一心赶紧站起身，报以同样的笑容：“司总，早上好。”

司昭南转身上楼去了，有同事在旁边议论：“今天司总的心情似乎很好。”

“公司的业务最近节节高，他哪儿能不高兴，他笑起来真的好帅。”

有同事笑起来：“你就慢慢花痴吧。”

穿着快递服的小哥走进来：“哪一位是夏一心小姐？”

夏一心回应：“是我。”

快递小哥拿出一盆白色玲兰花：“夏小姐，请签收一下。”

签完字，快递小哥把花放下就走了。

郝丽凑过来：“谁送的？”

虽然没有附卡片，但夏一心也能猜到是秦烁送的。

小小的白色铃兰花像满天星一样葳蕤茂盛，几片绿叶点缀着，娇小可爱。

郝丽赶紧在电脑里搜索了一下，八卦着：“白色铃兰的花语是纯洁的爱。”

另一个同事探过头：“一心，是哪位公子哥在追求你？你别看这花小不起眼，可贵着呢！好多大明星结婚的时候就是用它做的捧花，这么一小株，上万块呢！”

旁边的同事瞪大了眼睛：“什么，上万块！简直太浪漫了，快说说，是哪一位送的？”

夏一心敷衍着：“一个朋友。”

大家手头上都有工作，闲聊几句，就把注意力转回到自己手头上的事。

司昭南打了内线电话，让夏一心去一趟办公室。

她走进办公室的时候，正赶上秘书给司昭南送杂志，她瞟了一眼，全是矿业杂志。

他抬手说：“坐吧。”

夏一心坐下，司昭南从抽屉里拿出一份报告递到她的面前，正是她昨天交上去的，关于市场方面的评估报告。她问：“我有什么不足的地方吗？”

司昭南说：“你这份评估资料太过片面，我们能得到的信息和企业真正的情况是有所差别的，很多时候需要我们推测论断，但推测论断的基础是要有事实依据的，你忽略了最重要的人员结构。”

说完，他又打了通电话让江泽进来，把报告交给江泽：“你的专业是金融市场，你带带她。”

江泽接过报告，连连说好。

走出办公室，江泽安慰夏一心：“你到底是职场新手，缺乏一点经验。况且你这么努力，前途不可限量。”

坐到办公桌前，江泽伸手拿杯子，杯子却是空的。夏一心赶紧接过来：“我去帮你倒茶吧！”

江泽说：“那多不好意思？”

“举手之劳，而且你还是我的老师。”

“那就谢谢了，我要绿茶。”

夏一心到茶水间里泡好茶出来，隐隐地，就听到郝丽在和江泽聊天。

郝丽没好气地说：“我现在没空，你要的资料我晚一点调给你。”

江泽却催促着：“赶紧吧，没有这些资料，我等会儿怎么跟夏一心做演示。”

她突然感觉过意不去，为了莲初的收购案，大家手忙脚乱，还要帮她纠错，她应该找个机会感谢一下郝丽和江泽。

郝丽又说：“夏一心是有背景的吧，一个新手轻而易举就进了司总的项目部，我们俩可是过关斩将才进来的。她到底什么来头？”

江泽压低了声音：“司总让我在公司里别宣传，我也就没说，她老爸可是曾经风光一时的夏翔文。夏翔文失踪后，是秦宇川把她养大的，那天我还看到秦家公子对她大献殷勤，我想过不了多久，她会变成秦家的媳妇。”

郝丽恍然：“原来是这样，难怪啦，做秦家的项目，当然得拉拢秦家的人。先按捺着吧，估计项目一结束，她就会走的，公司从来不养没用的人。”

这话听着刺耳，夏一心的眼眶一下就红了。她是一个自尊心极强的人，自己拼命地努力在别人眼里却一文不值，他们表面友善融洽，真实的感觉却是嫌她拖后腿。

她将右手攥紧拳头，放到嘴边，重重地咬了下去。等情绪平复下来，她这才挤出笑脸，走进去，把绿茶放到江泽的桌子上。

夏一心说："不好意思，我突然想起有点工作没做完，调查报告的事，我晚点再跟你请教行吗？"

江泽正求之不得，说："好，没问题。"

回到座位上，夏一心深吸了一口气，把市场调研的材料全部找出来，从头到尾仔细地看，不错过任何一个细节。她一直坚信精诚所至，金石为开，只要有毅力，没有做不好的工作。

她想尽可能地保持轻松的心态，心里却像压着千斤重的石头，让她喘不过气。郝丽的话在她脑海里回响。她听顾丛诚说过，咨询管理是一门非常具有专业性的技术工作，她虽然略知皮毛，但说到底，也只是个新手。或许她一开始就没有找到窍门所在，才会偏差得这么厉害。

她越是想专注，却越觉得无力。

江泽忙得不可开交，手头上的工作刚做完一项，电话那头约的客户就提前到了。江泽只好写了几条重点给她，让她先收集这方面的材料，最后一起着手弄报告。

自从偷听到郝丽和江泽的谈话，夏一心的自信就像被抽空了一样，她拿着报告数据，却犹豫着不知道怎么下笔，她甚至有种错觉，以前的她太自以为是。

她头痛得厉害，收拾东西下班了。

夏一心刚走进咖啡店，秦烁不知道从哪里钻出来，一张脸笑开了花儿："一心。"

他怕打扰她工作，所以就在这里等她。

不用问都知道他是来做什么的，夏一心苦着一张脸："我今天心情不好，你喝杯咖啡就回去吧。"

秦烁说："我是个开心果，心情不好找我就对了。"

他拉着夏一心的手在吧台边坐下："快说出来，我给你排解排解。"

她把手抽回来："也没那么严重，就是想静一静。"

秦烁像个专家一样："事实证明，越安静，越烦恼。你要是现在回家关着，说不定会抑郁的。"

秦烁担心夏一心不肯跟他走，于是拉上何芸竹。何芸竹识趣："你们去吧，我约了一个小帅哥，你俩也不忍心我单身一辈子吧。"

秦烁不由分说地把夏一心拽出咖啡馆，塞进车里，带她去庆市有名的草木夜市。他了解她，她不爱奢侈品，喜欢美食，喜欢花，喜欢小动物，那个地方，应有尽有。

近几年城市规划抓得紧，零散的路边小摊都集中在这里。一到傍晚，这里人群拥挤的场面一点不亚于春运。秦烁一顿夸赞说，这里才是真正的庆市。这里离庆市高中很近，夏一心念高中的时候住校，秦烁经常来找她，然后在这条街上吃晚餐或是夜宵。

他们很久没来过了，现在走走，竟然有种重游故地的惬意感。

秦烁牵了夏一心的手："这样就不会走丢了。"

她想抽回来，他却紧紧地握着不肯松手，她提醒："别太过分！"

他一本正经："什么过分？我们现在可是最纯洁的男女朋友关系。海内存知己，天涯若比邻，是你的思想太复杂。"

夏一心被逗笑了，秦烁说："现在是我认识的夏一心才对。"

以前来的时候，两人最喜欢去一家叫"胖哥"的烧烤店，店主是个中年胖男人，很会招呼客人，偶尔一两句笑话，让人忍俊不禁。

他们一路找过去，"胖哥"烧烤店竟然还在，只是位置宽敞不少，多添了七八张桌子。

老板胖哥还记得他俩，笑着说："哟，这么多年不来了，是不是结婚了就把我给忘了？"

夏一心红着脸："我们只是朋友。"

"那就是老朋友聚会喽？里面坐，我记得以前你们每次来都要烤鸡屁股，今天我就送你们两串。"

烤鸡屁股是秦烁的最爱，尽管烤之前会清洗干净，但夏一心总觉得很恶心。有一次，她忍不住抱怨："你能不能不要吃鸡屁股，想着接吻的时候一股鸡屎味儿，谁还愿意跟你谈恋爱呀。"

她话音刚落，秦烁就问："是不是我不吃鸡屁股，你就跟我谈恋爱？"

那是秦烁第一次跟她表白，她当时吓得把喝到嘴里的可乐全喷出来了。

他们吃着麻辣的烤串，喝着冰爽的可乐，秦烁问："可以把你的不痛快说出来了吧！"

她想了想说："你觉得我的能力怎么样？我指的是工作上。"

他扑哧笑出声来："你是在打击我吧！"

从小，她是学霸，他是学渣。那时，秦父的口头禅就是："你看看人家一心，比你小几岁，样样全能，你这个当哥哥的，不觉得丢脸吗！"

夏一心在学校里一直都是尖子生，参加过数学竞赛，次次拿奖；而秦烁的成绩一直徘徊在及格线上，高考的时候，连专科都没考上。秦父怕丢人，只得拿钱将他送出国去镀金。

秦烁看着夏一心："你说你没能力，难不成你以前那些奖都是作弊来的？"

知道他在玩笑，夏一心瞪了他一眼，把一串肉丸子塞进嘴里。

"我一直觉得，只要是你认真去做的事，就没有不成的。"秦烁似乎猜到了什么，问："是不是被客户打击了？"

如果是客户倒还好，因为互不了解，被误解是可以理解的；但跟自己朝夕相处，做同一个项目的同事，对于差距才会一目了然。

夏一心感叹着："或许我真的不适合做咨询管理吧。他们都说司昭南招我来公司，就是为了天临的案子，有我们两家的关系在，合作才会稳固。"

秦烁不以为然："我还以为是什么呢！这有什么，我们两家关系好那是缘分，如果不是因为你，我还不会对他们这么客气！”

夏一心白了他一眼，感觉像在对牛弹琴。

这时，秦烁的手机响了，他接起来，用不客气的口气说：“行了，我在忙，改天打电话给你。”

夏一心能猜到，对方肯定是个女孩子，秦烁这两年的风流花边消息，是庆市一些娱乐小报的热门。

挂断电话，秦烁发现夏一心看他的眼神充满了嫌弃，于是解释：“你不喜欢我，我跟谁在一起都一样。”

夏一心说：“你这话我可受不起，我要是一直不同意，那你就准备一直换女朋友？”

两人从小说话都是相互调侃，相互打趣，相互斗嘴，对直白的说话方式习以为常，也不会觉得突兀。

秦烁又说：“不是我说你，干吗把自己搞得这么累？找个有潜力的青年才俊嫁了，在家当太太不好？你这样抛头露面，风风雨雨的，也挣不了多少钱。”

他说着，将头发一甩，又抛了一个媚眼，暗示他就是这样的青年才俊。

芸竹说秦烁抛媚眼的样子完全能满足女孩子对邪魅狂狷的期待，可在夏一心看来，只有“嬉皮笑脸”这四个字。她打了个寒战：“行了，你再眨眼睛，我就要吐了。”

秦烁虽然不能帮她排忧解难，但跟他斗斗嘴，她的心情倒是好了不少。

夏一天这两天精神恍惚得厉害，她靠在办公桌前，支着头，没注意手上的铅笔，在图纸上画出一道又一道的圈。

“夏一心，你在做什么？”

司昭南严肃的声音吓得她抖掉了手里的笔，她赶紧捡起来：“不好意思。”

司昭南说：“如果不在工作状态，就不要强迫自己工作，找点其他的事来放松自己。”

以为司昭南在责备自己，夏一心连忙说：“对不起，我会打起精神来的。”

她嘴上这么说，眼睛里却是一片茫然。

司昭南的声音柔和下来：“一起喝一杯，怎么样？”

她想着或许可以借这个机会，让他解开自己心里的一个疑惑。

已经是晚上9点了，这个时间段才下班，对于这幢办公楼里的人来说，再正常不过。

电梯往下，在十六楼停下来。电梯门打开，一张熟悉的脸露出来，夏一心微微一颤，自从离开志诚后，这还是她第一次遇到林承志。

他比起之前憔悴了很多，嘴边的胡楂没有剃干净，原本明亮的眼睛深深地凹下去，显得疲惫不堪。她赶紧别过头，不敢再看。

林承志似乎也有些按捺不住，目光移向她，正要开口说什么，司昭南突然挪步，高大的身材将夏一心挡了个严严实实。

司昭南居高临下的气势，让林承志把想说的话咽了回去。电梯下到一楼，他快步走了。

司昭南回头，看了看身后侧着身的夏一心，提醒说：“他已经走了。”

夏一心淡淡地哦了一声，跟着他走出电梯。她的心思都写在脸上，藏都藏不住，司昭南说：“我听说顾从诚跟他散伙了，他一个人支撑公司，肯定有难度。”

夏一心原以为决绝地分手之后，两人就可以形同陌路，没想到看到他的近况，她竟然会心痛。那位富家千金呢，都没有帮他一把吗？

想到这里，她又鄙视自己。当初是他绝情断义，一次不忠，百次不用。这样的男人，不值得同情。

司昭南带夏一心去了一间慢音乐酒吧，音乐能舒缓神经，又不至于喧闹，很适合聊天。

他要了一瓶红酒，说："度数不高，喝一点能缓解心情。"

以夏一心的了解，司昭南是个正人君子，与异性相处，温暖妥帖，却也拿捏有度，不冷漠，也不至于太暧昧，这样的人也好相处。

服务员把酒端上桌，司昭南主动为两个人倒上，然后说："你脸上写着疑问，把这杯酒喝下去，就可以问了。"

夏一心摸着脸颊，自己就这么喜形于色，让他看了个透透彻彻？

都说酒能壮胆，她猛喝了一杯酒。放下杯子后，问："司总，你真的觉得我适合当咨询顾问吗？"

司昭南嘴角微微一弯，对于她的困惑猜了个八九不离十，说："遇到一点困难就退缩了吗，你可不像是这样的人！"

夏一心拿过酒瓶，又给自己倒了大半杯，一口灌下去。不知道是不是酒精的作用，她的眼睛有点发红，她吸了吸鼻子，问："你雇用我，是不是只是为了天临集团的这个项目？"

她解释自己的疑惑："我跟郝丽和江泽的差距，我能感觉到，不论哪一方面，我都自愧不如。"

司昭南坐直身体，表情严肃又认真："一心，还记得我邀请你加入九叕时说的话吗，你有很敏锐的商业思维，这是很多人学不来的。你刚刚正式进入这个行业，暂时的水土不服肯定是有的，谁的发展之路是一帆风顺的？就连我，也是打磨了这么多年，才有了一点小成就。英雄从来不问出处，要的就是坚持。"

可夏一心依旧不自信："我真的可以吗？"

"人要进步，就要不停地学习。公司是有培训机制的，我想着等天临的项目结束，你有点经验了，再送你去参加培训。

"我很看好你。"

刚才，他说了那么多肯定的话，她心里依然没什么底气，但就是最后这句“我很看好你”，重新给了她勇气。他那双深邃有神的眼睛后面，似乎聚集了很多的信任与支持。

司昭南的管理才能和专业素养是得到公司上上下下的认同的，他不是那种虚与委蛇的小人，他都不曾说过放弃自己的话，她又有什么资格先放弃?

夏一心的情绪缓和了很多，说：“我明白了。”

她还想再喝一杯，司昭南阻止：“两杯刚刚好，再喝就贪杯了。”

他是个做任何事都有节制的人，能把控好自己，是一个王者真正的自律。

她随口问：“莲初超市的第一次投标就要开始了吧？”

司昭南点头：“所以你更要打起精神来，如果有什么不明白的地方，直接来问我。”

第一次的投标结果出来了，出乎意料，被淘汰的竟然是中天连锁。

莲初不会公布竞标资料，司昭南分析，中天连锁虽然在超市经营上有着丰富的经验，他们想通过收购莲初进军西南地区，但在资金方面并不充裕，估价上不去。

但对于司昭南估出来八亿的价格，秦宇川有些难色，把司昭南叫过去，坦诚地说，天临根本就没有这么多现金。

司昭南提议，可以采取融资的方式来筹措，用股权抵押，或是出让一些投资份额。他可以做中间人。

这让秦宇川不得不坦白，天临集团的实际情况并没有表面那样繁华盛世。商场这两年盈利微薄，这也是他为什么看中莲初的项目，想把天临做零售业的优秀更好地发挥出来。因为他不敢大量外挪天临的资金，虽然他在外也有投资，但并不足以凑足足够的现金。

在与秦宇川的接触中，司昭南也了解一二，太过看重权势的人，抓得越紧，往往失去得越多。

司昭南说："俗话说，有舍才有得，权衡利弊还请秦老板仔细想想。"

从秦宇川的办公室出来，他径直去了天临的行政部。秦宇川特地吩咐行政部挪出一间办公室，用于项目组查阅资料。

只要夏一心到行政处的办公室来办公，秦烁就会跟着出现，美其名曰"来学习的"。因为秦宇川拜托过司昭南，让秦烁跟进项目的事，大概是想在莲初顺利收购之后，交由秦烁来管理。他能做出成绩，才能让下头的人信服，在天临集团内部立下威望。秦宇川卸担子的时候，儿子才能挑起大梁。

今天江泽和郝丽手上有其他的事，司昭南就只带了夏一心过来，莲初连锁的第二轮竞标，在满意的价格下，他们更看中对莲初未来的规划，还有近5000的员工需要合理安置，还有福利待遇等，这就必须让天临集团发挥自身的优势。

夏一心认真地看着资料，秦烁却在一旁唠叨："一心，下班后一起吃饭吧！"

她的目光一直停留在电脑显示屏上："我要加班，还不知道什么时候能走。"

秦烁往她身边靠了靠，支着头："那我陪你，我叫夜宵过来。"

"秦哥哥！"

此时，一个娇嗔的声音响起，两人同时看向门口，一个长裙摇曳的高挑女孩子站在门口，对着秦烁笑："你是在跟我捉迷藏吗？"

秦烁没好气地说："你怎么来了？"

他身边的莺莺燕燕多，这样的场面，夏一心不觉得奇怪。

女孩子嘟着嘴："你不接我的电话，我只能到公司来找你了。"

夏一心白了秦烁一眼："麻烦你们出去聊，别打扰我工作。"

秦烁拉着女孩子出去了，不过几分钟的工夫，他就回来了，他那张嘴跟抹了蜜似的，似乎就没有他哄不好的女朋友，他对着夏一心解释：

“只是玩得好的朋友。”

于是他又继续之前的话题，问：“晚餐吃什么，我叫外卖，我俩就在这里吃，我一边陪你看资料，一边学习。”

她不理他，他一个人也能自言自语地说半天：“这条街的拐角上有家火锅不错，要不吃蒸鸡吧，看你最近累得，人都小了一圈……”

司昭南走了进来，对着夏一心说：“公司那边有事要处理，你现在跟我回去。”

他语气严肃，是工作上的命令，她却像看到了救星一样，赶紧收拾东西：“好的，我马上就可以走。”

她走出天临集团的办公大楼，上了司昭南的车，他问：“你跟秦烁关系很好吗？”

只要她一到天临行政办公室，秦烁就会飞过来和她叽叽呱呱说个没完，流言蜚语不少。她自然明白司昭南问的是什么，解释着：“我跟秦烁打小就认识，关系比起一般的朋友会要好一些，他就是喜欢热闹的性格，在这里工作，有时候避免不了。”

为此，她也很苦恼，她不是傻瓜，知道秦烁的热情是为了什么。她回避不了，又不能面对。

司昭南说：“如果工作不能顺利开展，需要调整可以告诉我。”

夏一心想了想，试探着问：“我可不可以尽量少到这里来？”

司昭南很爽快就点了头：“以后这里的事我来处理就行了。”

“谢谢。”他很善解人意。

第二天夏一心去公司上班，一到办公区，意外看到顾从诚坐在旁边的休息椅上喝茶。她快步上去，惊讶地问：“从诚哥，你怎么在这里？”

顾从诚站起身，笑着说：“我们以后就是同事了！”

她有点不敢相信：“你到九戥来上班了？”

看她呆呆的样子，顾丛诚轻轻地戳了一下她的额头：“怎么，高兴得傻了？”

顾丛诚是她的入门老师，能跟他一起工作，会轻松不少。但顾丛诚离开了志诚，她也不知道林承志怎么样了，回想起前几天遇到林承志时憔悴萎靡的样子，她竟然还会有心痛的感觉！

夏一心问：“你离开了，志诚怎么办？”

顾丛诚说：“放心，我做事有始有终，我是手头上项目结束后才离开的。而且我对你说过，做事先做人，我不齿他见异思迁的行为。我们各有各的前途，就此分手，正好司总邀请我过来，我想着你在这里，好歹能有个照应。”

上午的例会上，司昭南向大家介绍了顾丛诚，由他担任“融秀家具”项目的负责人。

顾丛诚有独立的办公室，离夏一心的办公位很近，因为熟识，他们说起话来不用瞻前顾后，担心会给对方添麻烦。

顾丛诚申明：“欢迎骚扰！”

为了庆祝再跟顾丛诚做同事，下了班，夏一心请他吃饭，还特地叫上了何芸竹。

何芸竹对于顾丛诚跟林承志散伙大为赞赏，觉得这是有情有义的做法，渣男就该让他自生自灭，看看那个富家千金能不能让他飞上枝头。

顾丛诚却说：“我好像听说他跟琳达分手了！”

何芸竹拍手：“我就说嘛，哪个富家千金眼瞎，看上那种人。”

说完之后，她瞟了一眼旁边的夏一心，觉得说错话了，又赶紧更正：“一心，你能及时看清这个人，简直太正确了。”

夏一心想到当时琳达对自己的嚣张、志在必得的样子，这才没多久，怎么会分手了？

她忍不住问：“他们为什么会分手？”

顾丛诚说：“你离开志诚没多久，琳达就跟承志提分手，说是家里人不同意，承志追到澳门，连人都没找到。”

他顿了一下，接着说：“承志托了人去打听，根本就没有找到琳达这个人，而且琳达所说的家族企业，老板只有一个儿子，没有女儿。”

夏一心突然明白了，这年头儿，玩仙人跳的女孩子很多。她们假装有华丽的家世，傍上看似有钱的青年才俊，到手后发现是只假金龟，就立即消失脱身。

她心里有种说不出的滋味，她得感谢这个琳达，让自己看清林承志的为人，但毕竟喜欢过一场，他的落魄又让她心痛。

Chapter 08

顾丛诚很容易进入工作状态，项目才开始，要了解的东西很多。东西堆在那里，他只能加班加点地做，夏一心没走，抓紧时间向他请教问题。

闲聊时，她说起他请过的燕窝粥，在春寒的夜里来一碗，会暖到心里。

顾丛诚说："那我现在就叫外卖。"

"你不是说客户送的？"

他笑："如果不这么说，你肯定要推辞的。你就是太小心了，不想麻烦任何人，弄得别人想犒劳一下你都难！"

夏一心吃得出来那燕窝的质地好，肯定价格也不便宜，下次她就回请等值的东西好了。她知道礼应进退，从不占别人的便宜。

顾丛诚对待手下的人素来温和，最晚9点，就会催促大家早点回家休息，有充沛的精神才能进行细致的工作。同事们陆续走了，只剩下顾丛诚和夏一心。

他刚才全神贯注在项目上，知道她有疑问，说："现在可以问了。"

夏一心想了解一些财务上的知识，原本司昭南说她可以请教卓颖，卓颖是这块的专家，但卓颖出差去了，要在外面待3个月。

司昭南素来不喜欢应酬，但要在庆市立足，应酬自然无可避免。今天秦宇川介绍他跟庆市商会的两位元老认识。

在庆市的商业圈里有这么一个团体，他们生意大、资格老、资源共享，却对会员有着严格的要求，一些人把它当成收纳己用的手段，一些则把它视为身份利益的象征。这些都是他的财神爷，于是他多喝了几杯，出门被夜风一吹，头就开始疼。

司昭南拎着打包的叉烧饭站在公司门口，远远就看到顾从诚站在夏一心的办公台旁边，两人说说笑笑，似乎非常开心。

他揉了揉太阳穴，打起精神走过去："一心，你到我办公室来一下。"

夏一心放下手里的包，准备跟他上去，顾从诚小声提醒她："我等你一起走。"

司昭南说："我有一点事需要她帮忙，说不准时间，晚点我会送她回去的。"

夏一心跟着司昭南走进办公室，他在沙发上坐下，微微斜靠："我有个报告明天早上要交给客户，但我刚才应酬的时候喝了点酒，现在有点不舒服，我口述，麻烦你把它打出来。"

"好的。"这是她求之不得的学习机会，她看过司昭南写的报告方案，才思敏捷，纵览全局。

夏一心刚把笔记本打开，司昭南又递给她一个打包盒："先吃这个，冷了就不好吃了。"

今天在会所吃饭的时候，这道叉烧做得特别好，他清楚记得，午饭时间，她喜欢叫叉烧饭的外卖。有一次他还特地问过，叉烧有这么好吃吗，她回答说，叉烧饭的别名叫黯然销魂饭，因为甜食能赶走坏心情。

夏一心说："我现在不饿，等会儿带回家去再慢慢享用。"

司昭南语速缓慢，抑扬顿挫，铿锵有力，再加上他磁性的声音，听起来非常舒服，夏一心打字的速度也能跟上。

他把矿业近几年的发展趋势、未来前景深入浅出地分析后，结合企业的情况，从开采、生产、市场和运输等方面进行了详细的总结。

半个月前，夏一心还见他看矿业杂志入门，没想到这么短的时间，他就像行家一样，头头是道，让她不得不佩服。她帮他打一份报告，自己也能学到不少的知识，再晚下班都值。

报告打印好了，司昭南也没看，说相信她能做得很好。

走出公司，夏一心忍不住打了个喷嚏，庆市的4月天气就跟变脸一样，忽冷忽热。早上出门的时候阳光灿烂，她就穿了一件薄针织的连衣裙，结果下午就下雨降温。她坐在有空调的办公室里倒感觉不出温差，这会儿出门，冷风一吹，瑟瑟发抖。

司昭南赶紧把外套脱下来罩在她的身上，衣服带着他的体温，很暖和，只是这样的动作略显暧昧，太突兀。不过她转念又想，他是个绅士，素来很会照顾人，体恤下属，是自己多心了。

他个子高，他的外套穿在她的身上，长度跟裙子差不多。

夏一心没有开车来，司昭南喝了酒，早就叫好了代驾，两人又同住一个小区，正好同行。

司昭南先上车，夏一心担心他的外套坠在地上会弄脏，就用手紧紧地裹着，但脚还是踩到了衣角，整个人向前扑倒。司昭南手疾眼快地扶了她一把，结果她直接栽进他怀里，他的衬衫上有一股很好闻的杜仲味儿，跟他的手帕一样。

只是顿了一下，夏一心赶紧坐直，道歉说："对不起！"

她觉得有时候大大咧咧的性格没什么不好，但在司昭南面前，她格外注意一言一行，不出一点差错。从他工作的状态来看，就知道他是个要求严格、事无巨细的人，所以，在他面前，她也一直这么要求自己。

车子发动了，她感觉温暖、疲惫，再加上车子摇摇晃晃，她有点睡意蒙眬，半垂着眼睛。她知道坚持一会儿就可以到家了，只是舒服劲一上来，就什么都忘了，头一侧，居然睡着了。

司昭南低下头，从这个角度看下去，夏一心蜷缩着身体，那张鹅蛋脸显得更小，柔柔弱弱的。他向来不喜欢孱弱的女孩子，禁不住风雨是弱者的表现，但此刻，他有种想为她挡风遮雨的冲动。

这时，手机铃声打破了车里的静谧，打断了他的思绪，也让她从迷迷糊糊当中惊醒过来。

司昭南接起电话，声音温柔："好的，我知道了，你也早点休息，我快到家了，晚安。"

她猜测可能是卓经理打来的，再晚，两个人都要互道晚安才睡觉。说着情话的司昭南，不高高在上的时候，这股人情味竟然能让她心跳加快。

他们即便再忙，每周都有一天假期。一到假期，如果没有特别的事，夏一心会睡懒觉来缓解一周积累的工作疲劳。迷迷糊糊中，她觉得有人在轻抚她的脸，酥酥麻麻，很不舒服。她想大概是幻觉，于是翻身继续睡。

没多久，她听到乒乒乓乓的碰击声，心里暗忖，难道是楼上的住户要搬家?

她闻到了鸡汤的香味，还夹杂着香菇的清香，很熟悉。肚子里的馋虫开始咕咕地叫，她伸着懒腰，慢慢坐起来："芸竹，你受什么刺激了，这么勤快，跑我这里来煮饭。"

芸竹喜欢做西式糕点，不喜欢厨房的油烟。

厨房的门轻轻滑开，一个男人的声音响起："一心，是我。"

夏一心听出是林承志的声音，为了确认，她光着脚走出卧室，看到他系着围裙，一脸笑意地看着她："快起来喝汤，刚煮好的，你肯定喜欢！"

脚底传来凉意，她确定这不是在做梦，诧异地问："你来做什么？"

林承志带着温柔的笑："我就知道你不会好好照顾自己，还愣着干吗，过来坐。"

她这才想起和他分手后，她没有改掉门口的密码锁，而且小区的保安知道他俩是情侣，所以轻而易举就放他进来了。

她指着门："麻烦你出去。"

林承志眼眶微微发红，声音柔和，甚至有点低声下气："一心，我对不起你，我们重新开始好不好？我会弥补我的过错，加倍对你好。"

他失落、示好的眼神让她心里微微一动，不过很快就烟消云散。她的声音斩钉截铁："我爸常说，落魄后的浪子回头，一文不值，你再不走，我就叫保安了！"

林承志赶忙快步走过来，紧紧握住她的手："一心，你不是这么狠心的人！"

他又乞求着："我是真的错了，我才知道她是和我闹着玩的，吃一堑长一智，我以后肯定会一心一意地对你，不会再被其他的女人诱惑。"

他顺势把她搂得紧紧的，想用自己胸膛的温暖来融化她冰冷的心，情急之下，她踹了他的膝盖，他闷哼了一声，松开了手。

只要想到他那么决绝地在志诚的同事面前诋毁自己，夏一心的心就坚硬起来，她推着林承志："你给我走！"

林承志赖在门口不动："一心，我们都拿出真心，彻头彻尾谈一次，好吗？"

他最厉害的就是这张嘴，夏一心怕自己会动容。墙上的可视电话有内线报警功能，她按下报警键，说："有人私自闯进我的公寓，麻烦你们派保安来一下。”

林承志皱起眉头：“一心，你这么绝情？”

“是的，就像你当着大家的面，说我出卖志诚内部资料时一样！”

保安很快就来了，夏一心说：“麻烦你们以后注意一点，不要放他进来，会打扰到我。”

保安请林承志离开，林承志知道真和保安动起手来，有失颜面，于是说：“一心，你再考虑一下，至少我们彼此都真心地爱过对方！”

林承志被保安带走了，关上大门，厨房的鸡汤还在咕噜咕噜地沸腾着，夏一心走进去把火关了，找来打包袋，把鸡汤全倒进袋子里，封好，拎出去扔进垃圾筒里。

她把门锁的密码换了，然后打电话告诉何芸竹，又把林承志来过的事说了一遍。何芸竹开心地说：“真是报应，你看得上他，那是他上辈子修的福分，谁让他三心二意，尽想着攀高枝，现在好了，高枝没攀上，还重重摔到地上。你可千万别心软，当过一次垫脚石，别当第二次。”

夏一心以为决绝的拒绝会让林承志死心，没想到他执着地在小区门口候着。她早上去上班，远远就看到他站在小区门口东张西望，大门的旁边是车库的出口，一辆辆车鱼贯而出，他找寻着她的身影。

夏一心突然对这个男人产生了一种深深的厌恶，游走在两个女人间的油嘴滑舌，移情别恋暴露后决绝的嘴脸，被人抛弃后，想重归于好的谄媚都让人厌恶。如果这个时候，他能高傲地转身而去，或许她还会对其另眼相看。

她就这样出去，肯定会被他拦住，如果从车库走，他拦住车的话，这个时段肯定会造成出行的困扰，不得已，夏一心拿出手机打给司昭南。

司昭南问：“有什么事吗？”

听到他铿锵有力的声音，夏一心有点紧张。他是个不喜欢拐弯抹角的人，于是她直接说："司总，想坐你的车去上班，有人在小区门口堵我，我不想跟他起冲突。"

"好的，你在大门口等我，我15分钟后到。"他几乎没有犹豫，马上就同意了。

大概15分钟后，司昭南的车停在了大门口，原来他已经开车出去了，特地回来接她。

下车后，司昭南一眼就瞥到在路边东张西望的林承志，立即明白了什么。

因为司昭南鹤立鸡群的个头儿，林承志也看到了他，目光相视，林承志赶紧低下头。

早上温度低，夏一心站在大门内侧，冻红了鼻子。

司昭南伸手揽住她的肩头："走吧。"

他修长的手臂圈着她，她全身发僵："司总，这样不好吧。"

"难道你还想他继续纠缠下去？"

夏一心点了点头，刻意贴紧他，就像亲密的情侣一样，缓步走出大门。

她想绕过林承志，尽量靠着路道的内侧，希望司昭南高大的身材能够完全遮挡住她，但司昭南偏偏拉着她朝着林承志所站的地方走去。

她拗不过他，被他带着走过去，林承志看到亲密的两人，惊讶之后，眼底有掩饰不住的失落。

司昭南主动寒暄："林总，好久不见。"

林承志低下头，目光闪躲："司总，早啊！我还有事，就先不打扰了。"

谁知他刚一转身，就被司昭南叫住："林总请留步。"

林承志赶紧转过身："司总有什么事吗？"

司昭南用居高临下的眼神看着林承志，完全盖过对方的气势，说：

“我这个人不喜欢打哑谜，昨天的事一心都跟我说了，你和一心毕竟是过去的事了，我没有追究，也是想着给你留点颜面，如果再有下次，我绝对不会轻饶！”

“那我告辞了。”雷厉风行，从不拖泥带水是司昭南的处事风格。知道跟他耗下去占不了上风，林承志点了点头，迅速消失在清晨繁忙的车水马龙中。

林承志一走，司昭南赶紧松开夏一心，说：“如果他有自知之明的话，应该不会再来骚扰你了。”

夏一心弯腰鞠躬向他表示感谢：“谢谢，还麻烦你特地赶回来替我解围。”

司昭南说：“我现在去公司，顺道载你。”

天气难得很好，夏一心和办公室几个同事去楼下吃饭，顺便晒晒春日暖阳。港式茶餐厅里午餐时段人很多，他们等了一阵才找到位子，夏一心要了一份叉烧饭，默默吃着，听同事们聊着天。

公司每天都是繁忙的景象，大家来去匆匆，各忙各的事，见面相视一笑，礼节性地问候，她跟同事的相处，不算熟，但也不陌生。

有人说这茶餐厅的红茶好喝，是免费的，得自己去拿，她坐在靠外边的位子，于是主动说：“我去帮大家拿。”

放着红茶的大瓷缸边有托盘和玻璃杯，夏一心把茶倒好，放进托盘里，刚端起来，林承志就从旁边蹿出来，吓得她差点打翻杯子。

林承志说：“一心，我有事跟你说。”

“我没有想和你说的。”

白了一眼林承志，夏一心转身要走，他却伸手来拿她手里的托盘，她说：“让开！”

林承志用力接着，她不肯松手，拉扯间，托盘一斜，杯子掉下来，水溅了一地，红色的茶水浸到她白色的大衣上。她懊恼：“你有完

“我很期待。”

客厅的茶几上还摆着七七八八的文件，他又要下厨做饭，她想着理应帮忙收拾一下，走到茶几旁边，弯腰开始收拾，眼角的余光瞥到打开的笔记本显示屏上有“朝峰集团”四个字。

夏一心疑惑，他接手的什么项目会跟朝峰有关？

她想看仔细一点，司昭南的手伸过来迅速地将笔记本合上，他提醒：“这些都是商业机密，非礼勿视。”

她红着脸，放下手里的资料：“我知道了。”

不过她仔细想想，老爸还在的时候，一些扭转局势的策略至今被一些商业运作书籍记录为案例典范，司昭南很可能是从网上下载了，用来激发工作灵感。

他煎牛排的动作跟工作一样，驾轻就熟，配上蔬菜沙拉，担心夏一心吃不惯全西餐，司昭南还煮了一锅西红柿牛腩汤。

他有喝红酒的习惯，冰箱里制了很多冰块，拿了几块放入玻璃杯中，倒入公牛血，用筷子搅拌几下，再加入苏打水，又切了两片柠檬。

他站在厨房的操作台边，个头儿太高，一不小心就碰到了坠下来的吊灯灯筒，他不好意思地挠了挠头。

夏一心问：“你身高是多少？”

“196cm。”

“身高给你带来过困扰吗？”

司昭南说：“我上初一的时候就已经有一米八了，第一天报到，班里的同学都在教室里等老师，老师一进来，大家都立正站好，问候老师，那老师看着我说，那个同学，请不要站在桌子上，我当时很受伤，怯怯地说，老师，我没有站在桌子上。”

想到当时他无辜的样子，夏一心笑得肚子疼，但又想到不能嘲笑上司，于是说：“个子高也有好处吧，比如打篮球什么的，我念书那会儿，篮球队高个子的男生最受欢迎。”

她的笑容随性灿烂，司昭南说：“现在不是工作，我也不是老板，像朋友一样相处会比较惬意。”他又说，“学校的篮球队找过我，不过我对篮球没兴趣，我喜欢数学。”

司昭南把调好的酒递给夏一心：“试试味道。”

夏一心轻轻地呷了一口，少了葡萄的酸味，爽口细腻，她点点头：“我很喜欢。”

以前，她对司昭南的了解仅限于工作中的他，雷厉风行，宽待下属，有点工作狂，大好的时间就在一堆数据中消磨，所以人也有点刻板，现在看来，他其实是个很有情调的人，还有点小幽默，即使单身乏味的生活，他也会找一些小乐趣，比如做菜、调酒。她很好奇，他还会些什么？

闲聊了两句，话题又到了天临集团的项目上，夏一心说：“我怀疑天临集团没有那么多资金可以完成对莲初超市的收购。”

司昭南点头：“所以秦老爷子给儿子安排了一场好姻缘，想以此来拉拢资金。”

他接着解释说，秦宇川私下和他说过这件事，对方是庆市殡业大王的千金，两家可谓是门当户对。天临集团想独吞莲初，现在还不具备完全的实力，以金钱利益而结合在一起的人并不可靠，而结为亲家，有血脉作为牵扯，更让人放心。

夏一心觉得秦宇川是一个非常缺失安全感的人，所以才想牢牢抓住眼前所有的东西。她想这里面一定也有秦烁的原因，唯一的儿子纨绔懒散，不足以挑起公司，好不容易建立起来的江山，将来说不定会拱手让给外人。

不过她倒是听说过这位殡业大王的女儿，名校的高才生，接手着家里的生意，是个雷厉风行的女强人，或许能跟秦烁的性格互补，虽说是一场商业联姻，说不定也是一场好姻缘，能收住玩心重的秦烁。

司昭南又说：“林承志应该不会来找你了，他在外面欠了不少钱，听说还有高利贷，那帮人正找他呢，估计他人已经不在庆市了。”

夏一心嘀咕：“司总，你什么时候这么八卦了？”

司昭南说：“我可没闲工夫去打听这些，林承志之前接了一个日用品厂改制项目，做了一半人就不见了，讨债公司的人找不到他，把电话打到那家日用品厂去了，现在那家厂希望我们公司能重新规划这个项目，在聊天的时候，他们总经理跟我说了这件事。”

见夏一心紧蹙着眉头，司昭南问：“你心里还是放不下？”

夏一心喃喃地说：“我只是很担心林伯伯，林伯伯给我爸当了十年的司机，也算是看着我长大的，我爸失踪后，也有债主找上门，他担心会伤害到我，那段时间，寸步不离地守着我，把我送到学校门口，他就在学校门口的小店里，等着我放学的时候再接我回家。尽管林承志负了我，但林伯伯对我的恩情，我不能置之不理，现在他应该很担心吧。”

抬起头，夏一心发现司昭南的眼神里似乎有一丝鄙夷，她知道男人都不喜欢这种家长里短，感情用事，于是说：“不好意思，让你听我啰嗦这么多。”

司昭南说：“人懂得感恩，是难能可贵的品德，但是愚忠，就会自讨苦吃。”

吃完饭，司昭南打包了一些水果沙拉给夏一心，说买太多了，反正一个人吃不完，放久了又会不新鲜，分享才不辜负这些水果的美味。

Chapter 09

夏一心坐着电梯到达所住的楼层，就见楼道里，一个男人在她家门口走来走去。这里一层就两户，隔壁两口子度假去了，临走前还来拜访过她，让她帮忙照看一下，回来的时候会给她带特产。

她警觉地躲到一边，担心是林承志阴魂不散，当对方转过身来的时候，她才看清是胡子拉碴的秦烁。

夏一心走过去："你这是在玩哪一出？"

秦烁没好气地说："你去哪里了，怎么这会儿才回来，快进屋，我都快饿死了！"

她在电子锁上输入指纹，说："你过来怎么也不先打个电话！"

"手机掉了。"

秦烁嚷着说饿，她家里冰箱是空的，最近一直在忙工作，三餐几乎都是在公司叫外卖，她只得把手里的打包袋塞给他："你先吃点水果垫肚子，我马上给你叫外卖。"

秦烁对饭食要求不高，夏一心叫了一份小火锅，配着米饭，他吃得干干净净，真的像几顿没吃了。她问秦烁："你怎么弄成这样的，出了什么事？"

"逃婚。"秦烁把一大块豆腐皮塞进嘴里，很快就呛住了，眼泪跟着往下掉，他赶紧喝了一口水，顺了口气，接着说，"那死老头把我的银行卡收走了，还停掉了我的手机，说如果我不娶那女的，就让我到街上流浪，我才不低头呢，就出来了。"

"那你有什么打算？"她不好劝秦烁什么，婚姻是自己的，要陪着走完下半生的人，合不合适，只有自己知道，所以他的选择，她会支持。

秦烁放下碗筷，郑重地看着夏一心："一心，我想通了，我不想再逃避了，我要跟你在一起。"

夏一心瞪着他："你别跟我开玩笑！"

秦烁拿纸巾擦了一下嘴，坐直身体，一本正经地说："一心，我以前是爱开玩笑，可我现在说的话是发自内心的。"

夏一心正要说什么，却被秦烁制止："一心，你先等我把话说完。"

"一心，我喜欢你，从我懂事开始，我就想着等你长大了，我一定要娶你。你心里清楚这一点，你只是在逃避，不想面对而已。我也知道是为什么，我老爸是个势利眼，他觉得你没钱没势，将来帮不上我任何忙。可我不在乎这个，只要你不嫌弃跟我过平淡的日子，我可以用双手来养活你。"

"行了，别说了，我们俩是不可能的。"夏一心想果断断绝他的念头。

"我不信。"秦烁目不转睛地看着她，不容许她回避，"你真的没有对我动过心？

"过去的很多事情你或许已经忘了，但我无时无刻不记在心里，还记得我俩大半夜去爬涂山吗，那天晚上风很大，很冷，我把外套给你穿，然后穿着一件短袖爬到山顶，你让我一直牵着你的手，那个时候，你心里是喜欢我的，对吧？”

夏一心低下头，不敢看他。

他又说：“后来你去京川念大学，我跑到学校去找你，我请你们宿舍的室友吃饭，她们都叫我三女婿，那时的你没有否认过，你是喜欢我的。”

念大学的时候，夏一心住的宿舍一共四个人，四个人感情很好，就以年龄大小来排姐妹，她排行第三，所以大家把秦烁当成她男朋友的时候，都称他为三女婿。

那时候，“三女婿”这三个字，给了她大学生活很多难忘的温暖。快递小哥会送来鲜花，落款是三女婿。

室友会高兴地说：“托三女婿的福，我买到张学友演唱会的票了，还是第一排。”

“三女婿今天给我打电话了，说今天是你的例假期，让我帮忙买点红糖给你泡水喝。”

她责问，他怎么知道她的例假期，原来是他用游戏装备贿赂她的室友知道的。

放寒假回庆市过年，她没有买到飞机票，他就风尘仆仆地开车来接她。

夏一心想到这里，眼睛红了，秦烁更加自信：“那时的你是喜欢我的，为什么你会变心，是因为我爸吗？”

大三的时候，秦宇川突然来学校找夏一心，让她不要给秦烁任何爱情的希望，他会把她当成女儿来疼爱，希望她能看在这份情义上，不要牵绊秦烁，他是天临的将来，他的妻子不会是身后的小女人，而是要跟他一样强大，站在他的身边，能为他驱风赶雨，共同成长的人。

夏一心答应了，她还记得当时的心情，就像刀割一样，鲜血淋漓的，却还要假装坚强。

为了让秦烁死心，那段时间，她就跟着学生会的帅会长进进出出，室友们打电话告诉了秦烁，他跑来找她，守在宿舍门口，她担心自己动摇，躲在外面不敢回去。

她乞求学长帮忙，把秦烁给气走了，室友们都责备她见异思迁，不知好歹。

夏一心深吸了口气，声音有些颤抖："别再说过去了，人总不能靠着回忆生活，我们真的不合适。"

秦烁依旧不死心："你觉得现在的我花心，是吗？那些花边消息怎么写我管不着，别人不了解我，你难道还不清楚我是什么样的人吗？我的确堕落过，没有你，我觉得跟谁在一起都无所谓，我身边的女人走马观花地换，但我没有强迫过谁，都是你情我愿，银货两讫，我寻开心，她们又何尝不是为了钱，为了人脉？"

说到这里，他的眼泪从眼眶流到面颊上："一心，我一点都不快乐，有时候我在想，如果我老爸能冒出个什么私生子，或是破产了最好，他就不会那么逼着我去继承公司，去跟那些我不喜欢的女孩子相亲。为了利益而结合，对我，对那些女孩子都不公平。"

这时，夏一心的手机响了，看到显示屏上是秦宇川的名字，秦烁赶紧提醒："千万别说我在你这里，我要是被保镖押回去了，做鬼都不会放过你的。"

夏一心接起电话，秦宇川开口就问秦烁的事，她只能假装不知道，说："我帮您找找他吧，一有他的消息，我一定打电话给您。"

挂断电话，她说："我听秦伯伯的声音好像很生气，你不会打算躲一辈子吧？"

秦烁下定决心："我不想再这么浑浑噩噩地过日子了，我的未来，我自己把握，我现在不用他一分钱，我自己赚钱养活自己，还要养活你，养活我们的家。"

夏一心双手抱臂："把最后两句删了。"她又问，"那你准备住哪里？”

“当然是住你这里了。”

“我这里一室一厅，住不下。”

“我睡客厅就好了，我想了想，现在只有住在你这里最安全，等风头过了我就会搬走的。”

他赖着不肯走，夏一心也只好让他住下来，等他想通了再说吧。

这一次，秦烁是打定了主意不肯向父亲妥协，第二天一大早，他问夏一心借了3000块钱，买了一部手机、一辆二手电动车，开始送外卖。

夏一心加班回到家的时候已经快11点了，打开门，公寓里漆黑一片，她有点担心，打电话过去，秦烁正在送外卖的途中，风呼呼刮过的声音从电话那头传来，他的声音模糊不清，只能隐约听到他说：“你先睡吧，我晚点会回来。”

她半信半疑，记忆里，他是吃不得一点苦的，高考，他连专科都没考上，秦伯伯要揍他，吓得他跑出去躲避，那次秦伯伯也是停掉了他的信用卡，他在朋友那里混了几天还是乖乖地回家了。

还有一次，秦伯伯为了考验他，把他弄到最基层的配送车间去装卸货物，他只上了半天的班，就全身酸疼，还摔坏了两箱货品，迫不得已，秦伯伯只好又把他调回到办公室。

她想着，吃吃苦头好，受不了他就自己回家了。

秦烁凌晨两点才回来，夏一心在卧室里睡得正香，听到外面传来咣当的碰撞声，赶紧下床查看，打开客厅的灯，秦烁躺在玄关的地板上，闭着双眼，嘴里念叨着：“累，好累。”

她赶紧去扶他，他却躺着不动弹，她根本就扶不动，说：“快躺到沙发上去。”

他没有睁开眼睛，嘴里迷迷糊糊地说着：“一心，我好累，等会儿，我再躺一会儿就起来。”

一分钟后，他开始发出了鼾声。

地上凉，这样睡下去肯定会感冒，夏一心挽起袖子，抱住秦烁的脚，把他往沙发的位置拖。

秦烁被弄得很不舒服，嘀咕着："你在拖烤鸭吗，能不能轻点。"

"我还闻着你的臭脚呢！赶紧去沙发上，要是感冒了，我明天还得请假送你去医院。"

秦烁只好半睁开眼睛，摸摸索索地躺到沙发上，夏一心拿被子给他盖上，却发现他的脸惨白得没有一点血色，用手摸了摸，像块冰。

她担忧地问："怎么会这么冷？"

"我今天一天都在骑电动车，那风吹得，不冷才怪！"

夏一心赶紧去拿热毛巾来给他擦脸擦手，又打热水来给他洗脚，秦烁把冰冷的脚放进热水盆里，笑着说："如果能一直这样就好了。"

她戳他的头："你这是作死！"

"牡丹花下死，做鬼也风流。"他无时无刻不忘嘴贱地调侃两句。

夏一心假装采访的口气问："秦大公子，谈谈今天的感想呗。"

秦烁眉间拧成一个"川"字："冷，累，钱还少。"

他又说："我还没吃饭呢！"

"你怎么不在外面吃了饭再回来？"

"外面的饭贵。"

"说得好像我就不用花钱买似的！"

秦烁从口袋里拿出一张皱巴巴的一百块塞到她手里："这是我今天赚的，以后你当家，管饭就行。"

夏一心赶紧把钱塞回到他的口袋里，迅速地往厨房走："家里只有一点面条，明天我去买些菜放在冰箱里。"

早上起床走出卧室，夏一心发现秦烁躺在地板上一动不动，沙发太小，一翻身就掉到地上，她用脚碰了碰他的腿，想把他叫醒，可叫了半天，他都没有反应。

她蹲下身，摸到他的手，热得烫手，估摸着肯定是昨天吹凉风感冒了。他太重，又叫不醒，而且烫成这样，肯定要送医院。这个点还早，她想到司昭南还没有出门，只得又去麻烦他。

电话打过去，司昭南很快就赶过来，看到秦烁很是诧异："他什么时候住到你这里来的？"

"前天。"

夏一心央求："他住在我这里的事你能不能先别告诉秦伯伯？他想明白了自己会回去的，我不想他被抓回去。"

司昭南点头："现在别想这个了，赶紧送医院吧。"

高大的司昭南抱秦烁就像抱小姑娘一样轻松，将其塞到车里，径直开去医院。

医生检查后说他是肺炎，要住院。夏一心感叹，他还真是温室里的青蛙，刚出来折腾两天，就进了医院。

有司昭南帮忙挂号、拿药，这让夏一心轻松不少。司昭南说："你的公寓那么小，让他长住下去也不是办法，如果他近期都不打算回家，就让他住到我那里去吧。"

"不太好吧。"夏一心说。

"他是我客户的儿子，我只是举手之劳。"司昭南顿了一下，又问，"他很喜欢你，对吧？"

夏一心面露尴尬："司总，你又开始八卦了。"

司昭南认真地说："这不是八卦，如果……"

司昭南犹豫了一下，说："如果你们是真心相爱的，我可以帮你们想想办法。"

夏一心摇头："我们不可能在一起的。"

"真的？"

看到司昭南嘴角竟然扬起一抹笑意，夏一心好奇地问："司总，你在笑什么？"

司昭南瞥了她一眼："你眼花了，我只是关心一下员工，不想你们整天守着工作，最后变成大龄剩女而已。"

因为秦烁是孤身一人在医院，司昭南便对夏一心说："你就在这里照顾他吧，公司的事我会安排的。"

"你处处照顾我，我都不知道要怎么感谢你了。"

"你要是觉得过意不去，就用工作业绩来感谢我。"

夏一心心里暗忖，司昭南真是个会做生意的老板，用这种以情动人的招数，然后别人就可以卖命地为他工作。

秦烁醒过来的时候高烧还没有退下去，全身红得像煮熟的虾子。他对夏一心说："你看，现在像不像老大妈在照顾老大爷？这画面才叫老夫老妻。"

夏一心白了他一眼："生病了嘴都不消停，还在占便宜。你这个人呀，做事一点规划都没有，天气冷，骑摩托车就要多穿点，你看别人骑摩托车，谁不是全副武装？至少得穿件厚一点的马甲，戴头盔和手套。你就穿这么一件衬衣，不感冒才怪！你还以为是跟以前开跑车似的，里面暖气十足？"

秦烁听她说完，笑道："这是不是爱之深，责之切？"

夏一心板着脸："等出院你就搬到司昭南那里去住吧，他的别墅又宽敞又大。"

秦烁一愣："你都告诉他啦？他肯定会去我爸那里告状借机讨好的。"

"不会的。"夏一心很肯定。

秦烁不以为然："他现在在做我爸的生意，我爸还让我去联姻，这种馊主意八成就是司昭南出的。"

"你少不识好人心，如果不是他，我只能出门找两个挑夫，拿绳子把你捆上，然后拿一根棍子往中间一穿，抬着来医院。"

秦烁噘着嘴："他那么好心？不会是喜欢你吧。"

夏一心没好气地说："我不想在这里跟你瞎扯了，你这发散思维我完全跟不上，他那么优秀，如果他喜欢我，我马上就扑上去。"

夏一心想起来医生说过，秦烁醒了之后要吃一点清粥补充体力，于是往外走，秦烁追问："你喜欢他？"

"人家有女朋友的，你再废话，我就把你扔在医院不管了。"

秦烁在医院住了五天，为了挣一百块，花掉了两千多，他说这钱算先问夏一心借的，赚到钱了一并还上。出院后，秦烁就搬去了司昭南的别墅，他没想到司昭南住的地方离夏一心的公寓这么近，他悄悄地对夏一心说："这分明就是居心不良。"

夏一心敲开司昭南办公室的门，走进去，说："我对莲初的收购有一点新的想法。"

司昭南指了指面前的椅子："坐下说。"

夏一心坐下之后，说："秦烁现在不肯回去，联姻这条路是行不通了，本来这种不是出自两人意愿的婚姻就很荒唐，现在只能找人合作或是出让股权来筹集资金。我听一个朋友说，东方实业的陈振东在拉拢郑劲松，想通过跟郑劲松合作来促成对莲初的收购。郑劲松对于莲初，不单单是管理者这么简单，莲初也承载着他对母亲的思念。在总公司决定卖出莲初的时候，他力争过，提出争取时间将莲初扭亏为盈，也不知道是什么原因，他老爸郑舜华拒绝了。虽然郑舜华是整个集团的掌权者，但郑母过世后，肯定会有一部分股权落到郑劲松手里，如果我们能跟他合作，不仅能减少投入的资金，同时他也能分担风险。"

司昭南笑了笑，说："我一开始也有这样的想法，但秦宇川一再申明，必须要莲初百分之百的股权。合作有利也有弊，如果在管理上出现矛盾，就会影响到自主权和决策权。而且要拉拢郑劲松，得秦宇川亲自出面才行，要说动秦宇川，恐怕有点难。"

夏一心说："我觉得你能说服他。"

她露出崇拜的眼神，让司昭南骑虎难下。

于是他故意问："你这么做是为了秦烁吧？"

司昭南最讨厌的就是动机不纯，假公济私。

夏一心说："司总，你不是早就有这种想法吗？这就证明是一个不错的途径。"

郑劲松这个人，三十多岁，却有着四五十岁的深沉与古板，莲初收购在即，他也比较谨慎，不少人约过他，他都果断拒绝，说听从总公司的安排。

秦烁从医院出来后就住到了司昭南的别墅里，司昭南早出晚归，秦烁几乎看不到他人。秦烁出去送了三天外卖，就扛不住了，有时候光勤快是没用的，迟到一点点，被客户投诉，一天的工资就被扣得干干净净，偶尔还会被冷嘲热讽。他从小是在众星捧月中长大的，哪里受过这种苦，三天后，他就开始宅在家里玩手机游戏，吃冰箱里的食物。

司昭南提着一大包食材走进来，将大袋子放到茶几上，对着躺在沙发上的秦烁说："这是一心让我带给你的。"

秦烁立即坐直身体，往口袋里瞥了瞥，想到了什么，把手机放到一边，一脸沮丧。

他问司昭南："我是不是很没用？"

司昭南说："有自知之明，还不算太坏。"

秦烁仔细地打量着司昭南。他穿着整齐得体的西装，不仅仅是长得帅，一身正气，举手投足间，刚毅而优雅。司昭南的商业才华就更不用说了，很少有人入得了秦烁那挑剔老爸的眼，偏偏老爸对司昭南言听计从，自己在司昭南面前，顿时矮了一大截。

秦烁试探着问："你也喜欢一心？"

司昭南没理他，只说："你整天抱着这种心思，不如去做点实际的事情，你都养不活人家，又有什么资格照顾人家。"

这句话刺激到了秦烁，虽然不好听，却是赤裸裸的现实，他无力反驳，但从内心里，他又不想认输，于是追问："你不是帮人做规划的吗，你看我适合做什么？"

司昭南嘴角一挑："连你自己会什么都不能肯定，怎么让别人给你规划？"

秦烁支着头："我挺喜欢唱歌的，以前想过去当歌星，可我爸不让，说是哗众取宠，早知道我就该坚持一下了。"

司昭南拿出手机，拨打出去，接通之后说："一心，有空吗？一起吃晚饭吧。"

夏一心似乎同意了。司昭南挂断电话，对秦烁说："我约了她吃饭，你自己在家好好想想吧。"

"不行。我也要一起去。"秦烁担心他们接触一久，夏一心真的被眼前这个优秀的男人给勾走了。

司昭南转身看着秦烁："我找她谈公事，不是吃喝玩乐，你跟一心是旧识，应该知道她不是那种依附于人过日子的女人。她独立坚韧，有自己的想法，哪怕失败了也不会轻言放弃，只有比她更强大的男人才能保护她，不如我们打个赌，看是你先追到她，还是我。"

说完司昭南转身就走了，秦烁觉得大事不好，这么强悍的情敌，恐怕他怎么努力都赶不上的。

Chapter 10

司昭南决定先去探探郑劲松的口风，知道对方的底线在哪里，才好给秦宇川建言。

他托了商会会长当中间人，谁知道郑劲松并不卖面子，不肯出来，不过也能理解，现在正在收购的紧要关头，盯着这块“肉”的人挺多，而且这个时间，还得顾及总公司的面子。

司昭南只得上门去拜访，为了不搞得像商务谈判一样，增加对方的压力，他带上了夏一心，叮嘱她穿得休闲一点，就像平时出门逛街的样子。

郑劲松住的地方实在看不出是一个富二代住的，九十年代的房子，陈旧，但也算干净。据司昭南调查，这房子是郑家创业之初，一家人居住的房子，二十年人世沧桑，有什么样的变故都无法预料，曾经温馨的家如今物是人非，但他依旧留守在这里，可见他是个重情重义的人。

郑劲松打开门，看到司昭南时眼中露出了惊讶。这证明郑劲松是认识司昭南的。人家都到了门口，于情于理都不能将客人拒之门外，郑劲松只好打开门让他俩进去。

尽管郑劲松认识他，司昭南还是递上名片，并把夏一心介绍给他："这是我的助理，夏一心小姐。"

郑太太也在家，看到有客人来，立即泡了茶，端了出来。

夏一心环顾四周，家具陈设都是旧的，却干净整洁。郑劲松不过三十七岁，心态却如一个历尽世事的人，淡泊沉稳。郑太太并不漂亮，甚至因为生过孩子，身上赘肉堆叠，面相比郑劲松还要苍老一些。

郑劲松直爽地说："我想你们来这里也不是为了喝茶，有什么事就直说吧。"

司昭南也喜欢直爽的人，直接进入主题："莲初连锁现在共有员工4886人，两年来所欠的薪资接近一个亿，如果天临集团顺利收购莲初，我想把这些薪资作为本金入股到莲初的股权当中，你有什么看法？"

在天临集团拿不出那么多现金的时候，这也是筹集资金的一种方法，所以司昭南必须先探探对方的想法。一旦郑劲松同意，也就意味着他会带着自己的那份股权而来。

郑劲松很谨慎："这是大家共同的利益，怎么好问我的看法？"

司昭南说："你担任莲初连锁总经理也有十年了，别人都说'站得高，看得远'。你考虑事情的角度会更全面，因为没有人比你更了解厂里的情况。"

夏一心见郑劲松有所动容，附和着说："我们知道你对莲初的情义匪浅，从基层到管理者，坚持了十五个年头，这些都是你努力的结果，你不单单在管理上出色，在市场营销上也很有见地，你当年为了打败入驻西部地区的德国瑞杰超市，提出了超市与农村、农户合作的渠道策略，让莲初的生鲜品达到所有售货品种的百分之七十，从此也奠定了莲初生鲜在业界里的地位，这个纪录至今还没有哪个超市超越过。"

夏一心毫不避讳地说出郑劲松的“过往”，是希望他能正视问题。郑劲松是个有能力的人，即使莲初卖给了别人，也该有它独立的特点，而不是从此变成他人的附属。

随着交流的深入，郑劲松的看法也在慢慢转变，他没想到一个看似柔弱的小姑娘能知道这么多内幕，更别说身边这个冷静睿智的男人，他是秦宇川花高价请来的智囊，绝不是泛泛之辈，肯定胸有城府，不容小觑。

司昭南说：“我觉得莲初是一条休克的鱼，看似伤痕累累，奄奄一息，如果能遇到一个欣赏鱼、懂得养鱼的人，我相信过不了多久，它就会重回行业的巅峰。”

司昭南发现郑劲松的眼睛在发亮，看来这才是拉拢对方的关键点，谁都不愿意自己一手打下的江山一朝崩塌，甚至改名换姓。司昭南趁热打铁：“天临集团的实力大家有目共睹，老板秦宇川的为人和口碑不用我多解释，想必郑先生也略有耳闻，做事先做人，这是一个公司发展强大必然需要遵守的原则，所以我们期待能与郑先生合作。”

“秦老板肯合作吗？”

司昭南再怎么口若悬河，也只是个中间人，天临集团到底有多少诚意也未可知。

司昭南说：“今天原本是该秦老板亲自登门拜访的，但他出差去了，要一个星期后才回来。”

郑劲松知道这是客套话，司昭南来已经表明诚意了，如果自己不表示一点诚心，秦宇川恐怕是不会出面的。

郑劲松又不是傻瓜，谁的实力强、谁对莲初更有帮助，他看得出来，但最重要的一点就是对方的诚意，帮他重振莲初的诚意。

“我有一个小小的请求，可以说出来吗？”夏一心的话打断了郑劲松的思绪。

郑劲松说：“夏小姐，请说。”

夏一心说："我听说你们总公司邀请了美国知名的连锁超市管理公司艾森加入第二轮的竞标，而且你父亲的心意也较偏向那家公司。据我了解，艾森的管理系统和营销理念都非常先进，他们打算收购莲初，也是想借此进军中国市场。自从改革开放以来，很多国外的企业嗅到了国内市场的商机，蜂拥而入，这的确推动了国内经济的发展。在我看来，国内很多企业缺乏的不是技术，而是机会，我们起步晚，但我们的探索和努力是有目共睹的，如果西部市场被国外的公司所占领，那些正在发展的当地企业很可能刚刚看到曙光，就被无情地扼杀了。"

郑劲松对夏一心露出赞赏的目光。

拜访完郑劲松，正是午餐时间，小区对面竟然是微博上有名的网红火锅店。司昭南知道夏一心嘴馋，便对她说："就在这里吃吧。"

夏一心把又辣又烫的毛肚塞进嘴里，感觉自己的整个味蕾都活跃起来了。司昭南看着她吃饭的样子，尽管自己不怎么饿，也觉得菜肴很美味。

司昭南说："你做了很多关于莲初的功课，对吗？"

他觉得夏一心最后说的那番话，简直是点睛之笔，陈振东的实力无论从哪个方面比，都不如天临，真正的劲敌是来自国外的艾森，没想到夏一心把重点转移到振兴民族企业上来，激发了郑劲松的爱国之心。看得出来，艾森已经失去了竞争力。

夏一心是个很不错的工作搭档，她和司昭南一唱一和、取长补短，在必要的时候，还能来一招攻其不备，这些都让司昭南刮目相看。

夏一心发现司昭南都不怎么动筷子，突然想起他不怎么吃辣，抬起头，发现他嘴角带着笑意。

她问："司总，有什么高兴的事吗？"

司昭南说："你刚才的表现不错。"

一句鼓励的话顿时让夏一心信心满满、干劲十足，她低下头，大口大口地吃菜。赶紧吃完，回去还有一堆工作等着呢！

一个星期后传来了好消息，正如夏一心所料，司昭南劝动了秦宇川。秦宇川把车开到郑劲松的楼下，两个人谈得很愉快。秦宇川出奇大方，答应郑劲松如果收购成功，不仅承诺给他相应的股份，还另外给他200万年薪。莲初总公司那边，自然由郑劲松去周旋。

工作进入尾声，终于可以轻松一点，夏一心按时下班回家，她没开车，正巧司昭南要回去，就送了她一程。

车开到中山路口的时候，一辆黑色奥迪车从旁边的路口冲出来，逼停了他们的车。

车窗摇下来，是陈振东不怀好意的笑脸，他说："司先生，我等你很久了。"

司昭南笑着说："陈老板真会开玩笑，要找我直接打电话就行了，怎么好意思劳您大驾。"

陈振东发出邀请："我准备了一桌好菜，就等你去了。"

司昭南很清楚对方请他吃饭的目的，只是这人风评不好。司昭南担心身边夏一心的安危，这样的人惹不起，至少躲得起，便说："不好意思，先约了客户，改天我一定亲自登门拜访，陪陈老板好好喝几杯。"

陈振东坚持："司先生，我菜都备好了，你不去，未免太不给面子了。"

对方搬出利害关系，看来是志在必得，司昭南说："陈老板的盛情难却，他们只是旁边这位小姐还有要紧的事办，我把她送到前面路口就来。"

陈振东说："我跟夏小姐的父亲算是旧识，我也邀请夏小姐一起去，算是关照一下晚辈。"

后面开过来一辆银色的面包车，目测也是陈振东的人，前后的路都断了，只能跟着去。

司昭南侧头看着夏一心："你害怕吗？"

"不害怕。"

夏一心的平静出乎司昭南的意料，他微微松了口气。

在黑色奥迪的带领下，车开到了一品海鲜城的门口，这是陈振东的产业之一。

当司昭南决定让天临集团跟郑劲松联手的时候，就知道势必会得罪陈振东，尽管这个人以狡诈阴狠得名，但什么样的较量司昭南都敢奉陪。陈振东大概也是怕司昭南会有出其不意的反击，才押着夏一心来掣肘他。

下车后，陈振东问："司先生，以你的商业目光来看，我这酒楼怎么样？"

司昭南带着职业微笑："看装潢，可见陈老板的用心，我一直觉得企业跟人一样，得内外兼修，才能得到大众的认可。"

陈振东抬手："司先生、夏小姐，请进。"

酒楼大门一进去就是一个小型的海鲜市场，排列整齐的玻璃缸里养着各种鲜活的海鲜，一指长的大虾游来游去，象拔蚌不时喷出水柱来，还有在国内少见的帝王蟹。玻璃缸外贴着明码实价，并仔细写明除去加工费，不收取任何额外费用。

酒楼的生意还不错，正是吃饭的点儿，大厅里客人满座，外面还有排队等候的人。

陈振东并不是个毫无头脑的商人，他也有他的为商之道。据司昭南所知，陈振东的东方化工以生产各种涂料为主。草根出身的他江湖戾气比较重，打拼下今天的家业，实属不易。内地经济近些年来突飞猛进，不少企业都在转型，手里有闲钱的都按捺不住想转行做投资，司昭南要把郑劲松挖走，在陈振东看来，无疑是被抢了发财的机会，所以不得不来给他提个醒。

陈振东带着他俩上到三楼，电梯门打开，三楼就只有一个包间，门牌上写着“青龙”。夏一心暗忖，陈振东是个笃信风水的人，青龙在上，如日中天，而且青龙也代表东方，都在暗喻他自己。

穿着中式旗袍的服务员推开门，恭敬地说：“请进！”

包间很大，独此一间，平时肯定是招待注重隐私的大客户，正对面是一块大匾，草书龙飞凤舞，夏一心隐约能认出是《道德经》的第一章“道可道，非常道”，她觉得陈振东并不能领会其意，只是用来装裱斯文的门面。

陈振东说：“请坐。”

餐桌是长形的条桌，内侧是厨师的操作台，一个巨大的玻璃水族箱立在后面，像一个小型的游泳池，旁边放着攀上去的扶梯，一条巨型金枪鱼正快活地游来游去，丝毫没有察觉到它接下来的命运。

司昭南说：“陈老板是主人，请上座。”

横向的条桌，上座自然是中间。

司昭南坐到陈振东的右边，陈振东抬手请夏一心坐在自己左侧，她却轻轻一绕，坐到了司昭南的右边。

陈振东说：“看来夏小姐很依赖你呀。”

夏一心说：“我习惯坐他的旁边。”

司昭南用眼角的余光瞥了她一眼，她表情冷静，眼神淡定，让他都恍惚，怀疑自己是否看错了。

坐定，陈振东指着玻璃缸里的鱼说：“鱼类里，我最喜欢金枪鱼，很多人只知道它美味，却不知道它是海洋世界里游得最快的鱼，连鲨鱼都无法靠近它。为了保持充足的体力，它们会不断地进食。像这样一条黄鳍金枪鱼，一天的进食量相当于一个成年男子的食量。”

夏一心假装一副后知后觉的样子，问：“陈老板是要请我们吃金枪鱼吗？黄鳍金枪鱼可是很稀少名贵的。”

陈振东说：“越是珍贵的东西，越让人向往。”

司昭南说：“它的肉质鲜美，但体内的重金属含量也是海洋鱼类里最高的，吃多了不太好。”

陈振东说：“到底好不好，吃了再说。”

说着他向服务员比了一个手势，服务员就赶紧摆好碗筷，送上热毛巾。穿着白色制服的厨师走进来，跟在后面的两个男服务员吃力地抬着一座雕凿精美的水晶冰座，用来盛放新鲜的金枪鱼刺身。

司昭南说：“陈老板，我陪你吃就行了，夏小姐对生食过敏。”

陈振东将信将疑：“夏小姐，想当年你父亲可是名震一方，有胆识，有气魄，都说虎父无犬女，你不会这点胆量都没有吧？”

夏一心笑着说：“我平时很少吃冷食，现在能吃到这样珍贵的鱼，怎么也不能辜负陈伯伯的好意。”

陈振东竖起拇指：“好。”

四个服务员费了一番工夫才把那条约两米长的金枪鱼捞出来，侧放在案板上。没有花哨的餐前表演，也没有复杂的刀具，一把尖锐的刺身刀握在手里，只是简单几刀，一块鲜红的肉就脱离了鱼身。

厨师并没有继续切下去，而是让服务员将鱼重新放回到鱼缸里。

金枪鱼一回到水里，又开始轻快地游动起来，它对于身体失去那么大一块肉，似乎毫无知觉。

切下来的那块肉，又被切成小片，分到每个人的面前。

陈振东说：“试试看，味道怎么样。”

夏一心抬起头，水族箱里残破的鱼身，切割面整齐，鱼肉纹理清晰，筋脉分明，让人不得不感叹厨师的技术超群，保持金枪鱼口感美味的要领就是没有瘀血，如果鱼在切割和挣扎的过程中导致血管破裂，血液浸入肉中，就会影响到肉质的口感。

夏一心夹起一块鱼肉，蘸着带芥末的调料，塞进嘴里，细嚼慢咽，说：“肉是很美味，但酱料差了一点点。”

服务员赶紧送上调料盘，她加了一大块芥末放进料碟里：“辣能驱寒暖胃，完全释放味觉，才能品出食物真正的鲜美。”

陈振东说：“夏小姐是个很懂食物的人。”

“班门弄斧而已，陈老板开美食城，肯定对美食有更独特的见解。”

夏一心的话音刚落，鱼缸里的金枪鱼突然开始疯狂地扭动身体，鱼身拍打在缸壁上，鱼肉横飞，血慢慢地渗出来，越来越多，染红了整个鱼缸的水。

血腥的味道让夏一心隐隐作呕，为了不失态，她努力地克制着。

商场上的血雨腥风，司昭南见得多了。此时，他看着血肉模糊的鱼，感叹着：“这么稀少的美味，浪费了。”

陈振东说：“这么大的鱼，就是有这个胃口，也未必全吃得下。”

司昭南笑着说：“正因为如此，美味的东西就该大家一起分享，说不定其中就有懂得欣赏的人，才不辜负这份美意。”

交谈中都是话里有话，其中道理不言而喻。

夏一心附和着司昭南的话：“黄鳍在金枪鱼的品种中算极品，那也得有懂得欣赏的人，才能发现它的价值，如果是一个普通的渔夫家庭，一碗鱼汤比一块生鱼肉更有价值。”

陈振东一愣，看来这两个人都不是省油的灯。

他顿了一下，说：“可你要知道，这么大的鱼，是我好不容易才买来的。”

司昭南说：“凡事没有绝对，陈老板又怎么知道以后不会有更大、味道更好的鱼呢！”

陈振东大声地笑起来：“愿闻高见！”

司昭南单刀直入：“陈老板请我来，无非为了莲初超市的事。陈老板对这个项目有兴趣，就是看上了莲初这块老招牌，表面上大家以为是老子在跟儿子闹决裂，您是老江湖了，也应该明白，郑舜华跟儿子不亲，但绝不会跟钱过不去，莲初是他一手经营起来的，在管理方面，他比郑劲松更有经验，如果只是一条暂时休克的鱼，他肯定会自己尽力救回来。”

司昭南继续说：“莲初内部一定是发生了郑舜华无法挽回的局面，他才不得不忍痛割爱。郑舜华是个有韧劲、踏实肯干的人，莲初还在发展初期的时候，为了击败竞争对手，压低蔬菜价格，他亲自带着员工去乡下收菜。他曾经说过，人能解决的难题不叫难题。”

经他一提点，陈振东似乎明白了什么：“你的意思是，他在资金上出现了很大的缺口，只能通过卖掉莲初来解决？”

司昭南没有正面回答，但意思已经很明确了，他接着说：“天临集团的实力大家都是有目共睹的，连秦宇川要吃下莲初都有困难，其他人更是可想而知了。”

司昭南的言下之意是说，陈振东的实力不够雄厚。陈振东也不生气，这是实话，生意要想长远，不能有半点掺假。

的确，陈振东对天临集团深陷资金危机的事儿也有所耳闻，他一直担心这是竞争对手放出来的假消息，想逼他知难而退，司昭南简短的两句分析，顿时令他茅塞顿开。只是郑劲松这条线断了，他要再找大手笔的项目，恐怕有点难，他决定把这个难题推给司昭南，做出半信半疑的模样：“真的？”

司昭南笑着说：“要接下去谈，就得付费了。”

陈振东想了想，也笑起来：“司先生真是当老板的料！”

司昭南接着说：“我的工作就是帮公司解决经营上的各种疑难杂症。”

夏一心把面前的那碟刺身都吃光了，放下筷子说：“每个人的胃口不一样，有多大的胃口，就吃等量的东西，吃少了会饿，吃撑了会难受。”

陈振东佩服她的胆量，那条被切了一半的金枪鱼已经血肉模糊了。如此血腥的场面，一般的女孩子看到早就被吓得魂飞魄散，夏一心竟然能不眨眼地将生鱼肉吃完。从进来到现在，她都表现得淡定自若，面不改色，真不愧是夏翔文的女儿！

陈振东对夏一心是有点忌惮的，尽管她父亲不在了，但盘根错节的关系网还在，看她胸有成竹的样子，想必是早有退路。

夏一心说：“陈伯伯，我有个小小的建议。”

陈振东说：“说来听听。”

夏一心说：“其实金枪鱼不是越大越好吃，大只是噱头而已，越大，肉里的胶原蛋白越少，反而是小的，肉质更嫩更营养。”

“哦。”陈振东明白她话里的意思，一时接不上话，胡乱地应了一声。

司昭南说：“如果陈老板对投资有兴趣，大可以找个阳光明媚、心情舒畅的日子去我办公室坐坐，我的办公室采光好，还有最正宗的雨前龙井。”

陈振东的态度缓和下来：“好，好。”

不紧不慢地吃过饭，司昭南带着夏一心告辞。上了车，司昭南赶紧问她：“感觉怎么样？”

夏一心卷起衣袖，手臂上已经出现过敏的红斑。

司昭南说：“我送你去医院。”

他在手机导航里搜索到去人民医院最快的路线，然后踩下油门，飞驰而去。

车停在医院的门口，夏一心开门下车往急诊室的方向走。她全身痒得难受，走得很慢。司昭南比她还急，干脆把她横抱起来，大步就往楼上走。他个儿高腿长，没几步就到了诊室门口，对着医生喊：“麻烦你快帮她看看，她吃了生鱼片过敏。”

医生撩起夏一心的衣袖，发现整个手臂上都是红疹，问：“你身上有吗？”

夏一心回答：“我背上有点痒，可能也起红疹了吧，我从小吃生食就会过敏。”

医生皱起眉头，仿佛在说，明知故犯，是自找苦吃。

随即她转身对司昭南说："你帮忙把她的衣服脱下来，我要检查一下。"

司昭南火急火燎地抱着夏一心冲进来，医生以为他是她的男朋友，没什么好避讳的。

夏一心赶紧说："我自己来就行了。"

因为过敏难受，夏一心的手抖得很厉害，里面的衬衣是反扣的，解起来有点吃力。医生有点不耐烦，催促着："有什么不好意思的，快一点。"

看着夏一心难受的样子，司昭南走到她的身后，轻声说："不好意思，我只是想帮你。"

夏一心没动，任司昭南帮她把背上的纽扣解开。她里面穿了内衣，而他是个绅士，不会有任何猥亵的意图。

医生检查了夏一心的背部，开了验血的单子，说要看过血象后才能开药。

从急诊室出来，司昭南说："不舒服的话，我背你。"

夏一心反而安慰他："不用这么紧张，我以前也有过敏的时候，吃点药，明天就会好的。"

司昭南去交费，夏一心就在验血处等着，这个点人少，二十分钟就能拿到结果，抽完血，她就靠在旁边的长椅上休息。

司昭南走过去，安抚着："不会有事的。"

长凳没有靠背，夏一心有点累，蜷在那里身体摇摇晃晃，司昭南拍了拍自己的肩头："借给你靠。"

夏一心没有拒绝，现在她真的很需要一个柔软的靠背。

司昭南太高了，她只能靠着他的手臂。

化验结果出来了，医生叫着夏一心的名字，司昭南轻轻推了推她，她闭着眼睛，似乎已经睡着了。

“一心。”司昭南轻轻唤她的名字，想把她叫醒。

司昭南摸到她的手，她的手很烫，就像在火上烤过一样。听说过敏严重的时候会发高烧，他用手摸了一下她的额头，一样热得烫手。

司昭南刚才就发现夏一心满脸通红，跟煮熟的虾子差不多，他以为是脸上的皮肤过敏发红，但是他大意了，这跟普通的感冒发烧不一样，降温也没用。司昭南赶紧背上烧得迷迷糊糊的夏一心，拿过化验单，飞快地往急诊室走。

医生看过化验单，说：“中性粒细胞偏高，炎症感染，输液后留院观察一晚上。”

普通的输液只能在大厅的沙发椅上休息。司昭南问护士：“可以申请一个单间吗？”

护士解释：“只有住院的病人才能享受到病房服务，季节原因，最近入院的病人很多，给您带来的不方便，还请见谅。”

护士给夏一心扎好针，司昭南把她抱到沙发椅上让她半躺着，又去拿了一条白色薄被盖在她的身上。

春天是疾病的高发期，床位有限，连陪坐的凳子都没有。司昭南出去了一会儿，回来的时候手里拿着一个小方凳，大概是在对面的商店里买的。他屈着双腿，坐在上面显得非常吃力，夏一心看着都替他难受，说：“你回去吧，我一个人可以的。”

司昭南说：“你这个样子我怎么放心走，你这可算工伤，我有责任的。”

夏一心笑了，闭上眼睛没再说话。在她虚弱无力的时候，司昭南带来的呵护和安全感正是她最需要的，想起上一次皮肤过敏还是跟林承志在一起的时候。她出去应酬，喝了点药酒过敏了，那天林承志喝得醉醺醺的，过敏难受的她强撑着把他送回了公寓。

独立坚强的夏一心从没想过要依靠谁，但此刻，这种安全感让她很舒服，甚至有点舍不得。这个念头在她心里一转，又被克制住了，她不能，也不该对眼前的男人产生半点不舍。

下半夜，夏一心的病症似乎加重了，干呕不止，司昭南赶紧去叫护士，检查之后发现，夏一心有药物不适应的情况。医生调整了药方，半个小时后，夏一心呕吐的症状才减轻了。

司昭南问护士："高烧什么时候能退下去？"

护士回答："这个要看个人的体质，她现在重度过敏，治疗时间会稍长一点。"

4月的昼夜温差大，白天跟夜里相差十度，夏一心身上盖着薄被，司昭南问："冷吗？要不要加一床被子？"

夏一心难受得说不出话来，轻轻地点了点头。

司昭南去问护士多拿了一床被子，由于下半夜气温低，护士站的被子被病患拿光了，大半夜的，他不知道要去哪里买被子，想了想，将外套脱下来盖在夏一心身上。

过了一会儿，夏一心依旧呢喃着冷，司昭南索性把她紧紧抱在怀里，用体温来温暖她。

好不容易挨到早上，夏一心高热的现象退了一点，人却仍旧十分虚弱，连站立的力气都没有。

医院没有床位，她只能每天过来输液，再回家休息。

她虚软得无法走路，只能让司昭南背着。

司昭南说："公司那边我帮你请假，你就在家好好休息。"

夏一心昨晚吐了很多，又熬了一夜，肚子早就饿得咕咕叫了，医生特别叮嘱要吃清淡的食物。司昭南把她送回公寓后，又去外面买了白粥。

夏一心喝了两口，吃力地挤出笑容："真是麻烦你了。"

"我都说了是工伤，肯定要负责到底的。"

她笑了笑，知道司昭南是在开玩笑，她也坦然接受了这样的理由。

司昭南想到她面对陈振东的刁难，面不改色、临危不乱的样子，有一种他欣赏和爱慕的美，他理想的人生伴侣，就应该如她一样，与他并肩而站，不畏强迫，坦然坚定。

不知不觉，他把手放在了夏一心的发顶，轻轻地摩挲。

她诧异："司总，你怎么了？"

情不自禁做出这种爱怜的动作让他自己也有点慌乱，不过很快他就镇定下来，将手轻轻滑到她的额前："你已经退烧了，好好休养两天就会好的。"

Chapter 11

卓颖穿着普拉达最新款的套装走进办公室的时候，几乎吸引了所有人的目光，特别是因为她顺利完成了外省的项目，为公司在那里开设分部打下了基础，此刻的她更是脚下生风，神采奕奕。

卓颖将大鬈发撩到身后，轻轻敲了敲门，然后推门走进司昭南的办公室。

司昭南笑着说："回来了！"

卓颖点头："我得胜归来，是不是要犒劳一下我？"

司昭南双手抱胸："说吧，想要什么？"

卓颖眼波流转，看到办公桌上有张花店的订花名片，问："你给谁送花？"

"一个朋友。"

卓颖暗忖，她还没见他给谁送花，隐隐有一种不祥的预感，但他不喜欢别人打探他的隐私，她也就不好再问下去。

卓颖又说："我听说你在莲初的收购案上遇到点麻烦，陈振东那个人似乎不太好对付。”

“已经解决了，后面问题不大。”

她刚才来的时候，听同事谈起，陈振东似乎有黑社会背景，只看利益，不太讲理，那天还差点绑架司昭南，这些只是从别人那里听来的，也不知几分真几分假。她想从他这里了解真实的情况。而他似乎并不想谈这个话题，敷衍带过。

卓颖强调：“阿南，我是在关心你，你就不能对我坦承一点吗？”

“做我们这行的，哪儿会不遇到几个视利如命的人？”

忙习惯了，在家里躺着休息反而让夏一心不自在，她总感觉缺少了点什么，心里空落落的。

有人敲门，她起身开门，门外站着的竟然是卓颖。

夏一心又惊又喜：“卓经理，你怎么来了？”

卓颖说：“我听同事说你生病了，特地来看看。”

卓颖手里还拎着水果篮，夏一心赶紧把她让进门：“沙发上坐吧，这两天懒于收拾，有点乱，你别介意。”

卓颖环顾四周：“公寓挺不错的，很温暖。”

夏一心去倒水，卓颖说：“不用这么麻烦，你还病着，坐坐聊聊天就行了。”

夏一心还是去泡了一杯热茶。

卓颖说：“我听说你这次受伤是因为阿南。”

夏一心听着卓颖对司昭南亲昵的称呼，想着应该是以老板娘的身份来探望她，随即说：“司总太客气了，是我体质不太好，容易过敏。”

卓颖透过卧室的门，看到床头摆着一束鲜花，心里微微一动，不能确定是司昭南送的，但心里留着一个疑虑，不解开始终不安心，于是试探着问：“那花儿是阿南送的吧？”

夏一心点点头。

卓颖申明：“他一直很重视员工，把大家视为同舟共济的盟友，所以会格外关心。”

夏一心好奇地问：“卓经理跟司总认识很久了吧？”

“我们是在麻省理工大学认识的，我们是同学。”似乎想起了什么有趣的事，卓颖突然笑起来。

夏一心追问：“是什么有趣的事？”

“我第一次见到他的时候，他穿了一件很不合身的西装外套，又高又瘦，像电线杆子一样立在那里，他是同学中最高的，非常引人注目。”

卓颖家是并不富裕的移民家庭，她从小到大成绩优秀，也一直是整个家族的希望，她不负众望，十七岁考上了麻省理工，当时的她有些骄傲自负。司昭南是她遇到的第一个强劲对手。

进入大学之后，两个人就开始在学习上较劲，他们每一科成绩都很优异，都得到了教授的赞赏。

卓颖的家境不好，但家里还是省吃俭用来支撑她的学费，减少她的压力。而司昭南是个不折不扣的穷学生，他拿的是全额奖学金，生活费必须自理，他只能一边打工，一边读书。

卓颖说：“一件很温馨的小事，拉近了我和他的距离。”

除了上课，卓颖几乎都泡在图书馆里，有一天晚上特别冷，外头下起大雨，她没有带伞，想着在图书馆将就一夜。她很困，蜷缩在窄小的沙发上很快就睡着了，等醒来的时候，发现司昭南的衣服盖在她的身上。

那是一件灰色帆布的西装外套，很旧，还磨破了边，却有淡淡的肥皂味儿，很干净。

麻省理工汇集了世界各地的精英，繁重的学习任务和激烈的竞争让很多人都忽略了生活的细节，他们常常蓬头垢面，不修边幅。司昭南穿着朴素，甚至有些穷酸，但他随时随地都保持着整洁和干净，这让卓颖刮目相看。

卓颖接着说："大二结束的时候，他就已经修完了大学四年的课程，那时我才知道，我那点骄傲，原来不值一提。"

夏一心认真地听着卓颖的倾诉，在脑海里拼凑着司昭南曾经的样子，少年青涩，却出类拔萃，当他拿着书本，穿过校园里一幢幢哥特式建筑时，肯定能吸引很多人倾慕的目光。

优秀的男人谁都喜欢，夏一心也一样。

聊了一会儿，杯里的茶已经见底了，夏一心赶紧续杯，期待着卓颖继续讲下去。

卓颖继续说："我读大四那年，他已经修完金融硕士的学分，拿到毕业证离开了学校。他走之后，我很失落，那时候自己面子薄，不敢给他打电话，再后来手机掉了，就完全跟他断了联系，那时的我挺绝望的，以为跟他的缘分就这么结束了。"

她顿了一下，接着讲："再次和他相遇是在五年后，我那时在一家公司当财务经理，在一次商业宴会上，我一眼就认出他来了，他无论走到哪里，都那么闪耀夺目。"

夏一心附和着点点头，认同卓颖对司昭南的评价。

卓颖笑着问："你对他的事很感兴趣？"

夏一心回答："像司总那样优秀的人，是女孩子都会感兴趣吧！"

她很期待后面发生的事，于是追问："卓经理，我听说你们之前都是麦肯锡的项目经理，是不是那次遇上之后，没多久，你们就变成同事了？"

"我在当时的公司干得并不开心。"卓颖突然压低了声音，"那公司的老板是个变态，老是打电话骚扰我，我本来早想辞职的，可是舍不得那份工资。我大学毕业后，一大家子都得由我来养，七八口人都盯着我一个人赚钱，我忍了又忍，都快忍不下去了。那时的阿南已经是麦肯锡的项目经理，他力邀我过去当助理，找到机会，我就走了。提出辞职时，老板以账目不清为由为难我，阿南帮我整治了老板一顿。”

卓颖顿了一下，继续说道：“我和他的感情就是这么一点一滴积累起来的，他说要回国发展，我义无反顾就来了，我相信长久的扶持与陪伴，才会铸就最真挚长远的情感。”

“我真是羡慕你们。”夏一心感叹着，她也希望自己能有这样一份感情，那时她想跟林承志携手奋斗，共同创造未来。然而不过半年，自以为是的爱情没能敌过家世财富的诱惑，爱人半道离开，让她再也不敢对爱情抱有奢望。

卓颖看着她：“我觉得你特别亲切，所以不知不觉跟你聊了这么多，我就是来看看你，回头还有事要去办。你好好休息，早点康复，也好让阿南安心。”

司昭南一下班就来看夏一心，顺道给她带来晚餐。他今天带的是锦记的皮蛋瘦肉粥，昨天她只是嘀咕了两句好吃，他就买来了。司昭南的细心，让夏一心感叹卓颖真是好福气，能找到这样一个完美得没有缺点的男人。

这两天不见秦烁的身影，夏一心问：“秦烁还好吧？”

“他回去了。”司昭南说。

这个回答在夏一心的意料之中。曾经秦烁也因为跟父亲闹矛盾离家出走过，但最终都以失败收场。

司昭南说：“他这次回去，应该能好好干上一阵子，秦宇川已经决定等莲初收购成功后，让秦烁做莲初的副经理，跟着郑劲松做事。秦烁这两天正在公司熟悉莲初的资料，你的事我没跟他说。”

以秦烁的心性，大多三天打鱼，两天晒网，这次竟然同意去莲初做事，夏一心隐隐觉得这里面肯定有司昭南的功劳，她问：“你跟他说了什么，让他这么听话？”

司昭南笑了笑：“也没什么，只是告诉他男人该有男人的担当。”

夏一心一边吃着细滑爽口的粥，一边说：“莲初的项目还没有结束，我在家里休养的这几天，肯定落了不少工作，让大家帮我担着，真是不好意思。”随即她又问，“陈振东那边有什么动静吗？”

司昭南没有回答，只是想起打包袋里还有一小包老板送的酱菜，赶紧拿出来：“你吃吃看，如果觉得好，下次我就多买一点。”

夏一心细嚼慢咽吃饭的样子让司昭南看得入了神。她抬头发现他目不转睛的样子，有点好奇：“司总，你在看什么？”

司昭南回过神来，把话题带回到工作上：“天临集团的工作已经进入尾声了，你可以在家里多休养两天。秦宇川已经跟郑劲松私下谈过，保留给他的股份，然后对莲初遗留下来的员工进行考核，合格的继续留用，不合格的也会在天临集团的其他产业里优先考虑录用他们。为了筹措资金，他还出让了天临商场百分之二十的股份。有时候不能只看到眼前的利益，退一步，往往能海阔天空。”

天临集团正式收购莲初连锁的仪式举办得非常盛大，这在庆市商界算得上是一个成功的大案例，司昭南也由此声名大振。

夏一心养病在家没有去，只能从江泽发出来的朋友圈得知现场的情况。

秦烁从江泽那里听说夏一心生病在家里休养，仪式一结束，他就赶过来了，没好气地说：“司昭南那人太阴险了，你病得这么重都不告诉我，八成是想趁我不在，对你大献殷勤。”

夏一心瞪着他：“我最烦你把什么事都往我身上靠，人家有女朋友的，怎么可能看上我！”

秦烁坐到她的旁边，拉起她的手，刚想握住，她就用力地抽回去，把手背到身后：“有什么你就说吧。”

秦烁咳嗽了一声，清了清嗓子，正色说：“一心，我知道以前是我太混，自私地只想到自己要怎么样，从来没替别人考虑过，尽管心里不想承认，我骨子里就是有那么点好逸恶劳。我现在想明白了，只有做出成绩来，做出真正的改变，带给你稳定的生活，我才有资格说爱你。”

夏一心不需要他的承诺，只要他能踏踏实实地工作，别再让秦伯伯操心就行了。

秦烁却说得激情澎湃。

夏一心说：“你别又三分钟热情！”

秦烁举起手发誓：“绝对不会，自从那天跟司昭南谈过后，一语惊醒梦中人，我是彻底想明白了，我肯定会干出一番事业来的！”

夏一心被卓颖叫进了办公室，卓颖关切地问：“身体恢复得怎么样？”

夏一心微笑回答：“已经好了。”

卓颖让她坐下，并拿了一罐玫瑰茶给她：“这是客户送的，拿去试试看，给我一点意见，我也好继续下面的工作。”

夏一心打开盖子，一股清雅的玫瑰香扑面而来，玫瑰很大朵。

卓颖说：“这花是一家公司培育的新品种。”

夏一心坐下后，卓颖说：“我的一个客户给我们介绍了滨河的一家饮品公司，他们的产品在滨河乃至整个华北地区的口碑都很好，小公司都想做大做响，现在想聘请我们公司做战略顾问，这个项目我打算推荐你过去。”

夏一心进公司不过三个月，而这三个月卓颖大多出差在外，她们相处的时间很少。夏一心没想到对方竟然会这么看重自己，只是她初出茅庐，对于独立负责项目，她不是很有信心。

卓颖说：“你的底子不错，我们分配项目也是根据个人的优势来，你对市场的敏感度非常好，我相信你没问题的。”

卓颖私下给了她鼓励，所以当司昭南问起她是否愿意去滨河的时候，表示同意，这是个历练自己的好机会。

这是夏一心第一次出差办公，临走前，她做了很多功课，查看滨河的天气，带好换洗的衣服，不仅仔细调查了“畅饮”公司的资料，还了解了一下滨河的人文历史，以便跟对方聊起来的时候有谈资。

司昭南打电话过来：“一起吃晚饭吧。”

他顿了一下，又说：“顺便聊一下出差的事。”

夏一心想听他分享经验，便说：“好的，不过今天得我请客。”

她是个喜欢礼尚往来的人，在她过敏生病的日子里，司昭南对她提供了诸多照顾，司昭南神通广大，自己能帮上忙的地方少之又少，只能以请吃饭来表达谢意。

夏一心原本想着就在小区附近找一家地道的庆市菜馆子，司昭南却突然说想去游江。

这是庆市很热门的旅游项目。夏一心想想自己竟然有好多年没一边吃饭一边欣赏两江夜景了，突然也来了兴致。

庆市的江里最有名的是江颡，这种鱼新鲜、肉质细滑。

司昭南不太能吃辣，夏一心原本想着煮酸菜的，他却说：“你喜欢麻辣的，依你的口味就好。”

天气已经渐渐暖和，夏一心斜靠在沙发椅上，吹着江风，看着两岸的灯火璀璨，她舒服地伸了一个懒腰，看着司昭南：“很久以前我跟同学一起来过，那时候并不觉得江上的风景有多美，大概是长期生活在这座城市里，习惯了。现在却觉得心旷神怡，看来人只有在历尽千帆之后，才会发现最美的东西其实就在自己身边。”

太过安逸的生活容易让人迷失，辛勤劳作后的休息反而让人轻松自在。

司昭南在问她是否介意后点了一支烟，目不转睛地看着不远处流动的灯火，若有所思。

夏一心问：“是不是在感慨这里和你当初离开的时候，大不一样？”

司昭南笑了笑，似乎在夸奖她的聪明。

他说："的确跟我离开的时候差别太大了，去以前的学校，找以前的朋友，都已经时过境迁。我有时候在想，当初离开是不是错误的选择。"

夏一心安慰他："人生本来就是有舍才有得，如果你留下来，未必有今天令人羡慕的成就，或许还会感叹，当初去留学多好。"

"其实在我心里一直有个遗憾。"他的语气突然变得伤感。

手里的烟只剩下很小的一截，司昭南吸了两口，把烟头放进玻璃烟灰缸里熄灭，才说："我是个孤儿，是一位伯伯把我养大的，也是这位伯伯送我去美国读书，尽管我一直叫他伯伯，但在我心里，他跟父亲是一样的，我想着等学成归来的时候，一定会好好地报答他。"

说到这里，他的眼眶红了："我去了美国没多久，伯伯就意外过世了，我也是过了一段时间才知道这件事，我想回来，但他们都劝我不要回来，因为回来也于事无补，还会辜负伯伯的一片栽培之心。后来我才知道，伯伯过世之后，家道也败落了，只留下一个很聪明的女儿。"

夏一心说："那你可以好好帮助他女儿。"

司昭南苦笑了一下："我去看过她，她生活得还不错，似乎不需要我帮忙。"

为了缓和司昭南失落的情绪，夏一心打趣道："司总，那你住在伯伯家的时候，是不是喜欢过他聪明的女儿？"

"她有一双很漂亮的大眼睛。"

司昭南没有正面回答，但他觉得女孩子漂亮，那肯定有几分心思的。她发现司昭南说这句话的时候，脸上的笑容透着一种真切，不像他平时只是出于礼貌的附和微笑。

从小相伴、青梅竹马两小无猜是最美好的爱情桥段，令人向往，夏一心问："那为什么你不追求她？"

"我回来的时候，她已经有男朋友了。"司昭南觉得这个话题聊到这儿就可以结束了，于是问，“你明天就要去滨河，都带了些什么东西？”

“办公必备用品、电脑，还有一些衣服。”

他说：“出差三件套，雨伞、平底鞋，另外一样你用不着。”

天气变化难以预测，带伞也是未雨绸缪，平底鞋会给人带来慵懒感，不适合商业沟通。

他说：“计划赶不上变化，有时候去了并不能按计划开始工作，所以要学会劳逸结合，去附近的景点走走。”

夏一心好奇：“另外一样是什么？”

既然她问了，司昭南就直白地说：“避孕套。在国外的时候，同事们对情感相对开放，他们很多人喜欢敞开心扉去爱，却没有勇气担起家庭的责任。”

夏一心红着脸，低头不敢看他，对于国内的人来说，性是比较敏感的话题，在她看来，爱一个人，就得担负起责任。她暗忖，他跟卓颖在一起这么久了，两人的年龄都不小了，还没结婚，是否也只是喜欢享受自由的爱情？

司昭南又说：“到了滨河，如果在工作上有需要帮忙的地方，可以打电话给我。”

有位同事说过，夏一心是幸运的，刚入行就有司昭南这样尽职尽责，又很乐于分享经验的导师相助，能形成完美的工作流程，对于她以后在行业里的竞争，会受益匪浅。她说：“我都不知道该怎么感谢你，是你让我发现最适合的工作，而不是守在咖啡馆里消磨无聊的时光，而且一进入九戥，又有莲初收购的项目让我得到锻炼，我突然觉得，遇到你，是我的幸运。”

吃着麻辣黄颡鱼，船开到两江下游，可以看到岸边的佛光塔。夏一心想着还在念书的时候，几个同学相约着夜游佛光寺，听老人们说，夜里的佛光塔就像浮在空中，闪着金光的佛陀，对着它许愿，会心想事成。

走到栏杆边，她对着霓虹闪烁的佛光塔双手合十。司昭南跟过来：“你信佛？”

“我觉得应该是一种缘分吧，宁可信其有，不可信其无。”

司昭南笑了笑，她这样务实勤奋的人竟然会相信冥神避祸之说，而且她认真的样子，实在可爱。她刚才说，遇见他是她的幸运。司昭南想，这是不是一种暗示？

一艘大型游轮经过，江浪翻涌，游船晃荡得厉害，她穿着高跟鞋，没站稳，整个人往前倾，司昭南手疾眼快，伸出修长的手臂往她身前一拦，她才没有从低矮的栏杆处跌出去，她吓得往后退了一步，头紧紧贴在他的胸口。

和微冷的江风一比，他的怀抱显得格外暖和，那温度似乎在不停蔓延，夏一心心跳加速，紧张得身体止不住颤抖起来。

司昭南问：“你很冷吗？”

“没有。”

她想挣开，他却伸出双臂把她牢牢地圈在怀里，他低下头问：“还冷吗？”

他弯下腰，侧脸贴着夏一心的耳朵，突出如来的暧昧让她耳根像火烤一样烫：“我……”

她知道这是示爱的动作，不知道是不是刚才的话让对方觉得是暧昧的暗示？他在国外待久了，自然是有爱就要大胆表示出来，但她的思想却是传统的，她拒绝一夜情，只有遇到要相守结婚的人，她才会敞开自己的怀抱。

想到这里，夏一心用力从司昭南怀里挣脱出来，和他保持距离：“司总，你知道的，我失恋还没多久，上一段感情对我的伤害太大，现在我心里还无法接纳另一段感情。”

“对不起，是我太唐突了。”是的，他也觉得自己太心急了。此刻，夏一心眼睛里充满了防备，看来刚才他的情不自禁吓着她了。

她这样惊慌，会不会把他视为色狼？

气氛变得尴尬起来，夏一心沉默不语，低头吃东西。这让一向冷静沉稳的司昭南开始心乱如麻，他很在乎她对自己的看法，两人之间会不会有了隔阂，不再坦然相对？

他第一次有后悔的感觉。

船一靠岸，夏一心就提出早点回家休息，明天早上八点钟的飞机去滨河，她希望早点睡觉，明天面对客户的时候才能有好精神。

司昭南把她送到公寓楼下。道完再见，夏一心转身往大楼里面走的时候，他突然叫住了她：“一心！”

她回过头：“司总，还有什么事吗？”

司昭南左思右想，决定坦白自己的心：“一心，我喜欢你，不是玩笑，也不是一时兴起，只是觉得，看不见你的时候，我会很想你。”

夏一心也坦白：“司总，你对我只有知遇之恩，我对你，没有男女之爱，只有作为上司的尊敬，我现在只想一心一意地工作。”

司昭南点点头：“我明白了。”

她向他微微鞠躬表示感谢，然后转身快步走进公寓大厦。

他的心，失落不已。

Chapter 12

我 的 倾 城 谋 划 师

滨河市是Y省的一个二线城市，尽管不如省会繁荣，但近几年来发展迅猛。随着许多大型加工厂的落户，滨河市变成了庞大的工业之城，有利于九罭分公司的业务扩展。

“畅饮”公司派了车来接夏一心，然后送她去下榻的酒店，司机告诉她，“畅饮”的老板华孟有事出差，下午由公司的刘副总来接待她。

“畅饮”公司的总部在一栋商务楼里，大概三百平方米。刘副总是个四十多岁的中年男人，看到夏一心，抬了抬眼镜，问：“你就是九罭咨询公司派过来的人？”

夏一心点点头，伸出手：“刘副总你好，我叫夏一心。”

刘副总和她握手，嘴里哼着：“哦。”

对方的眼神似乎透露出瞧不起她的意思，夏一心看上去瘦小又年轻，实在不像是一个能让企业扭转局势，走上康庄大道的人。

她也不急着解释，是金子总会发光，能不能胜任得看实际行动。

夏一心想参观“畅饮”的工厂，了解更多关于公司的事，于是提出："我的工作都是以实际为基础，希望能从刘副总这里了解到公司真实的生产经营情况。"

刘副总点头："华总特别吩咐过，会为夏小姐提供一切便利。"

夏一心是个行动派，说走就走。"畅饮"的主打产品是灵峰山泉水，生产基地在滨河市郊的灵山。老板华孟在和一群驴友探险时发现了这处天然泉水，甘甜且含有多种矿物质，在取得了使用权之后，就直接取天然矿泉水装瓶进行包装并销售。

工厂的规模不大，半自动化，工人不多，现在"畅饮"最畅销的也只有这款山泉水。这款产品遍布滨河的大街小巷，还成了滨河政府重点扶持项目，希望将其打造成金字招牌，全面打开国内市场。

在夏一心下榻的酒店里，提供的饮用水就是"畅饮"，她打开喝过，的确有一股清甜味儿，口感跟普通的矿泉水有一定的区别，辨识度比较高。

"畅饮"的灵峰山泉销售量一直保持着良好的增长率，为了扩大饮料市场的占有率，"畅饮"又推出了以灵峰山泉泡制的红枣桂圆茶和菊花枸杞饮料，但销量并不理想，还达不到灵峰山泉的百分之十。

饮料市场的竞争是非常残酷的，新品层出不穷，各公司的销售手段各具特色，受众群体口味多变，再高的市场占有率，如果掉以轻心，很快就会被取而代之。

夏一心暗忖，华孟的危机感应该很强，想要壮大品牌，却又不知道从哪里下手，才会依赖他们咨询管理公司的建议。

在参观完工厂后，夏一心对刘副总说："华总是个很有抱负的人，知道创新才是一个品牌永久存活下去的根本，却又没有足够的财力来支持新品的研发，跟风市场上已有的畅销品牌，并不能真正撼动对方的地位。"

刘副总没想到这个看似年轻又弱小的女孩子，只是简单的两言三语，就把公司目前的情况和华总期望的目标概括了。

刘副总问：“那夏小姐有什么好的建议吗？”

夏一心说：“我从不做片面的回答，我需要知道整个‘畅饮’的情况，包括生产、销售、内部管理方面的数据，才能做出正确的考量。”

刘副总点点头。夏一心顿了一下，又说：“而且建议，我只能跟华总详谈。”

刘副总有点不高兴，一个小姑娘，口气倒是不小，于是提醒她：“华总让我全权负责你在这里的工作。”

夏一心说：“刘副总，我无意冒犯你，但你对整个项目方案能做最终决定吗？”

刘副总愣住了，夏一心的话直白，却直击重点，他能做的最多只是辅助和参考，像公司未来的发展方向及方案，必须得到华孟的认可才行。

刘副总点点头，默认了夏一心的要求，说：“只是华总去H城了，要后天才能回来。”

“那我就等他回来。”

司昭南提醒带的平底鞋派上了用场。夏一心在手机上搜索了滨河旅游攻略，发现这里有一处明代大宅，保存完好，古朴风雅，她对人文历史很有兴趣，所以决定去看看。

下班后，顾从诫去了心芸咖啡厅，一进门，何芸竹热情地和他打招呼：“顾大忙人，你已经很久没有光顾这里了，今天是什么风把你吹来了？”

顾从诫找了个位子坐下：“我不喜欢喝咖啡，有别的饮料吗？提神的。”

“龙井，何氏独家泡制。”

芸竹把茶端过去：“我这里没有考究的茶具，就用热水泡而已，你就先将就用吧。”

她支着头，假装不经意地瞟顾从诚，其实是用眼角的余光细细地打量他。顾从诚简直是她人生伴侣的理想型，成熟稳重，工作认真勤奋，再加上他事事不计较的温和个性，每一样都正中她下怀，无奈妾有情，郎无心。芸竹担心对方会反感，没有死缠烂打，但想想，一个成功的男人，不可能打一辈子光棍，矜持期已经过了，主动发动攻势，怎会不拉近两人的距离呢？

见顾从诚的眉头微微皱起，芸竹问：“是不是遇到什么烦心的事儿了？”

他敷衍着：“工作强度大，难免的。”

芸竹提议：“我们找个热闹的地方喝一杯，身体轻松了，烦恼自然就没了。”

注定寂寞的夜晚，需要城市的霓虹和喧嚣的音乐来温暖平淡孤独的生活。

顾从诚去酒吧都是跟着客户去的，在包间里唱唱歌、喝喝酒。第一次来到喧闹的大厅，他有点不适应，他是个喜欢安静的人，音乐声震耳欲聋，反而容易让人觉得焦躁。

芸竹拉他的手：“走，我们去跳舞。”

他不停地摇头：“我还是坐在这里吧。”

芸竹嘟着嘴，凑到他耳边说：“你呀，就是太古板，换一种对待事物的方式，你才能换一种对待感情的方式。”

顾从诚还是坚持：“你去玩吧，我坐坐就行了。”

芸竹脱了外套，露出里面一件性感的小抹胸和短裙。顾从诚想起和芸竹第一次相亲时她穿了件气质温婉的旗袍，他意识到，她是个百变小妖精才对。

芸竹没去舞池，就在他的面前随着音乐扭动起小蛮腰，彩灯闪烁，映照在她光滑的皮肤上，呈现出一种性感的诱惑，顾从诚喉咙一紧，赶紧侧头。

芸竹笑他："我就喜欢你一本正经的样子。"

一个穿着衬衣正装，戴眼镜的男人从芸竹的身边经过，假装无意地用手碰了一下她的腰，芸竹厌恶地瞪了对方一眼："有病！"

男人满脸不屑："装什么装，一看就是个不正经的女人。"

芸竹从来就是个不肯吃亏的人，哪怕是言语上的。于是她扬手就给了对方一巴掌："瞎了你的狗眼！"

周围看色狼似的目光让男人面子挂不住，他跟芸竹较起真儿来："明明是你先勾引我的，我要教训一下你这个女人。"

男子扬手要回击芸竹，他的手刚到半空，就被顾丛诚接住："出来玩，何必动气呢！"

看到顾丛诚像是个文质彬彬，只会埋头工作，手无缚鸡之力的男人，对方气焰更盛："兄弟，你管不住这样的女人，不如我替你管管！"

男人嚣张地笑着，顾丛诚的态度却让大家大跌眼镜，他把手搭在男人的肩上，仿佛是在示好，随即附在那个男人耳边说了两句话，男人回头瞟了芸竹一眼，意犹未尽地转身就走了。

芸竹有点失望，却又觉得在意料之中。顾丛诚是个温柔和气的人，他习惯用温言细语，大事化小，小事化了。

有人对她投来鄙夷的目光，笑话她有一个懦弱的男人。

顾丛诚起身："我去一趟卫生间。"

芸竹看到他去的方向并不是卫生间，而是酒吧的大门。

顾丛诚走出酒吧，左右环顾，发现对面有一家卖卤味的小店，他走进去买了一包卤味，问老板多要了一双一次性塑料手套。

在推开卫生间的门之前，顾丛诚将一次性塑料手套套在手上，并把旁边那块"请勿进入"的牌子挂在门上。他走进卫生间，然后按下门锁。

刚才在大厅里占芸竹便宜的男人早就等在里面，看到他进来，笑眯眯地问：“你刚才说她多少钱一晚？”

顾从诚把卤味的袋子封好，放到洗手台旁边，男人诧异地看着他，当看清他手上的塑料手套时，才感觉大事不好。不过这时已经来不及了，顾从诚一拳重重地打在男子的脸上，眼镜裂成碎片，刺入男子的眼睛，他惨叫一声，倒在地上。

外面音乐声震天响，根本听不到里头的痛哭哀号。顾从诚咬着牙，憎恶地瞪着地上抱头惨叫的男人，他将男人拎起来，一拳又一拳打在男人的脸上。顾从诚出拳又快又狠，让对方毫无招架之力，直到男人不动了，脸上血肉模糊，他才停手。

他将塑料手套脱下来扔进马桶里，按下冲水键，把带着血污的手套冲走了，不带一丝痕迹。

顾从诚拿起装卤味的袋子，打开门锁，走了出去。

他回到卡座上，没有看到芸竹，舞池里人潮拥挤，人们随性扭动，他端起手边的啤酒杯，继续喝起来。

芸竹突然从后面蹿出来，双手紧紧地搂住他的脖子，高兴地说：“你就是我想要的那种男人！”

顾从诚愣了一下，不明白她为何这么激动，他轻轻地推开她：“芸竹，别这样！”

芸竹坐到旁边的椅子上。顾从诚指指桌上的卤味：“我在对面买的，味道还不错。”

芸竹不管不顾又黏上去圈住他的脖子，迅速在他嘴上吻了一下，对着他笑：“我都看见了，你是我心里的英雄。”

顾从诚皱起眉头：“你看见什么了？”

她指了指卫生间的方向：“你放心，我绝对不会说出去的。”

芸竹咽不下这口气，看到那个男人走进卫生间，就拿了酒瓶子想教训一下他，她正环顾四周，寻找进去的机会，就看到顾从诚先她一步走进了卫生间，并在门上挂上了“请勿进入”的牌子。

她猜到几分，就附在门上听里面的动静。

芸竹拉起顾丛诚的手："我们快走吧，免得警察找麻烦。"

顾丛诚缓缓地睁开眼睛，阳光从玻璃窗外照进来，晃得他睁不开眼，昨天晚上他喝了很多酒，宿醉的感觉很难受，头昏昏沉沉的，他想着还有一整天的工作要做，又不得不挣扎着起床。

突然，他感觉到和平时不一样，手臂上有莫名的负重感，他猛地瞪大眼睛，发现芸竹的头枕在他的手臂上，被子外的身体一丝不挂。

顾丛诚整个头脑都清醒过来，他抽回手臂，芸竹就醒了，笑着问："怎么了？"

他皱着眉头："我们昨天晚上怎么会……"

她支着头："喝完酒，这不是很正常的事吗？"她接着逗他，"你不会告诉我，你还是处男吧！"

顾丛诚起身下床，拿过旁边的衣服将自己遮起来："对不起，这只是个误会，如果你需要金钱上的补偿，我会尽量满足你。"

芸竹来了火气："你说什么呢，我是那种拿钱就可以上床的人吗！"

顾丛诚又恼又悔："对不起，我说错话了，我们都需要冷静一下。"

穿好衣服，他飞快地离开了何芸竹的公寓。对他来说，人生最糟糕的事就是睡了喜欢的人的闺密，抬头不见低头见，以后要如何面对相见的尴尬？

酒能乱性，说得一点都没错，他自信还没有喝醉过，可昨天怎么就没把持住？

顾丛诚回家换了套衣服，赶到公司的时候还是迟到了。他需要向司昭南汇报项目的进展，秘书却说司总请假了，有重要的客户要接待，两天后才能回来。

这时，前台接待打进来电话，说：“顾经理，有警察找你。”

当穿着制服的警察穿过办公区时，同事们面面相觑，纷纷猜测着出了什么大事。

警察走进顾丛诚的办公室，出示证件后，说：“昨天在酒吧发生了一起打架斗殴事件，伤者今天在医院清醒过来，指证伤他的人是你，我们现在要对你进行例行询问。”

顾丛诚说：“那天我的朋友的确和那位受伤的先生发生了一些不愉快，之后我们就离开了，如果他非得说是我伤人，那就请他拿出证据来。”

顾丛诚说话底气十足，警察通过走访他的同事进行调查，发现他的口碑很好，为人宽和，几乎没跟人闹过矛盾。警察例行询问之后，也没有找到任何线索，就走了。

顾丛诚不放心，赶紧给何芸竹打电话，得知警察还没找上她，不过她已经知道该怎么应对警察的询问。

芸竹问：“要不要一起吃晚饭？来我家，尝尝我的手艺。”

顾丛诚想了想说：“好的。”

“你喜欢吃什么，我去买菜。”芸竹的话里带着掩饰不住的高兴。

“什么都好，做你最拿手的吧。”

夏一心以为明代大宅半天就能逛完，没想到大宅连着园林，还有一条古朴的长街。她足足走了一天，回到酒店时累得倒在床上就睡着了。把手机调了静音，以至于司昭南打了十多通电话，她都没听到。

因为和华孟见面的时间约在第二天，她就放心大胆地睡到了快十一点才醒过来，拿过电话，看着弹出来的十多通未接来电，赶紧给他回过去。

电话一接通，司昭南就责备她：“你不知道，作为一个咨询顾问，需要二十四小时保持随时联络的吗？”

是自己的错，夏一心赶紧道歉：“对不起！”

她到了滨河市之后，一通电话都没有。司昭南知道她是个独立又好强的人，担心她因为工作开展不顺利，不好意思汇报，他就想着主动打电话问问，却一打十几通都不接。司昭南想着她是个平日睡觉都不会关手机、随时接受工作安排的人，吓得他坐立不安，最后只得打给酒店的服务台确认。

夏一心的声音小心翼翼，司昭南听着心软，不好再责备下去，只说：“如果有需要关机的时候，提前给我发个短信，免得你人丢了，公司要负责任的。”

“好的，司总。”

司昭南不知道是不是自己的错觉，觉得她的语调有点生硬，不似平时把他当成朋友那样随性柔和，他更确定，现在的他在夏一心心里，是个想要骚扰女下属的色上司。

他揉了揉头，怎么才能表明自己的心意，解开误会？

这是一道比工作更难的题！

第三天，夏一心如约见到了华孟。华孟是一个看起来非常年轻的中年男人，资料上说他三十七岁，大概是保养得好，脸上留有岁月带来的沉稳，却不见风霜和皱纹。因为事业发展势头正猛，华孟整个人看起来意气风发。

见面第一句话，华孟就说：“夏小姐看上去很年轻呀！”

夏一心笑着说：“女人嘛，谁不希望自己越来越年轻呢？”

华孟点头，表示认同她的观点，女人们疯狂地消费护肤品、光鲜的衣着，不都是为了留住青春，光彩照人嘛，夸一个女人年轻，是最好的恭维。华孟心里想着，眼前的女孩子虽然年轻，但听刘副总介绍起来，她做事干练直接，不拐弯抹角，是个干实事的，最重要的是她是卓颖介绍来的。他知道女人认真起来往往比男人更有能力、更有想法，所以他打算暂且客观地看待眼前这位年轻的夏小姐。

他客气地说："我出差了几天，让夏小姐久等了。"

"不用这么客气，我想华总去H市，肯定是去泰溶饮品和雨润集团考察了。"

华孟眼睛一亮："是刘副总告诉你的吧？"

夏一心摇头："我猜的，国内最大的两家饮料公司都在H城，像华总这样务实又勤奋的人，肯定不是去玩的，肯定是想借鉴一下它们的经验。"

华孟点点头，表示赞赏，又说："刘副总已经把夏小姐的意思向我转达过了，过会儿我会通知行政部，将你需要的文件发到你的邮箱里，有其他的需要，你就直接告诉刘副总，他会安排的。"

"谢谢。"夏一心觉得客户能全力配合，是工作好的开端。

华孟又说："明天我要跟生产部的人去灵峰山泉的源头，不知道夏小姐有没有兴趣一起去？"

"当然。"她不会错过了解"畅饮"的任何一个机会。

在拿到灵峰山泉眼的使用权之后，"畅饮"修建了进山运泉的公路，又在泉眼的四周修建了屏障，安排了一队人对泉眼进行日常勘查和保护。在看到泉眼后，夏一心才明白为什么华孟急着对公司进行重新规划。

泉眼流出来的水量很小，从前面深凹进去的沟道可以看出，以前的泉水是很大的，形成一条宽敞的小溪顺流而下，现在只有一条很细很窄的清水缓慢流出。

从泉眼出来，华孟带着她加入一直在山里探寻新泉眼的考察队。因为时间还早，他们一起跟着考察队去了不远处的一个山坳查看泉眼。

山里天气多变，走了一小会儿，刚才还艳阳高照的天空突然阴沉下来，变得乌云密布，有低飞的蜻蜓在他们身边乱飞。

华孟问："夏小姐，感觉这么样？"

夏一心说："大自然所馈赠的泉水是最甘甜的，但它并不是取之不尽的，'畅饮'做了很多保护工作，却没有任何措施可以防止它枯竭。"

华孟承认，在公司建立初期，没有对泉眼进行全方位考察，没有估算它的水量，以至于在过度使用后，泉眼变小，灵峰山泉的生产量呈直线下降，市场的占有率也迅速下降。

走了一小会儿，大雨倾盆而下，幸好考察队早有准备，大家都穿上了雨衣。大雨也没法阻挡他们前进的步子。华孟考虑到夏一心是个女孩子，从她纤细的四肢就知道她平时疏于运动，于是问道："如果夏小姐不适应山里的天气，可以去前面的休息站坐一会儿。"

"华总太小看我了，这点山路对我来说，还是能应付的。"夏一心可不想让对方小瞧自己，觉得自己是朵只能待在温室里的花儿。

她一早做过功课，到酒店附近的商场买了雨靴和防寒衣，雨后山路泥泞，深一脚浅一脚的，那双白色的靴子早已看不出原来的颜色。

为了不让路途变得无聊，华孟跟她聊起公司建立初期的奋斗史，比如为了让灵峰山泉在本地打响名号，在七年前滨河市举办人工智能峰会的时候，他就拿着山泉水去找主办部门，希望借此推销本地产业。那时候简直跑断了腿，挨了不少嘲讽，受了不少白眼，好在遇到了贵人，让他得到了山泉水带来的第一桶金。

营销团队也是他自己建立起来的，他带着销售员一家一家超市推销，把商品摆在那里让顾客免费试用，回来后又想创意、投广告。华孟说创业之初，他只想着如何把产品大量地卖出去，对于企业和资源的规划没有考虑太多，就只是凭着一股干劲，带着几个兄弟往前冲。随着公司的壮大，出现的问题也越来越多，如果身边有个专业的管理人才，公司的现状会大不一样。

走着走着，不远处传来一阵轰鸣声，有经验的考察队员叫着："不好，山体滑坡！"

语音刚落，就有小石子从天而降，有细碎的东西坠落在夏一心的头顶上，考察队的队长命令大家：“散开，往两边跑！”

夏一心就在华孟的身后，华孟向她挥手，示意她往山坡高处跑。雨后的泥地湿滑难行，华孟的步子大，她跟不上，脚下打滑，差点跌倒，幸亏她抓住旁边坚实的草株，才没有随着湿泥往下滑。

华孟见状，回头想去拉她，没想到脚下踩到淤泥，摔倒了，他直直地往山坡下滚去。夏一心也不知道自己是从哪里来的勇气，飞身上去抓住华孟的手，为了不往下滑，她的手深深地抓进泥土里，不一会儿，五根指头承载不住两个人身体的重量，她手一松，两个人一起往下滑。她咬紧牙，把指头竭力地往里探，痛感传来，钻心地痛。

Chapter 13

卓颖正在向司昭南汇报南津会计师事务所的财务情况，他手里的笔迅速滑动着，在草稿纸上画出数据分析图，突然，笔尖断了，他似乎隐隐有种不好的预感。

卓颖说："昭南，我发现你最近好像总是心不在焉的，这可不是你的工作状态。"

"是吗？"因为夏一心的事，他偶尔会有心烦意乱的时候，但他并不觉得影响到了工作。

卓颖从沙发上站起来，径直走到办公桌前，两手撑在桌面上，目不转睛地看着他："昭南，我们都老大不小了，一路走来，我们两个人的默契都是有目共睹的，青春激情对我们来说已经是很奢侈的东西了，为什么不珍惜眼前呢？"

司昭南放下手里的笔，说："颖，我已经跟你说过很多次了，我们不合适。"

的确，这句话他说了很多次，她也自省了很多次，但是她无法从对他的情感中抽身而出，让她执着下去的，恐怕也是他情感归处的缥缈。这些年，他不谈恋爱，也不对哪个女孩子表示好感，她甚至怀疑过，他会不会是个Gay。

后来她才渐渐明白，司昭南对待情感和工作是一样的，认真而专注，只是这么久了，他也没能寻获到那份爱情。她会不由自主地觉得，他们俩才是命定的爱人，因为激情退去后，都是实实在在的生活，而现在的他们，就过着最真实最普通的生活。

卓颖说："昭南，我的真心你是看得到的，从我们相识到现在，风风雨雨十五年，我们不离不弃，携手创业，我觉得没有谁比我跟你更合拍，生活不就是这样吗，合拍才能一辈子走下去。"

司昭南申明："我们对于爱情的理解是不一样的，我心里有喜欢的人，你也应该敞开心扉去寻找属于你的爱情和婚姻。前两天我才和颢田公司的王总喝过茶，他说他追求过你，但被你拒绝了，希望我能帮他当当说客。我了解你的个性，所以觉得王总是个很不错的人，你可以试着了解一下对方，不要再把情感用在错误的地方。"

卓颖直截了当地问："你喜欢夏一心，对吗？"

司昭南不喜欢别人窥探隐私，说："我喜欢谁，那是我的事，颖，你是知道的，我不喜欢回答此类问题。"

卓颖皱起眉头："我不明白，你认识她不过半年的时间，我们都相处十五年了，她除了漂亮以外，我看不出她有什么优点。昭南，你不会是只看外貌这么肤浅的人。"

司昭南没有看她，说："好了，别再谈这个话题，还是继续刚才的工作。"

"我现在没心情工作，你不是说，当心情糟糕的时候，最需要的是放松吗？"说完，卓颖负气地离开了办公室。

都说十指连心，夏一心伤到了右手的手指头，特别是中指，指甲盖都给拔掉了，尽管已经上好了药，缠上纱布，但依旧传来钻心的痛，她蜷在床上，昏昏欲睡。

庆幸那天考察队的队员们反应快，否则夏一心跟华孟早就跟着塌方滚下山了，她受的都是皮外伤，因为不想闻医院消毒水的味道，她就跑回酒店来住，隔天再去医院换药。

孤独总会在人最脆弱的时候悄悄冒出来。以前和林承志在一起的时候，夏一心以为自己不会再孤单了，生病的时候有人可以撒娇，挫败的时候有人鼓励，悲伤的时候有人逗乐，可到头来，梦想太丰满，现实却很骨感。

她听到有人敲门的声音，懒懒地起身去开门，想着应该是华孟，她受伤的事把华孟吓得不轻，他说如果夏一心真有个什么三长两短，他实在没办法跟公司交代，更对不起卓颖的支持。夏一心打开门的那一刹那，看到一个高大的身影立在那里，她愣了好半天才惊讶地问："司总，你怎么来了？"

司昭南的目光落在白色的纱布上，他伸手将门推开，走进去："你手受伤了怎么不通知我，我不是提醒过你，任何事都要向我汇报吗？"

公司给每个员工都买了意外保险，"畅饮"公司打电话到行政处来报备，司昭南才知道，报备表上写着夏一心右手中指指甲脱落，他想着就觉得痛，于是赶紧订了票，火急火燎地往这里赶。

他自顾自地往里走，随性得仿佛这是他的房间。

夏一心说："司总，我受的只是皮外伤，擦了药，休养一段时间就没事了，我现在想休息了。"

司昭南忽视她的逐客令，因为在他眼里，这是她想划清界限的说辞，在来的路上，他就打定主意，要拉近两人的关系。

司昭南瞥到旁边的桌子上放着几盒药，还有棉签、纱布之类的东西，每个药盒上都贴着用药的时间和次数。他拿起药盒看了看，问："是不是该换药了？"

她腿上的伤口需要定时清洗换药，于是夏一心点点头：“我自己会弄的。”

“都这个节骨眼上了，还逞什么强！”

夏一心还没反应过来，司昭南就将她打横抱起来，放到床上，然后蹲下身，轻轻卷起她的一只裤腿。只见夏一心白皙的皮肤上，有一道一道红色的伤口，看着真叫人揪心。

他问：“很疼吧？”

“只是皮外伤，过两天结痂就会好的。”

医生开的是碘伏，因为伤口里夹杂着细微的泥沙，只能一点一点地清理干净。司昭南拿起棉签，浸透浅棕色的药液，在伤口处轻轻地按压擦洗。

伤口是破了皮的，夏一心哼着：“痛！痛！”

司昭南赶紧低头，用嘴不停地吹着气，挥发快一点，痛感就会少一点。

夏一心看着他小心翼翼的样子，想要请他出去的话哽在喉咙里，说不出来。这时，夏一心的肚子不争气地咕咕叫了两声，她又窘又羞，把头放得更低了。

司昭南有点生气：“你不是很独立吗，怎么连自己都照顾不好？”

痛感让夏一心精神萎靡，躺在床上不想动，服务员来问她晚餐吃什么，她没胃口，想着饿的时候再说，结果就拖到了现在。遇上这样的意外，她心里已经很窝火了，听着他责备的话语，又想到那天他想吻她，心里火气一上来，说：“关你什么事，这么多年我一个人也过来了，没见哪里不好。你是我的上司，只可以干涉我的工作，我生活上的事，就不用你操心了！”

她的话呛得司昭南哑口无言，是的，他现在的身份是她的上司，除了工作，他没有任何要求她的资格。

他还是帮她把伤口一一清理完，之后又拉过被子给她盖上，问："你要不要喝粥？我去买。"

夏一心没回答，一双大眼睛瞪着司昭南，似乎在说，话都到这个份儿上了，是否该有点自知之明？

司昭南假装听不见，出去买粥，大约半个小时后就回来了，说："我逛了两条街才买到皮蛋瘦肉粥，赶紧吃了吧。"

尽管夏一心不喜欢他，但粥是真的香。她虚弱的时候就喜欢吃软糯的东西，这个时候不能跟肚子过不去，粥摆在她的面前，她用左手拿起勺子，大口大口吃起来，吃饱了，才能跟手痛做斗争。

司昭南就坐在桌子对面，夏一心把头放得很低，不敢看他的眼睛。

他突然问："你真的不喜欢我吗？哪怕一点点？"

"不喜欢。"她回答得斩钉截铁。

"你抬起头看着我说！"

夏一心不动，司昭南伸手捏住她的下颌，抬起来，让她的眼睛直视着自己，他很自信："你真的没动过心吗？"

夏一心看着他的脸，心怦怦跳得厉害。司昭南是个很有魅力的男人，不仅长得帅，身材修长，就像海报上耀眼的男明星，在工作上更是才华出众，他几乎没有缺点，对女人有着绝对的诱惑力。

夏一心担心自己的声音会颤抖，于是深吸了一口气，克制着自己狂跳不已的心："你有光鲜的外表、让人钦佩的才华，但这些都不能成为你玩弄女性的资本，你已经有爱人了，就该一心一意地对待对方，你现在的行为是在骚扰女下属，如果你再有过分的行为，我就不干了！"

"玩弄女性？"司昭南感到很诧异，她竟然用这样恶劣的字眼来形容他，他问，"你哪只眼睛看见我在玩弄女性了？"

"你现在就是在玩弄女性，你已经有卓经理这样优秀的女朋友，就不应该在我面前装出深情款款的样子！"

她狠狠地瞪着司昭南，后者却扑哧一声笑了。她蹙起眉头："你笑什么？”

“误会的人是你。”司昭南解释，“我和卓颖一直是合作伙伴的关系，从来没有超越友谊的情感，你看见我玩弄过谁了？对你，我是真心的，我是真心想跟你在一起。”

这回轮到夏一心哑口无言了。司昭南目光深邃，她想避都避不了。夏一心回想起来，他除了有和卓颖的交往传闻，公司还有不少女同事都暗恋他，却从来没有谁得到过他的青睐，他对待女同事都礼貌有度，也没听过他跟哪个女客户有流言蜚语，大家都说他是个洁身自好的人，要攻陷他，简直是不可能完成的事。

“你和卓经理相识很多年了，又一起工作，真的不是恋人吗？”夏一心不信。

无风不起浪，两人常常在一起，真假难辨。

司昭南拉过她缠着纱布的手，捧在掌心，诚恳地说：“我是真的喜欢你，不掺杂任何利益或是别的，就是喜欢你这个人。”

“可我不喜欢你，现在不会，以后也不会。”她再次申明。

“你在敷衍我。”

夏一心的确是在敷衍他，他的深情告白对她来说，充满了诱惑，但与现实和理智相比，就显得不那么重要了。和老板谈恋爱是职场大忌，她可不想被公司那些痴姐迷妹孤立，再者，工作中无论她付出多大的努力，都会被人诟病是走后门，她需要独立和别人的认可。

司昭南看着夏一心焦虑的神情，再逼下去，怕只会让她更反感，只得说：“好吧，这个话题就先聊到这里，吃完粥你早点休息，我过会儿还要赶回庆市，明天早上有很重要的会。”

夏一心一愣，他千里迢迢地赶过来，就只是为了看她一眼？

她的心软下来：“你路上小心。”

司昭南再次提醒：“记住，如果有需要，一定要打电话给我。”

司昭南走了，他把郝丽派过来给她当帮手。因为她身上有伤，行动不便，华孟让人把资料送到酒店来，两人就在酒店的房间里整理各项数据。

郝丽嘀咕着："司总真是偏心，我手上工作堆得跟山似的，还让我过来帮你整理资料。"

郝丽有多年财务工作的经验，正好弥补夏一心欠缺的部分。夏一心明白司昭南的用心，但现在是因为自己而耽误了郝丽的工作，便说："对不起。"

"对不起有什么用，既然来了，得把工作干完才能回去。"

郝丽是标准的刀子嘴豆腐心，遇到不爽的事就直言直语，却绝不怠慢工作。在公司的时候，夏一心常看到郝丽叫日料的外卖，于是说："酒店里有家日料店，看着还不错，我请你去吃午饭。"

"那就这么定了。"郝丽不客气地答应了。

华孟来了，特地来看看夏一心伤口恢复得怎么样，看到她们要去吃日料，又正是午餐时间，于是说："一起吧。"

酒店的日料是转台式的，喜欢的菜式可以自己挑选。

华孟说："夏小姐手受了伤，拿东西这样的事就交给我来吧。"

夏一心手上的伤已经恢复得差不多了，只是指甲要完全长出来，需要一段时间，为了不影响手部的美感，她用创可贴把每个指甲盖的地方都包了起来，这样也方便敲电脑键盘。

华孟感叹着："当时塌方来得太突然，我完全没料到夏小姐会跳过来救我，一想到当时的情况，我就心有余悸。幸亏老陈他们来得及时，否则我还真不知道怎么向贵公司交代。"

"华总不用太客气，我当时也没想太多，只是出于本能就扑过去了，我们俩都平安，就是最好的事。"

华孟见夏一心一直看着转台上的菜，却没动手，问："夏小姐喜欢吃什么菜式？"

“我吃生肉会过敏，所以从不吃刺身之类的。”

华孟赶紧从转台上拿了烤鸡翅和煎羊排过来给她，说：“你先试试看，如果不合口味，再换其他的。”

紧接着他又问：“秘书送过来的资料，夏小姐看过了吗？缺什么尽管说，我让人赶紧整理。”

谈到工作，夏一心放下手里的筷子，认真地说：“资料我已经大致看过一遍，一些细节还需要重新梳理，就目前的情况而言，近三个月来，灵峰山泉的供货明显下降了百分之三十，桂圆红枣茶和菊花枸杞饮料的销量屈指可数，大众的接受度很低，在行业水平以下。所以我很支持你的想法，创新才是‘畅饮’继续发展下去的关键。”

华孟点点头：“我这次去H城考察，大型工厂的自动化管理完全超乎我的想象，就我目前的财务状况来看，根本不可能达到那个程度。”

夏一心赶紧说：“所以现在取舍就成了关键。”

华孟问：“那夏小姐觉得我要留下什么，舍弃什么？”

夏一心胸有成竹地回答：“经济战略里有一条叫作轻资产战略，不知道华总有没有听说过？”

华孟也放下筷子：“愿闻其详。”

夏一心接着说：“轻资产战略就是把研究成果和品牌商标作为公司最重要的资产，如果要推出新产品，就必须打造一条新的生产线，花费不菲，华总可以把这笔费用投入到品牌研发上，把主要的精力投到产品的营销推广上，将生产和采购外包出去，产品的质量和数量是有测量标准的，只要严格按照标准出厂，就不会砸了‘畅饮’的招牌。”

夏一心看到华孟脸上露出释然的表情，她也松了口气，又说道：“我知道滨河市有几个饮料代加工点，华总可以去看看，说不定有符合‘畅饮’加工要求的厂子。”

经她这么一提点，华孟恍然大悟，“畅饮”能有今天的知名度，全靠销售团队的努力，这也是他的强项，钱就要用在刀刃上，如果生产外包出去，他不仅可以省一笔购买机器的费用，连人工费都省了，将这些省下来的钱投到研发上，必定事半功倍。

他笑着说："听夏小姐一言，我觉得豁然开朗，我得回去开个会，跟股东们商量一下。"

夏一心和华孟聊得投机，郝丽在旁边一直默默地吃东西，回房间的时候，郝丽说："我觉得那个华总挺喜欢你的。"

"能得到对方的好感，工作也会顺利很多。"夏一心回答。

郝丽说："我说的是喜欢，是一个男人用欣赏的目光看女人。"

夏一心这才恍然明白郝丽的话，笑着说："怎么可能，看这华总的年龄，肯定结了婚，孩子都满地跑了。"

"他离婚了，有个七岁的孩子。"郝丽一本正经地说。

夏一心有些诧异，郝丽做调研才跑了几趟"畅饮"公司的总部，就连人家的私生活都打听清楚了，不过她也听同事八卦过，郝丽待嫁心切，遇到不错的异性，就会打听人家的婚姻情况，还乐于分享，给公司不少单身女员工带来了福利。

夏一心表明："我只是来工作的，结束后立即就得回去。"

司昭南给夏一心打电话，让她半个小时内赶到陕西路102号的两岸咖啡馆，他又跑到滨河来了。自从他表白后，再见面时夏一心会觉得尴尬，但他是上司，又不得不去。

等她赶过去时，司昭南正悠闲地喝着咖啡。

夏一心问："司总，你怎么来了？"

司昭南回答："我打算在滨河市设立分公司，托一家猎头公司在找分部的负责人，刚谈过一个，不是很理想。"

见夏一心右手中指上的纱布已经拆掉，贴上了裸色创可贴遮盖住缺失的指甲。司昭南问："手好了吗？"

"好了，已经可以敲电脑了，正准备着手写报告。"她挥起右手，动了动指关节，证明自己的手一点问题都没有。

司昭南说："我明天还要约一个人，行李已经送去酒店了，我现在要去王府路转转，一起吧。"

"我已经去逛过了，同样的景色不喜欢看第二次。"除了工作之外，她要坚决地和他保持距离。

司昭南笑："我可不是去欣赏古墙夕阳，我在地图上看了看，从这里出去往右，穿过通远路和民生路，再到王府路，滨河最大的几家企业便一目了然。除了找合适的负责人，还要找到开拓市场的关键点。"

夏一心不得不感叹学渣和学霸的区别，那天她去王府路的时候，一路上的确看到过几家大型企业，门楣华丽，穿着制服的人进进出出，她只是像欣赏风景一样瞄了几眼，一心向往着旧王府的古朴典雅。司昭南却会在享受生活的同时，通过一些细节去挖掘可能的业务机会。

滨河市是平原城市，道路平坦宽敞，设置了自行车道。司昭南在路边的自行车租赁机构租了半天的双人自行车，问夏一心要不要一路骑过去，她愣在一边："我不会骑自行车。"

庆市是山地城市，自行车和电瓶车是不能上路的，所以她几乎没什么机会学骑自行车。

因为司昭南个子高大，只得调高座椅位置，他随后指了指后面的座位，说："来，我载你。"

夏一心拒绝："不要。"

司昭南已经跨坐在座椅上，扶着车头，回头看夏一心："放心，我的技术很好。再不走，就赶上下班时间了。"

夏一心不想和他太亲近，却又很想从他那里偷取工作经验。司昭南把车停好，走过来握住夏一心的胳膊，硬把她拉到后座坐下。

坐到前座上，司昭南高声提醒："我要开始骑了，把安全带系好。"

夏一心嘟着嘴："哪儿有安全带？"

司昭南拉起她的手绕在自己的腰上："系好了，仔细等会儿摔下去屁股疼。"

他的车技似乎并没有说的那样好，车子忽左忽右的，她把他抱得紧紧的，就怕掉下去被旁边的车给蹭到。过了十字路口，车就变得非常平稳了，进、停、缓行，跟刚才大不相同，夏一心怀疑他是故意的，就是想让自己把他抱紧点。

车骑进了通远路，路口有个古朴的牌坊，因为岁月侵蚀，上面的字已经看不清了，但形态依旧巍峨。首先进入视线的是一家叫作"天源食品集团"的公司，夏一心在超市的零食区里看过天源的商标，隐隐记得是海鲜制品类零食。

工厂的门楣高大，门口设有岗亭，人员进出管理严格，没有太花哨的装饰，八个蓝色的大字等距排开，透过大门，可以看到两栋六层楼高的厂房。

司昭南看了看说："这家老板的日子不好过，管理混乱，员工的管理制度也不完善，导致产品的市场份额越来越少，如果继续下去，很有可能面临倒闭。"

然而夏一心看到的却是一片祥和之气，安静表示无噪声工作、井然有序，厂房略显陈旧，那是因为建厂时间太久，谁又能把岁月留下来的东西给擦干净呢。进进出出的几个人，面部表情都很平静，似乎已经习惯了每天的工作，按时上班下班。

司昭南解释着："老板很朴实，文化不高，却是个实干的人，这样的人老实，却缺乏活力，对市场的变化敏感，却没有应对的能力。在建厂之初，把钱用在刀刃上，所以整个厂区环境简洁，生产设备齐全。节俭在他骨子里已经根深蒂固。"

接着他又说："大门是每个工厂的安全最基础，也是最关键的地方，大门口只有一个上班的保安，还坐在保安亭里，可见日常的工作就是习惯性地闲散怠慢，这也间接反映出，工厂里的生产情况并不理想，才放松警惕。”

夏一心笑起来：“说得跟侦探似的。”

司昭南说：“你还是心理学的高才生呢。每个人的一举一动都能反映出性格和心理状态，同样的道理，一家公司的建筑和员工状态，自然能反映公司的经营情况。”

两个人继续往前走，间隔五百米处是一家玩具厂，从工厂大门口竖立的雕像来看，是在模仿某国际知名品牌的玩具。

门楣崭新，一看就是才建的新厂。司昭南看了看手表，说：“现在是下班的高峰期，只有几个工人从里面出来，证明加班是家常便饭。”

夏一心说：“加班就证明生意兴隆。”

“我觉得弊端很大。”司昭南说，“在国内的许多大城市，有大批的劳动大军等待着就业机会，但真正懂技术的熟练工人很少，这是由于大部分的工厂没有计划、没有技术支撑造成的。工厂缺乏长远计划，往往市场上什么好卖，就跟风生产什么。工人的技术必须随着产品的变更而变更。大部分情况下，工厂会开除现有的工人，然后到市场上重新招聘，这就会使很多工人难以长时间从事同一种技术工种，因此他们的技术也就无从提高。现在某些地方出现的用工荒，不是因为技术不高，而是因为遍地都是工作，人们没必要背井离乡。日本人在技术开发上可能没有中国人聪明、睿智、点子多，可以说在这方面不占优势。但日本有一支世界上无可比拟的技术精湛的产业大军，他们从事相关工作几十年，灵巧的双手造出了世界上最精密的产品，这些技术是高等院校教不出来的，也不是短期培训能达到的，而是经过多年磨炼出来的。中国人有比日本人更灵巧的手，他们曾造出精美绝伦的工艺品，但现在中国工厂的就业模式没有给他们磨炼双手的舞台，中国工人像流沙一样，难以掌握熟练的技术。”

他侃侃而谈，就像一本博学广闻又有趣味的书，让你可以不眠不休，一直看下去。夏一心不由自主露出崇拜又期望的眼神。

司昭南问："热不热？去对面喝杯冷饮吧。"

天气不知不觉进入6月，沿海的气温相对中部要高一些。夏一心坐在自行车上，听着他一路畅谈，竟然没感觉到热，听他讲完，热气就上来了，摸摸额头，已经有薄薄的汗珠。

街对面的冷饮店很简陋，顾客应该是附近厂子里的工人，店里主要卖一些瓶装水，还有针对小年轻的水果刨冰。

天气热的时候吃点冰会感觉凉爽，夏一心要了水果刨冰。司昭南小声提醒："你这几天不适合吃冷食吧！"

她瞪着他，惊讶于他的提醒。

司昭南说："上次你吃生食进医院那天不是来例假了吗？算算日子，应该就是这几天才对。"

他竟然偷偷记她来例假的日子！

夏一心没好气地说："每个月都会提前，现在没有。"

"哦。"司昭南的语气仿佛在表明记住了一件很要紧的事。

夏一心坐在路边的树荫下，身旁是一个高大又帅气的男人，吃着爽口的刨冰，喝着冷饮，聊着感兴趣的事，她心里突然生出一种岁月静好的温暖，脑海里不由自主想起司昭南说的话。他真的很吸引人，最美好的爱情就是并肩而立、相互照顾、相互成就、携手走过风风雨雨，夏一心恍惚觉得，司昭南就是这样的良人。

但是很快，这点美好的期盼就被理智冲散了，在他前面，她是自卑的，无论从哪个方面看，她都配不上他。芸竹曾经说过她和林承志是条件不对等的两个人，就像两条平行线，相交只是执念的假象，当时她还满腔热情地说芸竹胡诌，但最后事实证明，学识、家世和经历不一样，造就了两人价值观的差异，她追求安稳，而林承志追求权势。

夏一心侧过头，不知道是不是阳光灿烂的缘故，司昭南的眼睛眯成一条线，却闪着光，嘴笑带着笑意，目不转睛地看着她。

她下意识地摸了摸右脸颊："你在看什么，有东西沾在脸上了吗？”

司昭南从裤袋里拿出手帕，是她见过的那块带淡灰色格子的手帕。他伸手轻轻替她擦着额上的细汗：“你刚才在想什么？”

“没什么。”夏一心挤出一个笑容。

司昭南觉得这个女人真是捉摸不透，前一分钟还看到她笑得很开心，让他觉得自己刻意安排的这场以分享工作经验为诱饵的约会非常成功，但没高兴多久，她脸上的笑容就变得僵硬。她的小脑袋里到底想起了什么，让两人和谐的气氛一下就没了？

司昭南替夏一心擦着汗珠，她不像之前那么激烈地排斥，只是愣在那里，脸颊羞红，让他不由得想到含羞草，向着太阳舒展怀抱，却害怕受到伤害，轻轻一碰，就蜷缩身体，防备自保。这不是她该有的模样，她应该是一朵坚韧的蒲公英，无论飘到哪里，都能够生根发芽，开出绚丽别样的人生。

等夏一心把刨冰吃完，司昭南接过空碗扔进旁边的垃圾桶里，说：“走吧，我们要在天黑前赶回去。”

他给她讲货币资产、长期利益、市场变动，一条并不太长的城市甬道，一路行来，她的收获竟然比大学四年所学的知识更多，很多她以前不懂的问题也得到了解答。

到陕西街的时候天刚刚黑下来，路边卖米粉的小摊亮起了灯，挂着铁打的招牌：王府米粉。

上次她来的时候就听说有这么一家地道的粉店，可是找了几条巷子都没找到，今天竟然碰上了。夏一心不由得想到，似乎遇到他，好运也就跟着来了。

司昭南陪着她吃米粉。老板说他家的米粉要蹲着吃才香，司昭南个子太高，下蹲的动作让他感到很难受，但也一直陪她蹲着。两人默不作声，相视一笑，他爱的攻势正在一点一点融化她的抗拒。

两人十点才回到酒店。司昭南的房间在五楼，夏一心的在七楼，电梯门在五楼打开时，夏一心说："司总，晚安。"

司昭南说："私底下我更愿意你称我为阿南。"

夏一心轻轻地点了点头，却不好意思叫出声。

电梯门快要关上时，司昭南迅速握了一下她的手，然后走出电梯，门缓缓地关上，他向她挥手："晚安。"

房间里郝丽敷着面膜在看英语新闻，见夏一心走进来，问："你去哪里了？"

"司总来了，我向他汇报工作。"

"哦。"

郝丽没有起疑，她的注意力又回到电视屏幕上。

夏一心快步走进卫生间，照了照镜子，担心脸上会有异样的表情被郝丽猜出什么来，郝丽可是公司有名的乌鸦嘴，说什么，来什么。

Chapter 14

“畅饮”的项目进行得很顺利，夏一心提出的轻资产方案得到了全体股东的赞同。“畅饮”非常需要一个缓冲期，既不影响市场发展，又能慢慢积累资金。她把报告编写好交出去，在滨河的工作就结束了。

郝丽手头上有其他的项目，已经急着先走了。在夏一心临走的前一天，华孟约了她吃饭，为她饯行。她在“畅饮”工作这段时间，“畅饮”的工作人员都非常配合她，她和他们相处得很融洽。夏一心以为这顿饯行饭大家都会来，结果只有华孟一个人。华孟约她吃滨河的特色菜，酸西瓜煮鱼。

夏一心到滨河市这一个多月，只去过王府路，其余的时间都埋头在资料和数据里，她想着吃一次酸西瓜煮鱼，也算是了解了滨河文化。

华孟介绍道：“酸西瓜是在西瓜还没有成熟，只有拳头大小的时候就摘下来切成片放在陶缸里腌制的，在我看来，煮鱼最好的配菜就是酸西瓜。”

夏一心尝了一口，这道菜比起庆市的传统酸菜来略带甜味，酸西瓜能很好地带出鱼肉的鲜甜味。

华孟问：“我听说夏小姐还没有男朋友？”

夏一心没想到一个大男人还这么八卦，她猜测着，肯定是郝丽说出去的。

她笑着回答：“平时工作太忙了，没顾得上。”

“那夏小姐觉得我这个人怎么样？”

夏一心回想起郝丽说的，华孟现在是离异单身，当男人问起女人对他的看法时，似乎是在透露一种暧昧的信息。

她不知道对方真实的想法如何，只能敷衍着：“挺好呀，是个通情达理、前途无量的好老板。”

华孟看着她，表情认真而严肃：“夏小姐，我是个不善于表达，喜欢直来直往的人，我想把内心的想法说一下，如果有冒犯的地方，还请见谅。”

他顿了一下，接着说：“我的事业一开始也不是一帆风顺，在第三次创业失败后，前妻就离开了我，留下一个两岁的男孩儿，一边带着孩子，一边工作，压力重重，我一直希望能有一个志同道合、能相互扶持着往前走的人生伴侣。自从见到夏小姐之后，我觉得夏小姐就是我理想的人生伴侣。”

夏一心听他说完，差点把喝到嘴里的茶喷出来。这样的言语，无疑为职场性骚扰，字里行间，她根本感觉不到对方有多深情，只是觉得他是在找一个在事业上能帮上忙的人，这样工作起来能省不少力。夏一心放下手里的茶杯，说：“华总，谢谢你的抬爱，虽然我没有男朋友，但心里已经有喜欢的人了，在个人情感方面，我比较在乎感觉，两个合拍的人在一起，即使什么都不做，也会觉得很舒服，很惬意。”

华孟摇摇头：“年轻的时候，我也有夏小姐的天真烂漫，觉得爱情是这世上最干净纯洁的东西，一旦认定，就不管不顾。最后才发现，爱情是实实在在的生活，柴米油盐，生老病死，精神上的满足就像喝过烈酒之后兴奋激昂，但酒醒后一切如常，在我看来，不如生活中一份实实在在的依靠来得实际。”

言下之意是，他可以为她提供安稳的生活、锦衣玉食的保障，这些实实在在的东西比起缥缈虚无的爱情，更让人觉得有依靠。

然而此刻，他说话的语气就像是大人在教导一个不听话的小孩子，让她很不自在，她正要开口反驳他，却被打断：“我一直以为夏小姐是个明白人，听说夏小姐的前男友也是一家咨询管理公司的老板，后来公司败落了，夏小姐也就跟他散了伙，加入到现在的公司。”

华孟是个很谨慎的人，在向她求爱前，肯定会将她的身家打听清楚，看来郝丽在背后没少打听自己的事，然后都告诉了华孟，不知道对方给了她什么甜头，让她把自己出卖得一干二净。

夏一心感叹道：“小的时候，父母总会用他们的经验来告诉我们，不能做这个，不要干那个，人生走捷径，才不会吃苦受罪。我却觉得，没吃过苦，怎么知道什么是甜？没有痛哭过，怎么知道笑容的珍贵？没有生离死别，你又怎么会知道心里爱着谁？如果我真的只是一个利益为上、贪图享受的人，华总未必看得上我。”

华孟笑了笑，无言以对，不得不说，做金融的女孩子头脑转得快，更何况她年纪轻轻就能提出他完全想不到的商业策略，心气也高，不是卓越出众的男人，怕是难入她眼。但华孟也有中年男人独有的特质，就是坚韧，努力不一定能成功，但不努力，一点成功的机会都没有，他说：“我希望夏小姐别这么快就做决断，回去考虑考虑吧。”

夏一心庆幸第二天就坐飞机回庆市了，不用尴尬地面对华孟。她听女同事们聊过，在工作的过程中，有不少男性客户对她们示好，怀着什么目的的都有，潜规则、性骚扰，还有真心表白的，有人就此还总结过职场防狼三招。司昭南在会议上不止一次提醒过，当工作掺杂了情感，结果便会脱离正轨，这是职场大忌。

夏一心是坐上午的飞机回去的，下飞机后把行李提回家，就直奔咖啡店，想着偷闲一下午，第二天早上再去公司报到。

芸竹坐在吧台内，支着头，哼着曲，眼神飘忽，嘴角还不时露出惬意的笑，连夏一心走进来都没有发现。夏一心拍了拍吧台的大理石桌面，芸竹才回过神来，笑着说："回来了！"

夏一心追问："说吧，我不在的时候发生了什么惊天动地、鬼哭狼嚎的大事？"

芸竹说："能有什么事，跟平时一样，谁敢到这里来撒野，老娘就手起刀落，打得他满地找牙。"

夏一心白了芸竹一眼："还敷衍我，我又没说咖啡馆，你的脸上就差写着'我谈恋爱了'这几个字了。"

"我跟顾大哥在一起了。"

夏一心还是第一次从大大咧咧的芸竹脸上看到娇羞窃喜的表情，又惊又喜："快说说，你们是怎么勾搭上的。"

芸竹露出得意的笑："还不是因为我够优秀。"

"哟，哟，哟，看你那得意的小样儿。"

夏一心替芸竹高兴，顾丛诚是个不可多得的好男人，这肥水流来流去，最后还是流进了自家田里。她打趣着："别高兴得太早，小心煮熟的鸭子飞了。"

芸竹噘着嘴："拿绳子捆着，看他怎么飞。"

夏一心说："你得请我吃饭，我好歹也算半个红娘，我跟他共事，你们的初次相见可是我促成的。"

"小事一桩。"

两人正说着，门口的欢迎铃响了，走进来的人是司昭南。夏一心看到他时一愣，他不会是跑这里来查岗的吧？随即她挤出笑容："司总，这么巧。"

司昭南说："不巧，我就是过来看看你在不在，我从秘书那里看到你上午坐九点的飞机回来，你没到公司报到，肯定是来这里了。”

芸竹从司昭南的话里闻到了关切的味道，赶紧说：“司总，我有大喜事，晚上一起吃饭吧。”

“有喜事是该庆祝庆祝。”司昭南很爽快地答应了。

“一言为定，下班后我们在这里等你。”

司昭南看向夏一心：“你今天就好好地休息，明天早上再到公司报到，我有重要的事跟你说。”

等司昭南一走，轮到芸竹打趣夏一心了：“说，有什么我不知道的奸情？”

夏一心和司昭南的关系根本谈不上奸情，顶多就是两人没有以工作关系度过了一个愉快的下午，朋友以上，恋人未满。她说：“别想太多，八字还没有一撇呢！”

芸竹说：“那我帮你把那一撇画上，到时候记得送猪头肉给我。”

这是以前的老习俗，媒人保媒成功的，新郎新娘要送猪头肉作为谢礼。

夏一心白了芸竹一眼：“你别给我添乱了，我现在不想谈恋爱。”

芸竹试探着问：“你不会还没有从失恋的阴影中走出来吧？那太亏了，为了一个人渣，而放弃一个闪闪发光的钻石男。”

夏一心叹气：“正因为是钻石男，才不敢接招，太优秀，反而觉得不真实。”

芸竹给她打气：“我就觉得你挺优秀的，从小到大的玩伴里，就你最有想法，也最有能耐，你们郎才女貌，最合适不过。”

夏一心警告芸竹：“吃饭的时候可别拿我和他打趣，否则回来我就收拾你。”

芸竹做出投降的手势：“好好，我什么都不说，顺其自然，行了吧！”

晚餐约在一家环境优雅的烤肉店里，芸竹认为跟恋人吃饭一定要有互动，一边烤，一边聊，才不会无聊。

司昭南是夏一心和顾从诚的上司，晚餐时气氛难免有些拘谨。司昭南说：“现在不是在公司，私底下你们怎么玩，我会学着适应的。”

芸竹听出些端倪，意味深长地问：“你为什么想跟我们一起玩？”

司昭南一点不避讳地说：“我喜欢一心。”

没想到他会这么直白。夏一心耳根发烫，赶紧低下头，用手里的钳子翻动着烤架上的肉。

芸竹欣赏司昭南的这份直白，竖起拇指：“有眼光。”

顾从诚问：“司总，你不是在跟卓经理谈恋爱吗？怎么又喜欢一心？”

司昭南认真地解释道：“我跟卓颖相识得早，但一直是同事关系，我一直以为清者自清，没想到误会这么深，看来我得找机会跟大家好好解释一下。”

夏一心有点失神，把烤架上的肉翻得一塌糊涂，司昭南把烤钳拿过来，说：“我来烤吧，你负责吃就行了。”

他烤肉的动作跟工作一样，细致入微，肉在铁板上嘶嘶作响，看着就美味。

肉烤好后，蘸上酱，他用生菜包好才放到她碗里。

“谢谢。”夏一心的声音很小。

司昭南又问：“还要吗？我再给你包。”

他熟络得就像他们是相恋已久的恋人。

芸竹给顾从诚递眼神，示意他看看司昭南的体贴，也给自己包两片肉吃。

顾从诚看看夏一心，又看看芸竹，伸手包了两片肉放到芸竹的碗里，没包好，一放下就散开了。

芸竹打趣道：“你还得跟司老兄学学，事事细致才能当好老板。”

她已经把司昭南当自己人了，所以戏谑地称他司老兄。

接着她又问：“干你们这行的人，天天那么忙，都没什么时间陪女朋友，不担心女朋友最后择良木而栖？”

司昭南笑着说：“我以前的导师告诉我，一个真正合格的男人，是要把工作和生活分开的，我在工作上可以要求一丝不苟，尽善尽美。但是会用最大的包容和关心对待爱人和家庭。商场上风云变幻，成败难以预料，当有一天你一无所有的时候，家里会有一个人始终在等着你，那样，至少你可以回家去洗衣服。”

顾从诚站起身：“我突然想起还有点工作没做完，你们慢用，我要去公司看看才放心。”

男人以事业为重，芸竹也不好留他，叮嘱着：“开车慢点。”

司昭南说：“我等会儿会把芸竹送回去的。”

“谢谢。”顾从诚说完匆匆地走了。

原本气氛温馨的四人约会，顾从诚一离开气氛就变了，芸竹不好意思继续当电灯泡，吃了点东西就走了。司昭南说要送她，她却说：“我的车就停在咖啡店旁边，从这里走过去很近的，你们慢慢吃，好好享受。”

只剩下夏一心和司昭南了，夏一心问：“我们现在只是朋友，为什么要在芸竹面前说得这么暧昧？”

司昭南笑了笑，没有回答，他这一招是经济竞争战略里的先入为主，他看得出夏一心的心里并不是完全没有他，既然她不肯松口接受，至少要让周围的人知道他的心思所系，这样既能诱出情敌，也能先入为主。

司昭南把话题引到夏一心感兴趣的方向，这样她就不会在这个问题上深究下去了。他说：“本来想明天早上再告诉你的，现在说出来，让你高兴一下。”

“高兴？”夏一心问，“有新项目？”

司昭南说："公司打算送你去美国参加为期一个月的培训。"

夏一心听同事说过，公司有很人性化的培训机制，上到项目经理，下到普通的调研员，都会参加相应的培训来增长业务技能，这是非常不错的福利。

她很高兴，但不想溢于言表，只得轻轻咬着唇，克制着。

司昭南说："等你培训回来之后，对工作的认知肯定会进步不少。"

"那我什么时候出发？"

"十七号。"

夏一心一愣，不就是后天，是不是太快了点？

司昭南说："我觉得武侠小说里有句话很有道理：'世间武功，无坚不破，唯快不破'。干我们这行，无论是工作还是生活都是快节奏的，也只有这样，才能嗅到瞬息万变的市场气息。这段时间你手上不会有项目，就好好放松一下。"

夏一心很早就想出国走走看看，父亲常对她说，你看世界的宽度，决定了你人生的高度。但家里的变故来得太快，一个接着一个，让她放弃了曾经的梦想，当她踏上飞往美国的飞机时，那股雄心壮志、激情澎湃又都回来了。

培训的地方在纽约的布鲁克林区，一所专业的培训学校，负责老师叫Dennis，是位美国人。让夏一心意外的是，Dennis中文说得非常好，她不得不感叹祖国的伟大，现在外国人都以会说中文为荣了。

对于如何能准确找到客户所面临的问题，Dennis有一套非常系统的分析法，夏一心做了厚厚的笔记，她现在很需要这些专业实用的知识来弥补工作中的欠缺。

Dennis是个随和又好相处的人，上课时是老师，下课后就是朋友。在吃饭闲聊的时候，他提到跟司昭南不仅是大学同学，还是室友，当年就是司昭南提议他创办金融培训学校，让他抓住了机遇，只用短短的五年，培训公司就迅速占领了美国市场，在业界有举足轻重的地位。夏一心是司昭南推荐来的，他也就格外照顾一些。

夏一心突然很想了解年少青春的司昭南是什么样子，于是问：“Dennis，你跟司总是室友，那你们大学时有没有什么好玩的事，给我分享分享呗。”

然后她试探性地问：“司总在大学里有女朋友吗？”

Dennis想了想说：“他一直很喜欢蝴蝶花。”

夏一心更好奇了：“谁是蝴蝶花？”

Dennis说，那时候宿舍里住着四个人，都是一水的糙男人，功课繁忙，很多人都不修边幅，邋里邋遢，只有司昭南把床铺整理得干干净净，被子叠得跟豆腐块似的。他的生活用品很简单，只有少量洗漱用品和几件衣服，唯一特别的是，他枕头旁边放着一个有磨损痕迹的铁盒子。有一天，Dennis好奇地打开了那个盒子，里面有一朵女人戴的蝴蝶花。

Dennis问过司昭南，这蝴蝶花是不是女朋友的，一向温和的司昭南当时就来气了，觉得别人窥探了他的隐私。

夏一心又问：“是什么样的蝴蝶花？”

Dennis说：“我和其他两个室友像侦探一样悄悄研究过，那朵蝴蝶花是真丝做成的，真丝是你们中国的特产，上面还有一颗粉水晶。我们猜测，这大概是他出国的时候，女朋友送给他当作念想的。”

“后来呢？”夏一心忍不住问出口，又觉得突兀，怕被Dennis看出她的心思，赶紧低下头，继续吃饭。

Dennis说：“不知道，谁都没见过那个女孩子，连照片都没有，去年他回国的时候，临走前，我还看到那朵蝴蝶花，保存得非常好。”

夏一心开始幻想：“是不是司总出国的时候，跟一个女孩子互订终身，那朵蝴蝶花是女孩子送的定情信物，只是他一去十年，女孩子忍不住寂寞就嫁人了。司总难过，又放不下这段感情，始终把那朵蝴蝶花带在身边？”

Dennis不以为然，人生路上，谁还没有一两朵喜欢过的花呢！

司昭南心里真有一个念念不忘的蝴蝶花吗？

夏一心有点吃味，又暗忖，关她什么事，他们又不是恋人，只是上下级关系，私底下最多是朋友。

但嘴里可口的饭菜，她却是什么味道也吃不出来了。

周末，夏一心去了华尔街，这条长不超过一英里的街道，是世界上顶尖商业人才汇集之地。她听司昭南说过，曾经的他是个不折不扣的华尔街瘾君子，华尔街真够劲。在这里，这么多富有才华的人在处理巨大的财富，他们创造着效率，也赚取着金钱，但最重要的是，他感到这一切都很有趣。

夏一心收到司昭南发来的短信，问她是否去了华尔街。

他似乎处处都有眼线，监视着她的一举一动，她没好气地回复：“没有。”

出门的时候遇到了Dennis，两人寒暄了两句，她顺口说去华尔街，肯定是对方立即就告诉司昭南了。

她的谎言在司昭南面前无所遁形。他又发短信过来：“铜牛塑像前行十米左右有一条小巷，往里走，第二家店的咖啡不错，我以前经常在那里一边喝咖啡，一边回复客户的询问。我不爱吃甜食，但那里的榛子蛋糕很不错。”

司昭南在诱导她，她偏不，她可不想被他吃得死死的，工作之余，也被他影响。

抬起头，不远处就是那尊闻名遐迩的铜牛，美国资本主义最为重要的象征之一。夏一心走过塑像，一眼就看到他所说的那个巷口。自从开咖啡店以后，她就养成了听说哪里有好咖啡，就一定要去尝一尝的习惯，知己知彼，才能不断地提升自己。

最后，她还是走进了那条巷子，第二家咖啡店并没有什么特别之处，色调暗淡，倒是和司昭南的气质比较符合。

夏一心突然觉得司昭南会喜欢这家店，大概是六月柔和的阳光从高楼林立的缝隙照到咖啡店门口的院子里，会让人全身都暖洋洋的吧。

她给司昭南发短信："你是不是都会坐在门口第二张桌子边？"

他很快回复："你真聪明。"

夏一心要了一杯地道的美式咖啡，略苦，配上甜软的榛子蛋糕，融合的味道爽口细滑。

她接着发短信："喝了美式咖啡，吃了榛子蛋糕，很美味。"

司昭南回复了一个笑脸。

夏一心从华尔街出来，站在路边，一对年轻情侣骑着自行车从她面前经过，女孩子爽朗的笑声让她不禁想起在滨河市时，司昭南也是这样骑着自行车载着她穿过绿树成荫的街道，尽管她以严肃僵硬的表情来表示对他的拒绝，心却是快乐的。

红灯灭，绿灯亮，熙熙攘攘的人潮迎面而来。夏一心回过神来之后，加快步子，走到街对面。城市繁华，人声喧闹，即使在商场上大展拳脚、叱咤风云的人，内心也会渴望有一份倦了、累了时可以栖息依靠的港湾。

晚上，夏一心意外地收到大学室友发来的邮件，毕业两年了，她非常想念夏一心，下个月二十号她就要结婚了，让夏一心带着男朋友一起过去，正好来个大学室友聚会。

室友跟着大学学长一路携手走来，从校园到职场，最终修成正果。夏一心替室友感到高兴，只是下个月二十号她不一定能回国。于是她只能在邮件上恭喜室友新婚，但因为在外出差，二十号肯定去不了。

室友感到惋惜，只能另约时间再聚。

夏一心想起大学悠闲的时光，四个女生躲在宿舍的床上聊天，想象各自未来的伴侣是什么样子。其中一个室友家世很好，打算读完大学就回家，家里已经给她安排了满意的工作，她还有个门当户对的富二代男友。

富二代男友来学校找过她，人不高，憨憨的，但对人特别体贴，另一个室友打趣道："你大小姐的眼光不高嘛，家世是不错，但长得不理想。"

室友不以为然："人不可貌相，人家年纪轻轻就开始打理家里的公司，做得风生水起，长得帅，家世好，又有能力的男朋友大概只会在小说里出现吧！"

夏一心心里小小的虚荣冒了出来，如果司昭南真的能成为她的男朋友，那就是完美得无可挑剔。

夏一心想着他看她时温情脉脉的眼睛，竟然激动得一个晚上没睡好。

夏一心想从Dennis那里打听到更多关于司昭南的事，只要一有时间，她就围着Dennis打转，让他讲讲司昭南留学时候的事。Dennis说："这个周末有个朋友聚会，你和我一起去吧，大多是华人，其中一些还跟阿南共事过。"

Dennis就是由司昭南带进这个华人圈子的，他喜欢中国文化，更喜欢中国菜，所以也很乐于融入这个圈子里。圈子里有个开中国菜餐厅的朋友，每隔一段时间，这个朋友就会在自己的餐厅里用中国菜招待圈子里的好友。

这次这个朋友说是要做地道的中国火锅，Dennis非常期待。

火锅是庆市的名菜，能在异国他乡吃到正宗的火锅，的确难得，夏一心也非常期待。

星期六，夏一心早早就跟Dennis一起过去了。那家店离培训中心不远，店门用中文写着"一把火"，夹杂在一水儿的英文招牌里特别显眼，只是这名儿，听着就知道老板是一个怀旧的人。

老板是个山东人，夏一心想象不出来山东人做火锅会是什么样儿的，老板一家移民美国已经十多年了，儿子女儿都是在美国出生的，只有靠着做中国菜，才能找到家乡的影子。

不知道是不是火锅的诱惑太大，来宾陆陆续续到场，不一会儿就来了二十多个人，老板架起了三口锅，让大家吃得尽兴。

Dennis向大家介绍夏一心的时候，说她是司昭南的朋友，从大家对她友善关照的态度，就知道司昭南跟大家关系融洽。

火锅的味儿并不地道，就是在高汤里放了些辣子和花椒，然后把菜放在里面涮烫。不过，夏一心觉得，通过参加一次聚会能结识这么多朋友，听到一些工作中的趣事，菜也变得美味可口了。

饭局时间过半，一个穿着时尚的高个女孩子走进来，她烫着栗色的波浪大鬈发，戴着大墨镜，露出小巧的脸颊，一看就知道是个美女。她上半身穿着露脐的短T恤，下半身穿着热裤，一双白皙修长的美腿，有人跟她打招呼："美林！"

女孩子到桌子边坐下，和旁边人熟络地聊起天来。夏一心好奇地问Dennis："这个女孩子是谁？"

Dennis说："少跟她接触，她可不是什么好人。"

女孩子把墨镜摘了下来，一双原本就漂亮的凤眼在彩妆的映衬下更加妩媚，只是眼波流转间的神态，让夏一心觉得似曾相识。

夏一心问："她怎么了？"

美林原本也是留学生，听说以前家大业大，衣食无忧，大三那年，家里突然生了变故，破产了，没有钱再支撑她在美国的生活，美林不愿意回国，靠着华人圈子里大家的帮助完成了学业。大概是毕业后找工作屡屡受挫，她整个人的心态就变了，想通过捷径留在美国。先是交美国男朋友，一个接一个地换，最后都没有走进婚姻殿堂，到后来她麻木了，就开始骗中国留学生的钱，特别是那种初来纽约的，她骗人家说自己是什么拉斯维加斯大赌场老板的女儿，不少男孩子上过她的当。

听到这里，夏一心心里一震，刚才她就觉得这女孩子面熟，一听这说辞，她才恍然大悟，这不就是林承志突然失踪的女朋友琳达吗？

夏一心赶紧追问：“后来呢？”

Dennis说：“后来的事还是全靠司昭南，不知道他用了什么办法，这女孩子竟然洗心革面了，现在在一家夜总会当酒水推销，收敛了不少。阿南回国的时候托大家照顾她，所以聚会什么的，也会通知她。”

美林和同桌的人说说笑笑，抬眼发现夏一心目不转睛地看着她，心里一惊，克制住惊讶与恐惧，喝了两杯烧酒，说自己还要去上班，起身就走了。

她眼底那一瞬的惊慌早就被夏一心看到了，夏一心起身追出去：“美林小姐，你等一下！”

谁知夏一心越追，她走得越快。夏一心心里的疑惑也就越深，她加快步子，追到马路对面，一把拽住美林的胳膊。

美林用力甩动胳膊：“松开，拉着我干吗！”

女孩子身材比夏一心高大，甩开她的手，那股力道差点让她跌倒。

夏一心大声地说：“你是琳达！”

“你认错人了。”女孩子的声音中带着惊慌。

夏一心再次拽住对方的手臂：“你敢跟我去见林承志吗？他现在就在纽约，我们马上去见他。”

夏一心拽得紧，女孩子大力地挣扎着：“关我屁事，再不松手我就不客气了！”

夏一心也不甘示弱：“我已经打听过你的事了，你走呀，纽约的华人圈子就这么大，有本事你躲起来一辈子不见人！”

被夏一心一诓，女孩子露出无奈的表情，把她拉到一边：“真的不关我的事，我走了之后就再也没找过他。”

言语间她已经承认自己是琳达。

夏一心问："你对他难道就没有亏欠吗？你骗得他团团转，人财两空！"

"他活该！"琳达不以为然，"他把你甩了，你还帮着他，你有病吧！"

"我是就事论事，但你的玩笑开得也太大了吧！"

琳达从包里掏出一支烟，点上："我又不喜欢他，我只是受人之托，帮个忙而已。"

"谁？"夏一心想象不出谁会跟林承志开这么大一个玩笑。

"司昭南。"

"为什么？"夏一心觉得不可思议。

琳达从嘴里吐出一个烟圈，接着说："我只是拿钱办事，哪儿这么多问题，他说只要让林承志甩了你就行了，别的什么都不用管。"

夏一心不敢相信地说："你骗我！"

琳达撇撇嘴，一脸无所谓："不信拉倒，我知道的都已经告诉你了，我可以走了吧？"

夏一心有种被人玩得团团转的感觉，琳达和林承志的相识时间是在她和司昭南相识之前，原来在不知不觉中，她早就落入了司昭南的圈套。

事实的真相让夏一心不寒而栗，要在商场上叱咤风云，必要时会机关算尽、权衡利弊，她可以理解，只是没想到，司昭南对她深情表白、呵护有加的背后，也藏着利益计算、阴谋陷阱。

回去的时候，夏一心脸色惨白，Dennis问她："一心，你不舒服吗？"

"来之前喝了点酸奶，大概是凉食引起胃不舒服，我想先回去了。"

Dennis说要送她，她说："不用，住的地方挺近的，你慢慢玩吧，如果有需要帮忙的，我会给你打电话。"

找了个借口，夏一心匆匆离开了。

回想起来，她已经很久没有林承志的消息了，他仿佛人间蒸发一样，没了踪影。她想到司昭南的陷阱，隐隐不安，担心林承志会出大事，于是给林父打了一通电话。

林父听到她的声音，激动地叫着："夏小姐！"

她问及林承志的近况，林父带着哭音说："自从高利贷找上门之后，他就不见了，他已经一个月没跟我联系了，不知道他是死是活。"

夏一心问："出了这么大的事，您怎么不给我打电话？"

林父哭着说："承志不让，你们的事他都跟我说了，是他不好，辜负了夏小姐，他没脸再见你了。"

林承志被高利贷追债，难怪不见人影，夏一心又问："他怎么会欠高利贷的？"

林父说："我也不知道，那孩子从小跟着我省吃俭用，不是大手大脚花钱的人，我想他一定是让人给骗了，否则不会欠那么多钱。"

这难道又是司昭南背地里设下的圈套？

夏一心安慰着："林伯伯，您先别急，把承志找到再说，钱的事情我会想办法的。"

听到她的承诺，林父就像抓住了救命稻草一样，连声说道："谢谢小姐，谢谢小姐。"

夏一心挂断电话没多久，手机铃声就响了，显示屏上是司昭南的名字，她犹豫着，还是接了起来。

司昭南问："我听说你胃不舒服。"

夏一心暗忖，哪里是听说，完全是在监视她的一举一动，这让她很厌恶。

她说："司总，如果不是工作上的事，我就挂电话了，我不舒服，想早点休息。"

“你病得很严重吗？我让Dennis送你去医院检查一下。”

“谢谢好意，我自己会照顾自己。”

夏一心担心自己会控制不住情绪，口不择言，只得匆匆挂断电话。或许琳达已经把她知道真相的事情告诉司昭南了，这回他又打算用什么样的办法来掌控她？

Chapter 15

最近这段时间，夏一心总是心神不宁，上课的时候会走神，Dennis找她谈心，问是不是出了什么事，她只得敷衍说最近睡不好，所以精神太差。

Dennis说，既然精神不好，就不要强迫自己学习，学会放松，等心情轻松，思维开阔的时候，会事半功倍。

他的话跟司昭南如出一辙。

Dennis看过夏一心入学时填的表格，知道明天是她的生日，说："在哈德逊河旁边有套公寓，是我和几个留学生一起买的，用来度假聚会，现在空着，你去玩两天。在那里，出门就是蓝色的大海，还可以去坐游轮兜风，或在海边喝杯咖啡，回来的时候，说不定烦恼就没有了。"

大家是一起上课的，她担心会落下课程。

Dennis劝道："等你回来，我会把落下的课给你补上，如果你坚持下去，也未必能完全吸收课程知识。"

她礼节性地拥抱了一下Dennis："你对我真好。"

"你是阿南的朋友，自然也是我的朋友。"

夏一心按地址找过去，公寓在皇后区，靠海的地方自然是寸土寸金，到处都是林立的高楼、密集的公寓群。

输入密码后，门打开了，她才确认自己没有找错。

夏一心小心翼翼地推门进去，公寓是很简洁的灰色调，一看就知道是按男性审美来装修的。她走进去，出现在面前的是一片湛蓝的海，就像俗世纷扰中突然露出来的一个宁静港湾。刚才一路走过来，她发现这条街上都是幽静的咖啡厅和有特色的海鲜馆，这里的确是个过周末的好地方。

接着，沙发后面的照片墙吸引了她，夏一心慢慢走过去，一张张照片，有沙漠落日、长河月明、金字塔的余晖、冰岛的极光……她不得不感叹，Dennis的这群朋友踏遍世界的角落，都留下最美的剪影。

夏一心把行李拿进卧室，卧室里没拉开窗帘，灯光很暗，把行李放下后，她拉开百叶窗，让新鲜的空气透进来。

当光线使室内变得透亮时，她看清了放在窗边的相框，一眼就认出相框里的人是司昭南，他穿着得体的职业西装，带着浅浅的笑，身后是自由女神像。

夏一心隐隐觉得不对，如果这里是聚会的地方，不是应该放大家的合影吗？为什么房间里只有这一张他的单人照？她猛然发现卧室的门洞尺寸比普通的略高一些。

夏一心恍然大悟，这应该是司昭南的公寓。

她想迅速离开这里，一转身，一个高大的身影立在门口，一只手撑着门框，对着她微笑："有没有惊喜？"

心里的那点愉悦全冲散了，她说："是惊吓，我来错地方了，告辞！"

夏一心提着行李往外走，司昭南却堵在门口："一心，你到底怎么了？那天在电话里我就觉得你语气不对，出什么事了？”

夏一心觉得没必要打哑谜，也不想再跟他有任何情感上的纠葛，把行李往地上一放，瞪着他：“我见到美林了！”

简单一句，他什么都明白了，只是没料到来得这么快。

吸了口冷气，她接着说：“我一直以为，你是个正人君子。”

司昭南表情严肃：“我这样做，并没有错，如果他是一个值得你托付终身的人，琳达再怎么诱惑，他都不会动心，但面对琳达吹嘘出的家世、热情的挑逗时，他很快就上钩了，这个结果怪得了别人吗？”

“你的目的是什么？”夏一心说，“琳达和林承志的相识远在我俩认识之前，其实你一早就调查过我，你想用离间我们的关系来击败承志，对吗？”

司昭南变得很愤怒：“我没那么卑鄙！”

夏一心冷笑：“你不会说这么做是为了我吧？”

“就是为了你。”

她的眼睛里透着生气和失望，她的心在颤抖，她读不懂这个男人，甚至有点害怕。

她摇头：“这样的理由真的很可笑，在我们没认识的时候，你真的只凭一两眼就能爱上一个人？”

司昭南哑口无言，没有解释。

夏一心态度决绝：“司总，你让我感到害怕。”

培训回来之后，夏一心的职位和薪资都有所调整，从公共办公区搬到了旁边的小隔间里，小隔间的空间不大，好在位置靠窗，视线没有被旁边的大厦遮挡，可以看到不远处的美德公园。

这个时节，公园里树荫茂密，绿意盎然，疲倦的时候看上两眼，能舒缓神经。夏一心正目不转睛地看着电脑屏幕上密密麻麻的数据，郝丽走过来说：“‘畅饮’的华总来了，不过好像挺生气的，正在办公室里跟司总告状呢，你小心点儿。”

难道是“畅饮”的项目出了什么问题？在等待华总出来的时间里，夏一心一直忐忑不安。

快中午的时候，华孟才从司昭南的办公室出来，夏一心走上去打招呼，想问个究竟，华孟的秘书催促着他赶紧走，似乎有要事。华孟看了她一眼，欲言又止，最后还是转身快步走了。

司昭南站在二楼的栏杆边：“一心，到我办公室来。”

夏一心快步走进办公室，着急地问：“司总，是‘畅饮’那边的项目出问题了吗？”

司昭南指了指沙发，让她坐下，先平心静气再谈。

夏一心坐下来，司昭南问：“要不要喝点茶？”

她哪有心情喝茶，追问着：“到底出什么事了？”

她倒是佩服司昭南，无论遇到什么事，都能泰然处之。

司昭南说：“‘畅饮’的灵峰山泉这个季度的销售额减少了百分之二十，在项目开始之初，灵峰山泉一直保持着不错的增长率，而他们的要求是在保持增长率的基础上，扩大经营范围。你为他们制订的轻资产战略能帮助他们推陈出新，却忽略了目前的销售状况。

“你要知道，软饮料市场的竞争是很激烈的，稍有不慎，同类型的产品就很可能被其他公司所取代。他们现在建立了研发部，但一款产品从研发到投放市场，再到被大众所接受，会有一定的过程，而保持原有产品的销量和影响力在这个阶段至关重要，如果公司失去竞争力，新品上市会举步维艰。”

夏一心面色凝重：“对不起，是我疏忽了，我会想办法补救的。”

司昭南说：“这件事只能由你来补救，我已经跟他谈过了，还得你自己去补救。”

最近公司的情况不乐观，华孟从九罭出来后就回了滨河市，所以她得过去负荆请罪，重新调整方案，得到对方的原谅。

第二天夏一心就飞去了滨河市，华孟对她态度缓和，并没有预想的愤怒，他说：“我现在依旧很欣赏你为我们制订的轻资产战略，而且前期的筹备工作也非常顺利，如果我们失去现有的市场，前期的工作也就白白浪费了。”

夏一心真诚地向他道歉，这的确是她工作的疏忽造成的，她会尽快做好补救的方案。

从华孟的办公室出来，夏一心遇到了当初接待她的刘副总，刘副总说：“其实一开始我就对你的能力表示怀疑，你太年轻了，没有足够的经验去支撑一个公司的未来规划，我对你之前的策划一直持怀疑态度。华总原本也是支持我的提议，放弃你的提案，但你们司总一再坚持，他的口才太好，华总的态度又变了，继续和你们合作。”

原来是司昭南从中调和，否则这么看重公司利益的华孟不会用这么温和的态度来接待她。

夏一心向刘副总道歉：“我在做方案的时候有欠考虑，是我的错误，我会想法子尽力补救，还请你们给我一点时间，我一定会交出满意的答卷。”

刘副总没再说什么，因为他无法撼动华孟的决定，淡淡地嗯了一声，就走了。

华孟的秘书把第三季度的销售资料发到夏一心的邮箱里，“畅饮”已经找到了新的泉眼，在供应上完全没有问题，材料齐备，原本只要按着既定的思路走，方案很容易就会出来，夏一心却不知道该怎么开始写。

她有个毛病，一遇到挫折，信心就会受到打击，后面的工作就会犹犹豫豫，摇摆不定。司昭南说过，心烦意乱的时候，就找个合适的方式放松自己，有时候把心放空了，反而会收获更多。

她叹了口气，仔细回想，自己似乎没什么特别的消遣爱好，读书的时候就一门心思放在书本上，毕业后经营咖啡店，除了睡觉的时间，一心就扑在那里，芸竹还提醒过她，说她太无趣。

这时，门铃响了，透过房门上的猫眼，夏一心看到司昭南站在门外。

她打开门：“司总，你怎么来了？”

司昭南说：“我能进去说吗？”

夏一心在犹豫，他让她独自把这个项目处理好，现在又突然来访，难道还打算在情感上和她纠缠一番？

司昭南见她一脸不情愿，说：“放心，我不是那种死皮赖脸的人，我只是觉得既然喜欢一个人，就应该表达，你已经表示过不喜欢我，天涯何处无芳草，这个世界上谁没有谁，都一样过日子，不是吗？我过来主要是为了‘畅饮’的案子，如果这个项目砸了，分公司要开展业务会很困难，我能不亲自过来看看吗？”

他打算以退为进，把她逼得越急，她逃得越快，只要人还在九翾，就在他的掌握之中。

夏一心哑口无言，看来是自己多想了，他应该有很多人喜欢吧，想到这里，她竟然有点不高兴。

于是她打开门：“司总，请进。”

房间的床是整齐的，旁边的书桌上，电脑显示屏亮着，一沓胡乱放的资料，三罐喝完的咖啡空瓶，一条薄毯掉在地上，司昭南问：“你昨天晚上没睡？”

想到他一定会觉得自己是个邋遢不爱收拾的人，夏一心赶紧把地上的毯子捡起来：“我就在沙发上躺了一会儿。”

一脸的倦容证明她在说谎。

司昭南走过去把电脑关了，命令夏一心：“赶紧睡觉，如果想找到解决问题的方法，晚餐的时候就到餐厅去找我。”

说完，他就离开了。

夏一心讨厌依赖别人，依赖会让人变得懒惰，消磨一个人独立的意志，但此刻他的到来，这种依靠却让夏一心特别安心。不知道是不是这种安心让睡意一下子从她脑袋里冒出来，喝咖啡也不管用了，她伸了个懒腰，决定睡一觉，等头脑清醒的时候，说不定工作的思路就清晰了。

夏一心做了个梦，梦里跟着司昭南去外洽，两人坐在车上，突然，窗外有个漂亮的女孩子在向他们招手，夏一心还在疑惑对方是谁，他就停了车，走下车去，轻轻揽了一下女孩子的肩头，夏一心坐在车里，静静地看着，心里冒出一股失落感。

很快她就醒了，知道这是一个梦，梦里的失落感却蔓延到现实当中，她把手放到胸口，一股莫名的刺痛感袭来，她不止一次地告诉自己，司昭南的光环的确很吸引人，但很多时候，也是一种假象。知人知面不知心，正如当初的林承志，单纯得就像雨后的清风，她以为是透明的，什么都看得清清楚楚，不用去猜忌，明明白白，才配得上相依相伴这四个字，可到头来，这份感情只是她的痴念而已，人心经不起试探。

打电话去前台问了晚餐时间，然后起床洗漱，为了掩盖住黑眼圈，夏一心化了一个淡妆。为了配合餐厅高雅的气氛，还特地穿了一条暗底碎花的连衣裙。

司昭南坐在靠窗的位子，一进门就能看到，他要了一杯茶，等她来了再点菜。

餐厅的菜式很多，为的是满足天南地北的客户，夏一心很饿，从昨天下午就一直泡在电脑前面，除了咖啡，什么都没有进肚，她感觉现在能吃下一头牛。

司昭南要了牛排，配了一点红酒，说酒能明心。

“明天华总邀我去灵山基地，你一起吧。”

夏一心点头说好。

喝了一点红酒，她的精神稍微舒缓了一些，只听司昭南说：“今天就别再加班了，吃过饭去楼下散步，完了回去睡觉，你总不能明天一脸倦容去见客户吧。”

他平时说起话来简洁干练，在夏一心面前却像个唠叨生活琐事的老太婆。

夏一心浅浅一笑。

司昭南问：“你在笑什么？”

“没什么。”她赶紧低下头，回避他的目光。

司昭南说：“我觉得你是不会自暴自弃的，你发现问题，并找到解决问题的方案后，要用无数的数据去证明这个方案是错误的，当你找不到反驳的数据时，它才会是正确的。”

一语点醒了夏一心，她感激地说：“谢谢。”

盘子里的牛排已经吃完了，司昭南问：“还要吗？”

夏一心摇头：“我已经吃好了。”

“那回房间去好好休息。”

说完，他低头继续吃着未完的晚餐，只是关怀地嘱咐，却没有情感的拖泥带水。

她起身：“明天见。”

红酒有帮助睡眠的作用，夏一心一夜无梦，早上起来精神很好，拉开窗帘，朦胧的秋阳照在身上，温暖柔和，她伸一个懒腰，舒展筋骨。初秋的灵山，应该有另外一番美景。

洗漱的时候，她突然想通司昭南此行的目的，听刘副总说，是他在中间调和，华孟才同意由她继续跟进这个项目，进行补救。华孟是个很看重公司利益的人，她单独前来，对方未必会完全信任，有司昭南在这里坐镇，也算是给对方吃了一颗定心丸。

夏一心想到他刚进来时，自己强烈抵触的态度，顿时心生歉意。

司昭南打电话上来，说半个小时后在大厅碰面，华孟派了司机过来接。

在市区，天气适宜，秋高气爽，但在灵山深处温差很大，夏一心穿上了防寒服、登山鞋，背了个旅行包，还泡了热枸杞水，担心自己穿得少，又在包里放了背心，还带了录音笔，七七八八塞了一大袋。

司昭南则穿了一套浅蓝色的休闲装，很普通的式样，却被他高大有型的身材衬得时尚大气。

见夏一心提着包走过来，他赶紧上前接过去："我来吧。"

东西带多了，有些重，夏一心也没客气，让他拿着。

车开到一个路口，路边立着提示牌，说前方路段施工，车辆绕道。

司机说："肯定是刚才发生什么事故了，我来的时候明明还好好的。"

车绕道去了民生路，车窗外的街景让夏一心不由得想起几个月前，司昭南骑着自行车载着她轻快而过。想到这里，她侧头看向司昭南，后者正低头处理手机上的邮件，对街景没有半点在意。

半晌司昭南才抬起头，发现夏一心正盯着他出神，问："怎么了？"

她赶紧低下头："没什么！"

灵山基地比他们上次来的时候有了很多改建，原来的加工厂卖给了承包生产的厂家，"畅饮"开始"轻装上阵"，泉水资源不会取之不尽，为了长远发展，"畅饮"已经在市区购买了一栋楼，用于总部办公和产品研发。

灵山的基地主要用于保护泉眼，防止污染。

华孟热情地接待了司昭南和夏一心。司昭南到任何地方都能成为焦点，参观的这一路，他就国外对水资源的利用和保护进行了一番讲解，让华孟肃然起敬，偶尔也会穿插一些趣事在其中，让聊天轻松愉悦、妙趣横生。

夏一心与客户沟通的时候，总是小心翼翼，除了工作上的事，她很少聊天，觉得献丑不如藏拙，更别说像司昭南这样天南地北地畅谈，轻而易举就把别人带到他想聊的话题上。

停下来休息的时候，她拿出水杯，发现水杯已经空了，华孟让人送来的都是山泉水，这个季节喝有点凉。

司昭南瞟了她一眼，问华孟："华总，这里有热水吗？"

华孟指了指不远处一排原木色的平房说："工作站里面有，司总如果需要，我让人送过来就是。"

司昭南说："不用麻烦，我自己去好了，走一走，说不定有新的灵感。"

他伸出手，示意夏一心把杯子递给他。

夏一心犹豫了一下，把杯子交到他手里："谢谢。"

司昭南一阵小跑，很快就回来了，把杯子交到夏一心手里，担心她拿着烫，不知道从哪里弄来了一条白色的小毛巾裹着，毛巾上印着卡通的海绵宝宝。

新泉眼的景色非常漂亮，一股清流从巍峨陡峭的悬崖上倾泻而下，落进石缝地沟之中，带着一股淡雅的草木香味。司昭南感叹着大自然的鬼斧神工，但有时候因为人类毫无节制的掠夺，它也会收回这些美丽的馈赠。

华孟说："我对夏小姐之前提出的轻资产战略是非常肯定的，只是依附灵山的泉水，公司的路走不长。但现在，我们又不得不依赖它来维持市场的占有率，以免在竞争中被彻底淘汰。"

夏一心这两天已经对软饮料市场第三季度的销售情况做了功课，说："在第三季度中，中原集团的仙化山和麦林集团的草原清水几乎占领了百分之六十的矿泉水市场。仙化山和草原清水主打的都是天然矿泉水，绿色无污染，在我看来，灵峰山泉无论在味道和产地上都很有竞争力，为了保护水资源，我们可以小规模邀请一些顾客前来参观，以证实产品天然优渥，比只在电视上打打广告更真实可信。麦林集团现正在开发绿色草原的旅游，其实这也意味着，他们的水资源不再是优势，而仙化山打出的招牌是冰川水，冰川水一直被誉为'水中钻石'，非常珍贵，广告也深入人心，对于生活水平越来越高、越来越追求健康的人们来说，诱惑力是非常大的。但据我所知，世界上能开采饮用的冰川水少之又少，能开发出冰川水的山海拔很高，像仙化山那样的地方不可能有太多的冰川水，这样的噱头是不能用很久的。”

司昭南对她的工作非常满意，夏一心会用证据来说话，难怪她熬夜不睡，他微微点了点头，表示对她的肯定。

华孟没有让秘书把调查的市场数据给夏一心，没想到她自己就收集到了，行动力比耍耍嘴皮子更让人信服。

华孟说：“夏小姐，这一次请别让我再失望了。”

在山里走走，神清气爽，看来生命在于运动说得一点都没有错。原本说好晚上他们要和华孟一起吃晚餐，但一通电话把华孟叫走了，司机就送夏一心和司昭南先回酒店了。

司昭南说公司那边有事要处理，明早他就回去了，后面的工作让夏一心独立完成，不能再出任何差错。

夏一心说：“一起吃晚饭吧，我请客，谢谢你这么帮我。”

“好啊。”司昭南很爽快，一点不客气，说，“我听说这里的河鲜不错。”

夏一心想起上次华孟请她吃的那家餐厅，环境好，那里的酸西瓜煮鱼代表了滨河的味道。

吃饭的时候，司昭南说：“知道‘二八法则’吗？”

夏一心点头，市场上百分之八十的产品可能是百分之二十的企业生产的，百分之二十的客户可能为商家带来百分之八十的利润。

夏一心明白他的意思，现在依旧不停地有新品种、新品牌的矿泉水涌入市场，而且实力强大的不少，广告推广投入很大，一些品牌为了竞争市场压低价格，让利润越来越薄，反而高端市场的发展空间会比较大一些。

司昭南又给她上了一课。

这时，夏一心的手机响了，是林父打来的，她说：“我去外面接电话。”

走到餐厅外的露台上，她赶紧接起电话，问：“林伯伯，找我有什么事吗？”

电话那头的林父语气焦急：“小姐，我实在是没有办法了，只能找你。他们……他们把阿志抓住了，说不拿二十万不放他回来，我很担心阿志会受伤，小姐，你先把钱借给我吧，等我把人赎回来，我会让他想办法还给你的。”

夏一心说：“林伯伯，您别急，您把银行卡的号码发过来，我用手机银行给您转过去。”

“小姐，谢谢，谢谢你。”林父带着哭腔道。

挂断电话，夏一心抬起头，发现司昭南侧头看着她。他的眼睛里闪过一丝冷冽的光，夏一心心里微微一动，慢慢走进去，坐回到他对面。

她像一个做错事的孩子：“你肯定会说我是个傻瓜，被人家骗，还心甘情愿地拿钱给他还债，我这样做并不是为了林承志，而是感恩于林伯伯。我爸失踪前，贷款购置了一条新的生产线，他一出事，债主们就纷纷上门来要债，遇到一些凶神恶煞的人把石头从院子外面扔进来，砸坏了玻璃。那个时候是冬天，风灌进来，别墅里像冰窖一样冷，还有的人在上学的路上堵我、恐吓我，说如果还不出钱来，就把我卖了。

“那时候我固执地认为，爸爸只是迷路了，等他找到回家的路，我和他还能重聚，我守在别墅里不肯离开，是林伯伯寸步不离地守着我。别墅被人断了电，他怕我冷，就去弄木炭来给我取暖。他送我去上学，在学校门口一直等到下午我放学。直到后来秦伯伯收留了我，他才离开。如果没有他，我熬不过那段最伤心难过的日子。”

夏一心眼眶泛红，司昭南拿出手帕递给她：“眼泪不适合你。”

“谢谢。”她把手帕接过来。

司昭南没有再说什么，大概觉得这是她的私事，与他无关。

吃完饭，司昭南有东西要收拾，没有过多逗留，就回酒店了。分手前，他说："我明天一早就走，你在这里要好好照顾自己，有解决不了的问题，记得打电话给我。"

电梯门缓缓关上的时候，司昭南转身而去的背影竟然让夏一心感觉到一丝孤单与寂寞，走进房间后，低落的情绪也没能缓和过来。

为了第二天有好精神，夏一心睡得很早，凌晨三点就醒了，打开电脑进入工作状态。她一边写着材料，一边不时地看着显示屏上跳动的时间秒数，她知道司昭南要赶回庆市参加早上九点的会议，四点就得出发去机场。

她犹豫着要不要去送送司昭南，去和他打个招呼。但仔细想想，这只是普通工作中的相聚和离开，这个点去送，会显得太刻意。走到窗边，夏一心轻轻地拨开窗帘，站了好一会儿，才看到一个人推着行李箱从大门口出来，戴着白手套的酒店门童立即上前为他拉开车子的门。借着路灯的光，她隐约看到他穿着一件黑色风衣，衬得身材更加修长、魁梧。

正要上车的那一刻，司昭南突然抬起头，正好与她四目相对，她红着脸，赶紧躲到窗帘后面，再看时，车已经消失在了茫茫夜色之中。

夏一心轻轻叹了口气，回到电脑前面继续工作。

八点的时候，有服务员送早餐进来，她疑惑："我没有订过早餐。"

服务员说："是一位先生帮您订的。"

一起送来的还有一把鲜红的玫瑰，夏一心知道滨河市不产这种大朵的红玫瑰，都是空运来的，还带着晨起的露珠。红玫瑰代表火热的情感，这些都是司昭南准备的吧，尽管他人走了，心里却始终记挂着她。想到这里，她竟然高兴起来。

给了服务员小费，夏一心把餐车推到书桌边。早餐非常丰盛，红枣枸杞粥、煎蛋、焖鱼，还有几小碟口味不同的酱菜。她还发现旁边放着一张卡片，拿起来，上面的留名竟然是华孟。

早餐和玫瑰花是华孟送的！

她纳闷，他到底是怎么想的？

华孟的喜欢很大程度上是想找一个工作上的助手，既然她第一次的方案有错误，按理来说就算不上一个合格的助手，为什么这个时候又开始大献殷勤？

既是客户，又是追求者，而且在工作中夏一心处处都要与华孟见面，这种关系平衡不好，很可能会影响到工作。她想着尽量不要把话题转到工作之外，保持客户和朋友的距离，如果华孟咄咄逼人，就严词拒绝。

夏一心把进军高端客户群的想法跟华孟聊了一下，想用有限的资源赚取最大的利益，那就得充分发挥资源优势。她把目前矿泉水高端市场的主要产品、占有率情况、价格以及矿泉水中矿物质含量的优势都做了一番详细的解说。

华孟早前也有这样的想法，和她这么一聊，之前一些困惑就消失了。

华孟说："没想到夏小姐年纪轻轻，却有这番见地，看来平日里花的功夫不少。"

夏一心笑了笑："活到老，学到老。世界每天都在变化，我们的工作和生活也在随之改变，谁能最先适应这种变化，谁就能抓住机会。"

一连几天，她都收到华孟送来的早餐和玫瑰花，见面时，华孟却绝口不提送花的事，一言一行，只是个威严沉稳的客户。

夏一心估摸着，大概华孟没有找到比她更合适的工作帮手，所以对她还有那么点心思，只是碍于上次被当面拒绝，毕竟自己也是个有头有脸、颇有财力的老板，不能被一个小丫头吃得死死的，所以他一边加紧追求的攻势，另一边也等着她主动服软示好，给个台阶让自己下。

不知不觉，主动权竟然到了她的手里，如果继续选择忽略不知，倒显得自己是个不主动、不拒绝、不负责的心机婊。

夏一心说："华总，谢谢你每天送来的早餐和玫瑰花，能对下属处处关照的老板，也一定会是一个出色的生意人。"

说话间，她感觉自己随时都在跟客户斗智斗勇，巧妙地拒绝，还不能抹了对方的面子。

"夏小姐这张嘴，也越来越会说话了。"华孟笑了，"上次我向夏小姐表明过心意，希望夏小姐能够好好考虑一下，我现在的心意依旧如此。夏小姐可能会有些生气我到公司投诉你的事，现在我想为此解释一下。"

夏一心赶紧申明："我从来没有为这件事生过气，的确是我工作上的疏忽，我还得感谢您能给我及时改正的机会。"

华孟亲手为她倒了一杯茶，示意她要有耐心听他说下去："我一开始就不觉得这是投诉，而是让夏小姐继续跟进没有完成的工作而已。而且从这件事上，夏小姐给了我更大的惊喜，你能够看清自己的缺点，也能随机应变地处理过失，这些能力让我越来越钦佩，也越来越觉得夏小姐是适合我的伴侣。"

华孟这么直白的告白让夏一心头痛，她正要严词拒绝，华孟抬了抬手，示意让他说完。

"夏小姐，在婚姻上，我是过来人，而你应该是个明白人，爱的激情最后都会平复，变成柴米油盐的平凡生活，如果我们在一起，我可以为你提供发展的平台、坚实的依靠，而你能成为我不可或缺的支撑，只有并肩作战、相依相偎的结合，才能够长久。"

夏一心郑重其事地说："华总，你说的话很对，我理想的伴侣也是能够并肩而行、相依相伴的人，而且我心里已经很明白，那个人是谁。"

她只是敷衍对方，没想到华孟脱口而出：“你喜欢司总？”

其实那天参观灵山基地的时候，华孟就看出司昭南对夏一心的照顾带着某种微妙的情感。

用司昭南来拒绝对方是个很好的借口，但往往祸从口出，她担心会惹麻烦，便说：“这个是我的私人情感，还请华总见谅。”

为了躲避华孟的爱心早餐和玫瑰花，夏一心第二天一大早就飞回庆市了，说下次来的时候，会把方案带过来。

Chapter 16

我的倾城谋划师

夏一心走进咖啡店的时候，芸竹正支着头发呆，根本没有察觉到她的到来。

夏一心轻轻敲了敲桌面："接客了！接客了！"

芸竹眼睛轻轻一瞟，懒洋洋地说："接不动了。"

平时活泼的芸竹连玩笑都懒得开了，肯定出事了，夏一心打趣着问："没心没肺的人也有烦恼？"

芸竹转身抬头，正视着她问："你们干咨询管理的有这么忙吗，你不在这半个月，我才见了他一次面，这能算谈恋爱吗，连周末情人都不是吧。"

原来是在苦恼这个，夏一心想了想说："自从我认识他，就知道他是个大忙人，什么事都愿意分担，他现在在九戥做项目经理，肯定比我要忙很多，多体谅一下吧，他好歹也是为你们的将来在努力。"

她帮芸竹憧憬着："他的工资怎么也是年薪一百万往上走，等你们结婚的时候，大别墅就不愁了。"

男人有上进心是好事，但这样半个月见一次面，再好的感情都会变冷。

芸竹说："你帮我去公司探探，是不是有哪个小妖精把他给勾走了，我好去抢人。"

"好，我这就去看看是哪个小妖精！"夏一心只是在打趣芸竹，顾从诫的人品她是绝对相信的。

回到公司，透过玻璃墙，夏一心看到顾从诫正在打电话，等他挂断电话，她才敲门进去，笑着说："芸竹让我来看看你被哪个小妖精勾走了，半个月才和她见一面。"

顾从诫无奈地说："最近的工作实在太多了，我都把这事儿给忘了，真对不起。"

"跟芸竹好好解释一下吧，免得她胡思乱想。"

夏一心从顾从诫的办公室出来，迎面就看到司昭南。她回来前没有提前报备，看到她时司昭南惊讶的眼神一闪，很快他又恢复沉稳，说："我秘书临时有事出差去了，我正好缺人手，明天你跟我去会场吧，晚点我会让秘书把资料发到你的邮箱里，你和她交接一下。"

夏一心回到座位上，郝丽凑过来："你运气真好，听司总演讲，会是一种享受。"

夏一心好奇地问："你参加过？"

"他是个古板但在工作上思维开放的人。"郝丽仰起头，回忆着，"司总是个很有魅力的人，我第一次见到他时，他作为行业的佼佼者在峰会上发言，他把咨询管理看作是一种专业技术，而不是跟客户的买卖。他坚持取消公司的层级制度，顾问可以不听从上级的管制，对自己的所有行为负责，这样才能发挥出自己的特长。十几分钟的演讲，让人热血沸腾。听说他在庆市创立了新公司，我毫不犹豫就辞职过来了。"

郝丽看向夏一心："你知道演讲的最高境界是什么吗？他站在台上，目光一扫，在场的所有人都会觉得，他只是在对自己一个人讲话。”

夏一心淡淡地哦了一声，表现得很平静，但心里早就热血澎湃，期待着司昭南明天的演讲。刚才夏一心还想着司昭南把她当成一块砖，哪里需要往哪里搬，现在却觉得无比庆幸，被选中的人是她。

夏一心根据秘书的交代，去庆市的大会礼堂监督会场布置，测试音响和麦克风，又确认了PPT的画面。广告公司送来X展架，展架画报上的司昭南梳着时尚的大背头，穿着妥帖的黑色礼服。拍照的人很会抓角度，把他身上的刚毅之气展现到极致。夏一心看着照片，竟然感到心跳加速。

旁边有学校的女生走过，忍不住驻足问：“这是谁呀，这么帅？”

“对呀，不知道有没有女朋友。”

“是商业演讲，明天来看看不就知道了。”

夏一心暗忖，司昭南的面相简直就是桃花脸，到哪儿都能招蜂引蝶。

庆市大学的演讲是早上九点半，司昭南和夏一心直接从小区出发去学校。穿着黑色竖条纹西服的司昭南，身材很适合穿西装，肩头宽阔，四肢修长。夏一心脑袋里突然钻出一个场景，司昭南西装下的体格结实，肌肉偾张有力，想到这里，她的两颊变得滚烫。

司昭南问：“你在害羞什么？”

“有吗？没有呀。”夏一心抬起头，挤出笑脸。

可以容纳两千人的大礼堂座无虚席。据夏一心所知，庆大的MBA班只有两百多人，不过庆市大学以金融专业而闻名，更多学生是慕名而来，想着听取这位成功者的经验。

一些没有座位的学生站在一侧，聚精会神地关注着演讲台。夏一心站在角落里，仰视着司昭南。扩音器里传来司昭南沉稳又富有磁性的嗓音，比电台的男主持人更有吸引力。

从她的位置看过去，司昭南的侧脸轮廓分明，鼻梁挺拔，举手投足间风度翩翩，声音抑扬顿挫，话语间严谨中又带着幽默，他把原本沉闷的商业演说变得妙趣横生，博得大家阵阵掌声。

两个小时下来，一点都没有冷场，观众还有些意犹未尽。

演讲结束了，不少学生围上去向司昭南讨教，还有女生拿着本子上去，希望得到他的签名。

司昭南很幽默："我不是大明星，签名不值钱的。"

女生坚持把本子递过去："你是引导我职业生涯的大明星。"

其他的女生纷纷效仿，拿出本子："也给我们签一个吧。"

还有人问："能不能顺便把你的电话号码写在旁边？"

经不住女孩子们起哄，司昭南拿起笔迅速在本子上签上自己的名字，有女生不依不饶："电话号码呢？一定要留下来。"

小女生青春浪漫，说起话来娇滴滴的，夏一心觉得自己是个女人，听来都全身酥软，男人肯定是招架不住的。不知道他心里是不是已经开始翻江倒海、蠢蠢欲动了。

司昭南看着不远处的夏一心，刚才在台上的时候，他就瞟过她好几眼，明明内心荡漾，还假装平静躲这么远。于是，他向她招招手："夏秘书！"

夏一心这才想起秘书提醒过她，演讲完之后，肯定有不少学生会挤上来跟司昭南拍照，要把握好时间，他还约了广茂商场的刘总十二点时吃午饭，所以十一点半必须离开庆大。

夏一心赶紧挤过去挡在司昭南前面，向学生们解释着："不好意思，司总现在要赶下一个会议，非常感谢大家的支持，我们会陆续在校园开展各种金融方面的演讲，帮助大家，共同进步。现在麻烦大家让一让，我们要先行离开了。"

学生们很有序地让了道，司昭南点头向大家致谢，然后快步离开了会场。

走到停车场，夏一心给收拾会场的师傅打了电话，把会场的清理工作交给他们。夏一心挂断电话后，司昭南说："我要看一下广茂商场的资料，你来开车。"

昨天晚上司昭南忙着准备演讲的材料，过会儿跟广茂商场的老板吃饭，交谈中肯定会涉及相关话题，他得提前做好功课。

公司要发展，必须提高知名度，司昭南不仅要约见客户，还得去参加各种商会、去学校和培训公司演讲，他能随时随地精神饱满地穿梭其中，忙而不乱，让她心里更加崇拜。

司昭南与广茂商场老板的聚餐带一定的私密度，最忌讳外人，他便让夏一心把车停好，在附近找家餐厅用餐，如果时间充足，就喝杯咖啡。

在九罭待了一年，夏一心学得最好的就是劳逸结合这项。停好车，她看到附近有家不错的咖啡厅，以前没听过，像是新开的，看环境还不错，就决定进去试试。

夏一心看到价目表上有蓝山，她就要了一杯，配一块芝士蛋糕，又看到旁边架子上有书，拿了一本《现代诗》翻起来。

以前芸竹也提议过在咖啡馆里搭一壁大书架，放上畅销的诗歌散文，客人喝着咖啡看诗，多文艺。那时夏一心还说矫情，现在才知道矫情也可以这么惬意舒服。

秦烁突然打电话过来，问她在什么地方。

她说外出公干在市中心，秦烁说正巧他也在，很久没碰面了，想见见她，让她发个地址过去。

十多分钟后秦烁来了，带着一脸的笑意，夏一心问："你爸夸你了？"

"知我者，你也。"秦烁笑着说，"这段时间我天天跟在郑劲松屁股后面，学到不少东西，我知道你前段时间去美国培训了，我硬是忍着不去找你。就昨天，我爸夸我了，说我长进不少。"

夏一心从小把秦烁的脾性看透了，让他最高兴的是被老爸夸，最害怕的是被老爸骂。

秦烁现在能一心一意扑在工作上，改变得过且过的态度，她替他高兴："恭喜，要请客啰。"

"请客是当然的。"秦烁不在乎请客这种小事，笑眯眯地看着夏一心，"一心，我会为我们的将来好好努力的。"

夏一心脸一僵："等等，我的将来我自己会打算，就不劳烦你了。"

秦烁已经把要和她结婚当成口头禅，她的拒绝他也司空见惯，最后就变成一唱一和的调侃。

秦烁瞪着她："你老实交代，是不是被司昭南那厮给吃干抹净了？"

夏一心皱起眉头："你是不是想我把你削了？"

她虽然摆出一脸排斥的样子，但秦烁想起司昭南曾经信心满满的样子，不可能一点进展都没有。他把头伸过去，小声地问："不会吧，那种男人你都不动心，你不会喜欢何芸竹吧？"

夏一心伸手捏他的脸："你再乱说，我把你的嘴撕到脑袋后面去。"

她的手捏得是真疼，秦烁哼了两声，表示投降。

夏一心松开手，秦烁赶紧揉了揉脸颊，又对着玻璃照了照："被你捏得都不帅了。"

夏一心白了他一眼："我在等人，过会儿还要回公司，你赶紧去上班吧，仔细秦伯伯又骂你。"

秦烁拉起她的手："你记得等我，我肯定要把你娶回家的。"

他脸皮厚，无论说多少次，依旧我行我素。

无视秦烁的嬉皮笑脸，夏一心侧头，发现司昭南就站在玻璃墙外面，就像一棵高大的树，把她笼罩在阴影里。

司昭南的目光冷冷的，仿佛在说：现在好歹也算是上班时间，你竟然在这里和男性朋友打情骂俏。

夏一心赶紧把手抽回来，对着秦烁甩了个眼神，示意他赶紧走。

秦烁向着司昭南挥了挥手，起身走出去，又跟他打了招呼才走。

司昭南走进来问夏一心："你吃过午饭了吗？"

她点头。

"我们现在回公司。"

司昭南转身就走，夏一心赶紧去结账，然后一路小跑跟在他的身后。

晚上，她做梦了，梦到司昭南站在高高的讲台上，侃侃而谈，台下就她一个人，她的心激动澎湃，因为此时此刻，他所有的神采飞扬，只属于她一个人。

醒来后，夏一心虽然嘴上不承认，心里却装满了他。

第二天早上去公司，夏一心的办公桌上摆了两束花，江泽路过的时候看到调侃道："你可以去开花店了。"

一束是铃兰，她不用看卡片就知道是秦烁送的，他最喜欢这种贵又不切实际的东西，另一束是俗气的红玫瑰，这肯定不会是司昭南的品位，不过她心里已经隐隐猜到是谁了，打开留言卡，发现果然是华孟。

没想到这个被自己严词拒绝的男人居然把玫瑰送到了庆市。

半个小时后，夏一心接到华孟打来的电话，说他已经到庆市了，下午会来公司。

她的方案刚好写完，正好可以交给华孟。

下午，华孟如约而至，司昭南亲自接待他。在会议室里，他们一起把方案的PPT看完，夏一心详细地介绍了每一条，司昭南即兴辅助，让华孟非常满意，"畅饮"的案子算是顺利完结了。

晚上，司昭南请华孟吃饭，上一次华孟来去匆匆，这次，他一定要尽地主之谊。除了华孟随行的秘书和一个副总外，夏一心也作陪。

酒过三巡，华孟红着脸对司昭南说：“我是很喜欢这位夏小姐的，有智有谋，又漂亮可爱，很让人着迷。”

夏一心脸色一僵，没想到华孟会如此直白，竟然在司昭南面前对她表白。

她有点骑虎难下，如果当面拒绝，当着华孟下属的面，似乎让他下不了台，如果不拒绝，又担心对方会误会。

司昭南笑着说：“是啊，爱美之心人皆有之，漂亮的东西，我也喜欢。”

一句玩笑似的赞美，把华孟的话转化为一种单纯的欣赏。

华孟却认真地说：“所以司总才把人放在眼皮子底下，打算一个人独享？”

司昭南打趣道：“华总，你又在讲笑话了，一心可是地道的庆市小辣椒，她心里想什么，可不好猜！”

他的言下之意，夏一心是个有主意的人，喜不喜欢谁，任何人都左右不了。

夏一心在心里感激司昭南主动帮她解围。

华孟心里更加肯定，司昭南是喜欢她的，与这么一个强者抢人，虽然没什么胜算，却觉得刺激。华孟笑着说：“司总看人的眼光真是独特，手底下个个儿是精英，我是自叹不如了！”

“过奖过奖！”

司昭南用酒堵住了华孟的嘴。

从餐厅出来，华孟已有些微醺，秘书和副总送他回酒店，夏一心跟着司昭南去了车库。司昭南喝了酒，不能开车，把车钥匙交给了她。

她见过他应酬时喝酒，把持得很好，从来不会喝醉，今天为了让华孟少说话，他和对方喝了不少。一路上，司昭南靠在椅背上，沉默不语，空气中飘浮的酒精味儿却骗不了人。

进了别墅的车库后，夏一心把车停稳，看到司昭南仰面靠坐着，不知道他是否睡着了。她下车，走到副驾旁边，拉开车门，用手轻轻推了推他的肩头，试图把他摇醒。

司昭南迷迷糊糊地哼了一声：“到了吗？”

“嗯。”夏一心问，“你不舒服吗？我扶你进屋吧。”

司昭南笑了，声音很轻：“不用，我自己来。”

他从车子里下来，站到夏一心的身旁，她的头顶还没有他的肩头高，根本就扶不动他，刚才的笑声大概是在笑她自不量力。

司昭南说：“进去坐坐吧。”

夏一心想着进去泡杯热茶给他解解酒。

走进客厅，司昭南缓步坐到了沙发上，落座时发出沉闷的声音，酒精让他的身体有点失了平衡。

她安抚着：“你先坐会儿，我去泡茶。”

夏一心来做过两次客，司昭南泡茶招待过她，所以她知道茶叶放在什么地方，厨房里有饮水机，使用起来非常方便。

她把茶杯交到司昭南手里，又担心茶太烫，用嘴吹了吹。

司昭南半眯着眼睛，对着夏一心笑，距离很近，他的眼中有她的倒影，闪着璀璨的光。

迎着他的目光，夏一心低下头：“你在看什么呢？”

司昭南把茶杯放到一边，一双大手捧起夏一心的脸，她还在发愣，他的脸已经慢慢凑过来了，越来越近，越来越近，她闻到他身上淡淡的杜仲和酒精混合的味道。

她是很讨厌酒精味的，但不知道为什么，这股味道突然变得好闻起来，让她挪不开身，甚至微微地抬起头，想配合他亲吻的动作。

司昭南的吻来得很快，又轻又暖，四瓣柔软的唇一碰，很快又分开。

其实他心里充满了担忧，担忧夏一心会抗拒，甚至厌恶他。

亲完之后，夏一心瞪着圆溜溜的大眼睛，呆愣地蹲在那里，司昭南轻轻摩挲着她的脸："丫头，怎么了？傻了？"

她的眼睛突然明亮起来，她站起身，声音里带着惊慌："我还有事，我先回去了。司总，你喝完茶早点睡，晚安！"

说完，夏一心风一样地跑了，跑到院子发现包还在沙发上，又回来拿，然后再跑。

走在小区的碎石小道上，夏一心又羞又窘地捂着脸，她真是着了魔了，他吻下来的那一刻，自己竟然默许了。

她把手移到唇瓣上，那个吻的余温似乎还在弥漫萦绕，她的心也跟着起伏雀跃。

这个吻让夏一心一夜无眠，早上起床洗漱的时候，她看着镜子里红润的唇瓣，他吻她时的情景又浮现在脑海里。

她第一次离司昭南那么近，他的眼睛又黑又亮，眉峰锐利，更显得英气逼人。其实那一刻，她的心差点从胸口蹦出来。从今天早上开始，她要怎么面对他呢？这个吻是不是代表他们的关系近了一步？

不，她摇头，他的心就像深海，看不见底，波涛暗涌，她不敢去探寻，而且上下级的关系比较单纯，他们不能把职场关系弄得一团糟。

她揉了揉嫣红的唇瓣，可能是这两天咖啡喝多了，有点上火，一上火，她的唇瓣就会红得像擦了口红一样，芸竹还打趣过她，说她可以省了买口红的钱。

夏一心进公司的时候司昭南已经到了，他正在跟员工们打招呼，她轻步走过去，他对着她笑："一心，早。"

"司总，早上好！"她迅速逃到了办公室。

卓颖打电话给夏一心，说华孟要回滨河市去了。卓颖跟华孟在朋友聚会上认识，算是熟识的朋友，他们要一起吃个饭，一男一女总不大方便，想邀夏一心一起，有个伴，桌面上不至于太尴尬。华孟是夏一心的客户，大家聊起来也不会有生疏感。

卓颖请客的地方叫"梅子庄"，在市郊，依山傍水，是个很雅致的地方。夏一心是地道的庆市人，竟然不知道市郊有这么一个世外桃源，看来她整天泡在工作中，忘了纵情山水的乐趣。

花园里的梅子树都是精心栽培的，正是结果的季节，树上挂满了青色的果实。大锅煮的羊肉汤，闻着就跟别的地方不一样，汤汁清淡，里面放有红枣枸杞之类的配料，说是最适合女孩子吃，有美容养颜的功效。

梅子庄里最有名的还是梅子酒，老板说，羊肉要配梅子酒，才能品出鲜香的味道。

从繁忙的工作中抽身出来，享受乡野的宁静悠闲，的确是一种让人身心舒畅的享受。

羊肉很美味，吃下去身体变得很暖和，正好抵御初秋的寒气。夏一心好久都没有吃过这么舒服的一餐饭了。

卓颖和华孟很聊得来，所以夏一心不用费心应酬，只管招呼桌上的好酒好菜。卓颖和华孟都是能喝的人，所以她不得不跟着干杯。

酒过三巡，夏一心感觉到微醺，梅子酒味道很甜，香味盖住了酒味儿，没想到后劲很大。离开梅子庄的时候，她脚步有些摇晃，华孟和卓颖都喝了酒，不能开车，只得叫出租车送他们回去。

卓颖对华孟说："不用麻烦，我还有其他的事，暂时不回公寓。"

她见夏一心眼神蒙眬，问："你还好吧？"

夏一心说："我有点头晕，借着酒劲，正好回去睡觉。"

卓颖不放心，对华孟说："那我就把一心交给你了，你一定要负责把她送回去。"

夏一心摇头："不用客气，我搭车回去，很方便的。"

卓颖说："一定要送的，这是绅士该有的礼貌。"

卓颖搭车走了，华孟殷勤地要送夏一心："我先送你回家，然后再回酒店。"

坐在出租车的后排座上，夏一心觉得闷，让司机打开车窗，秋夜的冷风吹进来，让她感到醉酒后的眩晕与头疼，在车子的轻晃下，她很快就睡着了。

不知道过了多久，听到华孟在叫她，她很想睁开眼睛，但头太疼，她只能迷迷糊糊地答应着："怎么了？"

华孟问："一心，你不舒服？"

"头有点疼。"

"你家住哪里？"

她感觉大脑在酒精的作用下根本不听使唤，哼着："对不起，我失态了。"

"没关系。"

夏一心感到身体轻飘飘的，有种飘浮起来的失重感。华孟将她搂进怀里，她已经没有力气再拒绝，头一斜，呢喃着："谢谢。"

等到醉酒醒来，夏一心发现自己在一个酒店的房间里，她起身看了下时间，不到凌晨四点钟，手机上有华孟发来的信息，她才知道是华孟把她送来的。华孟是一位君子，看她醉酒严重，把她安置好就走了。此时她拿好随身物品准备回家洗漱休息。

醉酒之后夏一心只感觉到头重脚轻，深秋的夜很冷，她打了一辆车，上了车坐在车里瑟瑟发抖。

司机问："小姐，很冷吗？"

尽管车里面已经开了暖气，但她依旧感觉很冷，不知道是不是感冒了。

夏一心在小区门口下了车，拖着疲倦的步子往里走，远远看到一个高大的身影在她公寓楼的门口徘徊。这么高的个头儿在小区里并不常见，她马上想到是司昭南，只是疑惑，大半夜的，他在她楼下做什么？

快走近的时候，对方也看到了她，快步上来，语气里带着责备："这么晚了，你到哪里去了，电话也不接？"

"我跟客户吃饭。"

“有吃这么晚的吗？你知不知道现在几点了？”他的话里透着不相信。

夏一心从包里拿出手机看了看，已经快凌晨四点了，还有他打的十几通未接电话。

闻到她身上浓浓的酒味儿，司昭南问：“你喝多了？”

看她眼神呆滞，就知道她酒劲还没散，于是他又追问：“你跟谁喝酒去了？”

本来醉酒头痛得难受，又折腾了大半夜，夏一心感觉精疲力竭，只想回去好好休息，现在又被他拦在这里吹冷风，她心里火大，借着酒劲说：“关你什么事，大半夜的在楼下鬼鬼祟祟的。”

“你……”他的眉头皱成一个“川”字。

她暗忖，不会是因为那个误会之吻，他就以她男朋友的身份自居，开始管理她的生活吧？

“我要回去睡觉了，明天早上还要上班。”夏一心绕过他，自顾自地走了。

回到家，她拿了床被子，倒在沙发上就睡了。

不知道睡了多久，被门铃声叫醒，她像游魂一样从沙发上爬起来，飘到大门口，透过猫眼看到司昭南。

“我来叫你起床。”司昭南晃了晃手里的袋子，“顺便给你带早餐。”

夏一心打开门，眼睛眯成一条缝，跟粘了胶水似的分不开。

司昭南说：“今天不要去上班了，在家好好休息，我给你批假。”

夏一心虽然脸上带着倦容，但脑袋清醒了很多，她想起昨天晚上，他在打不通她电话的情况下，跑到楼下来等她，现在又给她买来早餐，心里生出愧疚感，于是向他道歉：“昨天晚上是我语气不好，对不起。”

说完，她接过司昭南手里的袋子，走进厨房，用碗把糕点牛奶装起来，刚好两人份的，端到餐桌上，邀请他一起用。

他们坐下后，司昭南说："虽然跟客户应酬是必不可少的，但也要把握好度，知人知面不知心，虽然不能随意揣测别人的动机，但也要保护好自己。"

夏一心点点头，像个听话的孩子："我知道了。"

看到她温顺的样子，司昭南放心了很多，伸手去握她的手，刚碰到，她就往后一缩，避开了。

她心里还在别扭。

他问："你很怕我吗？"

她是害怕，尽管他璀璨耀眼，是个完美情人，但他的行事并没有外表那么光明磊落，就像一本深奥难懂的书，但爱情不是探险，也不是破解谜题，而应该是一条清澈的小河，彼此透明没有秘密。

夏一心说："你越靠近，我越心乱，不知道要怎么去面对你的喜欢。"

她对待情感时就像根弹簧，逼得越近，她就会把对方弹得越远。

司昭南说："我不需要你承诺什么，我们之间就用你觉得舒服的方式相处，至于其他的，顺其自然吧。"

听到他这么说，她如释重负，轻轻地说："谢谢。"

Chapter 17

我 的 倾 城 谋 划 师

每天睡觉之前，夏一心都会登录行业论坛，上面时常会有一些业内人士发表工作中所遇到的问题，大家还会讨论解决方案，通报一些行业消息。当然也不乏吐槽抱怨的，还有欢喜分享的。

有疑问的时候，夏一心也会发一两个帖子，请别人给出意见。

进入论坛后，她看到第一个帖子中有一行醒目的大字：行业潜规则。

她偶尔也会八卦一下，好奇地点开，帖子上说有一个咨询顾问，为了得到客户的好评，跟客户进行了桃色交易，去酒店开了房。

下面回帖的人不少，有好几页。

这也不是什么新鲜事，任何行业都存在竞争，一些面容姣好的同行，遇到色心重的客人，就容易一拍即合，走捷径。

但她坚持，靠色相竞争的人，走不远，只有真本事才能让人立足于行业之巅。

往下翻了翻，都是几天前的帖子，没有新的，也就没多大兴趣，于是她关上电脑，上床睡觉。

夏一心休息了一天，精神完全恢复了，早上喝了一杯牛奶补充能量，挤地铁的时候又出了一身汗，走到公司，反而神清气爽。

跟往常一样，她和同事打过招呼，然后走进自己的小隔间，过了一会儿，郝丽走进来："一心，你看了论坛上的帖子没有？"

夏一心见郝丽一副神神秘秘的样子，似乎发生了什么大事，问："怎么了？"

"你进我们的行业论坛，第一个。"

夏一心打开论坛，点进去，第一条是她昨天晚上看到的"潜规则"。

郝丽催得紧："赶紧往后翻翻。"

看到对方焦急的样子，夏一心不禁问："这个人不会是我们公司的吧？"

发帖人在帖子最前面用了一大段话来描述这件事，回帖到了第六页，发帖人贴出了两张照片，一个男人扶着一个女人走在一家酒店的外面，看四周的环境，应该是一家酒店的走廊。

夏一心隐隐觉得男人和女人有些面熟。

郝丽问："你真的看不出来是谁？"

夏一心盯着照片仔细看了看，照片并不是很清晰，像是录像的截图，似乎还刻意模糊处理过，不想让人一眼看清楚。

在郝丽的催促下，夏一心又往后翻，第十页，有人留言，说这男的像是前两天来公司的客户华某，女的像九戥的夏某。

后面不停地有人跟帖说越看越像。那些讽刺的留言看了让人脸红。

难怪她觉得照片上的人面熟，虽然看不清男子的长相，但浅蓝色的衬衣，左手臂的位置还有徽章形状的装饰。她记得前天晚上跟华孟吃饭的时候，他就穿着这件衣服，而照片上的场景，应该是她醉酒后，华孟送她去酒店时被人录下来的。

夏一心一拍桌子，愤怒地说：“这简直就是污蔑！”

她立即给网站的管理员发了信息，仅凭两张照片就说是行业潜规则，完全是对别人的人身攻击，管理员知道事情的严重性，很快就把帖子给删了。

司昭南打电话把她叫去办公室，虽然帖子已经删了，他却把图片内容截屏了下来，问：“这就是为什么你凌晨四点才回家的原因吧。”

夏一心瞪着他：“你相信我和华孟上床了，是吗？！”

司昭南双手手掌向下比画了一下，示意她平复心情，他接着走到玻璃隔墙边，拉上百叶窗帘。玻璃外的一角，几个女同事围在那里，假装聊天，却不时向里面窥探，以为他就潜规则的事在处理夏一心。

外面的视线被全部遮挡后，司昭南走到夏一心面前，双手轻轻揽住她的肩头：“我相信你不是那种人，我担心的是华孟！”

司昭南看到这个帖子的时候，心里很后悔，几天前他不该在华孟面前逞能。他跟华孟接触过几次，对方的性格他已经摸透，倔强不肯认输。

华孟对夏一心上了心，他却毫不避讳地对她好，高调地表示志在必得，这必定激起了华孟的好胜心。照片上的夏一心明显是喝醉了，司昭南担心她在无意识的情况下，受到了华孟的侵犯。

华孟的好胜心夏一心也看出来了，只是没想到一心求胜的男人有多可怕。她努力回想那天在酒店床上醒过来的情景。

她说：“我醒来的时候华孟没有在房间里，我拿着包就走了，而且我身上的衣服穿着完整，不像发生过什么的样子，而且……”

而且她身体也没有感觉到任何变化。

司昭南见她没说话，很是担心，追问着：“而且什么？”

他问得急，她羞于出口，于是没好气地说：“没有，我和他什么都没有发生！”

说完，她气呼呼地离开了办公室。

夏一心走出办公室，门口围着的几个同事一看到她出来，立刻就散了。

回到办公桌前，她想了想，决定给华孟打通电话，希望对方能出面澄清这件事。华孟爱惜自己的羽毛，会很在意流言蜚语，只要他能出面澄清，就能还彼此一个清白。

她拨通华孟的电话，把事情经过说了一遍，华孟表现得很平静，笑着说："夏小姐那么精明能干，没想到会怕这些流言蜚语，嘴都长在别人的身上，清者自清，我和夏小姐都是光明磊落的人，我们身边的朋友自然是明白的，何必去在意那些居心叵测的人。"

夏一心挂断电话，仔细想想，华孟的观点也对，不相信你的人，始终不会相信，即使大费周章地去解释，他们也未必愿意相信。

过了一会儿，顾从诚来了，他是听到大家议论才知道的，问夏一心："他是不是占你便宜了？"

夏一心很苦恼："没有，真的没有，只是一个误会。"

顾从诚替她愤愤不平："我看他就没安什么好心，知道你喝醉了，还把你带去酒店，简直就是居心叵测。"

她不想再听关于这件事的任何谈论，拿起包："从诚哥，我现在要去调查公司拿资料，先走了。"

夏一心像风一样冲出公司，就像迅速逃离压抑窒息的牢笼一样，清者自清，简单又傲气的字眼，她一直努力地不想被别人看成花瓶，但日积月累的辛苦却比不上一句谣言，她的心是失落的。

失落的夏一心径直去了咖啡厅，她现在需要一个安静的地方来平复烦乱的心情。

芸竹趴在吧台上："哟，今天什么风把你吹来了？"

夏一心垂头丧气："东南风。"

她上楼，去了包间，芸竹跟着走进去："到底出什么事了，你的样子看起来很有事。"

夏一心把帖子的事说了。

芸竹气得拍桌子："谁这么缺德，不分青红皂白就在论坛里散布谣言！"

夏一心支着头："庆市大大小小的咨询公司有上百家，从业人员几千人，其中很多都相互认识，可能是华孟送我去酒店的时候正巧被某个熟人看到了。"

"那更得找出这个行业败类！"

"哪有那么容易，他既然敢发帖子，肯定是想好对策的，不会那么容易被找到。"夏一心安慰芸竹道，"现在很多人都喜欢这种情色八卦，热度一过，大家也就会忘了。"

接下来的几天，夏一心都小心翼翼地不去触碰这个话题，尽管如此，她还是感觉到同事们刻意疏远她，倒是平时八卦又刻薄的郝丽对她一如往常。

她在九聚的两个项目都是跟郝丽共事的，夏一心的品行，郝丽了解，自然不会去相信这些子虚乌有的东西。

中午，郝丽约她去外面吃午餐，庆市马上就要进入阴雨绵绵的初冬，晴天就变得珍贵起来。

隔壁桌公司几个女同事明目张胆地聊着："她的心还真大，都被人曝光了，还能心安理得地来上班。"

有人意味深长地附和着："别这么说，每个人都有各自特别的长处！"

"我听说她一进公司就分到司总的项目组，完了又独立做项目，这上升速度，不会是跟司总有一腿吧？"

"如果是司总，我也愿意跟他有一腿。"

"你呀，首先得长得美！"

"我想得美不行吗！"

几个人有说有笑地聊着，完全就是故意说给夏一心听的。

郝丽侧头瞟了一眼，说："别理她们，新来的实习生，这种人是不可能留下来的。"

下班后，夏一心走出办公大楼，一眼就看到华孟站在路边向她招手。

她快步过去，诧异地问："华总，你怎么来了？"

"来得早不如来得巧。"华孟的双手插在裤袋里，说，"我是专门来找你的。"

"我？"夏一心问，"是项目上出了什么问题吗？"

华孟说："前两天你给我打电话说的事，我想了想，觉得让谣言不攻自破的办法就是我们交往，恋人一起出现在酒店，是很正常的事。"

夏一心挤出笑容："华总，你在开玩笑吗？"

华孟严肃地说："夏小姐，像我这样的人能说这样的话，很不容易，我也是想让夏小姐看到我的真心。"

"华总，你怎么来了？"

两人正僵持着，身后传来司昭南的声音，夏一心暗忖，她的救星来了。

司昭南走过来打招呼："华总，到庆市来谈生意？"

还没等华孟回答，夏一心赶紧对司昭南说："司总，我等你半天了，不是说要一起去见融秀的何总吗！"

司昭南是聪明人，自然明白她的意思，反应很快："是啊，走吧，快迟到了。"

他指了指停车的位置，示意夏一心跟他走，然后对华孟说："华总，有空的时候一起吃饭。"

华孟点点头，苦笑了一下："司总，改天见！"

上了司昭南的车，夏一心靠在椅背上，红了眼睛。

司昭南说："有什么需要我帮忙的就说出来，硬撑是撑不住的。"

夏一心吸了吸鼻子："感觉最近的自己像一个刺猬，对周围的一切都充满了防备，说什么谣言止于智者，我却连自己这关都过不了。”

她在工作中再出色，到底只是个二十多岁的小姑娘，对于外界的一些恶意，不知道该怎么处理。

司昭南问：“需要我帮忙吗？”

他的工作能力无可挑剔，但她相信人不是万能的，尤其是面对悠悠众口，她问：“你打算怎么帮我？”

“你只要说愿意，或者不愿意。”他卖着关子。

夏一心心里不痛快，司昭南这是在逼着自己求他。

他赶紧解释：“你是个很独立的人，又好强，但凡自己能做的事，从来不去麻烦别人，在工作上，我希望如此，但在生活里，我希望你学会麻烦我，对我有要求，希望我这么做，能让你开心。”

爱情，就是相互关照着走过一生，她的心软了。

司昭南轻轻握了一下她的手：“走，我带你去吃好吃的。”

夏一心接到消息，华孟被人袭击了，住进了医院。

她赶到医院的病房，华孟正躺在病床上，头上缠了纱布。看到她，华孟没好气地瞟了她一眼，一言不发。

她从警察那里知道，华孟被人从后面击中了头部，伤口缝了十二针，因为是在毫无察觉的情况下被人击中的，他并没有看清罪犯的样子。

夏一心安抚着：“华总，你别担心，警察一定会找到凶手的。”

华孟脸色铁青地说：“我觉得夏小姐应该很清楚凶手的身份才是。”

华孟在庆市几乎没有关系网，更谈不上与人有过节，与他有频繁接触的，就只有九畟的这几个熟人。

夏一心心里一惊，难道是司昭南？

司昭南气不过华孟在她醉酒的情况下带她去开了房，又在事后不顾流言蜚语追求自己？但仔细想想，他虽然会玩“阴招”，但也不至于会对人下手，触犯法律。

护士进来说到了打针的时间，华孟有看护照顾着，夏一心帮不上什么忙，只能退了出去。

司昭南晚一步赶过来，见夏一心站在病房门口，问：“华总怎么样了？”

夏一心说：“伤得不重，但是很生气。”

接着她又试探地说：“他怀疑是你干的。”

这是华孟的疑惑，也是她的疑惑。

司昭南听得出她的不信任，于是问：“华孟是什么时候遇袭的？”

夏一心从警察那里知道，大概是昨天晚上九点，那时她跟司昭南正一起吃饭，虽然没记时间，估摸着应该超过九点了，因为上楼的时候，同坐电梯的人正在用手机收听广播电台十点档的节目。

她意识到自己错怪司昭南了，说：“对不起。”

司昭南叹气：“最近你好像总是在跟我道歉，看来我的形象在你心里真的蛮恶劣的。”

“不是。”夏一心赶紧解释。

司昭南说：“我进去跟他谈谈。”

夏一心赶紧阻止：“他现在正在气头上，还是等他消消气再聊吧。”

司昭南却不以为然，在气头上最好聊，把气都出完，心里就舒坦了。

他进去前对夏一心说：“你先回去吧，晚点我打电话给你。”

司昭南进去的时候，护士刚给华孟打完消炎针。华孟看到他，顿时脸色铁青。

司昭南说：“华孟，我们谈谈吧。”

华孟没说话，司昭南继续说：“我只有几句话，说完就走。发生这样的事，是谁都不愿意看到的，但我不得不为一心说句话，她一个女孩子，想在男人堆里立足，名声是很重要的。在我看来，如果真心喜欢一个人，就得学会保护她、照顾她，而不是带给她流言蜚语。如果一段感情需要通过施压来维持，你不觉得很可悲吗？”

司昭南的意思简明扼要，需要对方自己去体会。

庆市市中心的格调咖啡厅。

司昭南走进去，左右环顾，很快就找到等候在那里的卓颖。

卓颖靠窗坐着，头侧向窗外，穿着职业装，一头栗色的波浪大鬈发披在身后，一看就是个知性又妩媚的女人。

卓颖看到他，浅浅地笑着，示意他过去。

司昭南在卓颖的对面坐下后，她问：“怎么想着约我喝咖啡？”她又感叹，“你好像很久都没有单独约我去工作以外的场所了。”

服务员递上酒水单，司昭南没接，只说：“给我一杯冰水，谢谢。”

他不绕弯子，直说：“我为你保留九戥百分之十的股权收益，你去刘总的天胜集团当总经理吧。”

卓颖愣了一下：“南，你在说什么？我不明白你的意思。”

司昭南说：“天胜的刘总已经跟我谈过了，说你在他面前表示过对总经理这个职位感兴趣。其实我也觉得，这个职位很适合你。”

卓颖冷笑：“原来是你在赶我走。”

司昭南在她面前素来直白，不需要任何隐藏：“颖，华孟跟夏一心的视频照片是你发布在网上的吧。”

多年来的商场沉浮让卓颖遇事时异常冷静，她耸耸肩：“为什么要这样说？”

司昭南说：“颖，你的那点技术还是我教的，你瞒得过别人，瞒不了我，我现在是在给你台阶下。”

他那双深邃的眼睛锐利得像一把刀，卓颖只感觉毛骨悚然，她的脸色突然变得惨白起来："南，这样做值得吗？为了她，让我走。"

"这不是值不值得的事，是原则问题。你知道的，我最恨窝里斗，而且你也已经找好了退路，我认真想过，或许这是我们友谊最好的结局。"他声音柔和，却带着不可逆转的威胁。

卓颖红了眼眶："你怎么可以这样对我！"

"作为朋友，我可以照顾你、包容你，但你触碰到我的底线，就不行！"

她不愿意相信："我陪着你创业，一心一意地守在你身边十年，而你认识夏一心不过一年，就这么笃定她会一心一意地爱你，陪你走到最后？"

算她自己活该吧。卓颖一直幻想着有一天，忙碌的他终究需要一个避风的港湾，而她就陪在他的身边，他感激她的坚守，两个人就顺其自然地在一起。这么多年了，他遇到过很多漂亮又优秀的女人都熟视无睹，她也想不明白，他是怎么着了夏一心的魔。

"我不需要去肯定。"司昭南说，"我从不去思考未来，我只会专注于现在，我会用自己的方式去爱一个人，不论是否有回报。"

其实这些话，卓颖也不是没听过，她一问再问，不过是在自欺欺人。

卓颖没有说话，默默地看着他转身离去，强忍着快要流出的眼泪。从来没想到会有分离的那一天，她轻轻呢喃着："再见，我爱的人！"

郝丽给夏一心打电话，急切地说："快去论坛看看，那个发帖子的人给你道歉了。"

夏一心刚刚洗漱完准备睡觉，听郝丽这么一说，赶紧打开电脑，论坛第一页醒目的位置，写着"致歉信"三个字。

夏一心点开帖子之后看到，发帖的人表明之前所谓的潜规则照片是自己去酒店拜访朋友时无意拍到的，出于同行之间的嫉妒心，就放到论坛里，捏造事实，给对方带来不小的困扰。后来知道了事情的严重性，甚至涉及违反法律，现在对事情进行澄清，说那天看到华某送酒醉的夏某去到酒店后，华某很快就出来了，从时间上推断，两人并没有任何逾矩之事。

不少人在后面回复道，发帖的人肯定是被别人找上门了，只得出面道歉，这种居心叵测的人，就应该离开行业，彻底杜绝恶性竞争的发生。

自己的清白得到了澄清，夏一心的心情顿时轻松了很多，她想到前两天司昭南承诺要帮她，难道他去找了发帖人，要求对方出面为自己证明清白？

她明天一定要去问问。

中午吃饭的时候，一向不喜欢八卦的江泽突然神神秘秘地对夏一心和郝丽说："告诉你俩一个内部消息，司总把卓经理给开了！"

夏一心觉得这消息就跟天方夜谭一样，卓颖算是公司的元老，创办人之一，论能力和资质，公司没几个人比得上，而且卓颖在公司很得人心，要再找一个卓颖这样的全才，怕是很难了吧。

目前公司处于发展阶段，正是需要人才的时候，前两天人事还在抱怨说合适的人才不好招，在这个关键时刻，怎么可能让卓颖离开？

郝丽问："什么原因？"

江泽说："好像是上次卓胜的刘总来公司的时候，闲聊当中，说卓经理曾经提过，想到卓胜去当CEO。卓胜这两年发展势头正好，年初在美国上市了，正需要一个能跟国际接轨的文武全才。其实我觉得去当卓胜的CEO也不错，那么大的企业，手下有上万的员工，一人之下，万人之上。而且我听说除了丰厚的年薪，卓经理还能拿到卓胜的股份，这么诱人，换作是我，肯定也得心动。"

郝丽白了江泽一眼："这话让司总听到，当心你也得走人。"

夏一心好奇地问："司总有这么不近人情吗？卓经理只是有这种想法，他就让她走人？"

江泽解释说："你还不太了解司总，他对工作上的事认真得有点变态，尤其注重员工的态度。刚进公司的时候，司总给大家讲了九罭的价值观，作为公司的一员，你就必须遵守公司的原则，一旦违反，必须走人，这也是我在这个行业里恪守的准则。当你脑海里产生离开九罭的想法时，你就不再是一个合格的九罭人。"

郝丽也不太相信卓颖会离开，卓颖毕竟不同于普通的合伙人，她所占的公司股份是其他合伙人所不能比的，司总再笨，也不会愿意失去这个强有力的支持者。

江泽说："走着瞧吧，是真是假，很快就有分晓了。"

结果在第二天上午的例会上，司昭南就公布了这件事，卓颖离职，由顾从诫接替她的位子，成为公司的新合伙人。

自从夏一心进公司以来，卓颖就像一个大姐姐一样对她关怀备至，现在卓颖要离开了，她心里自然舍不得。而且卓胜的总部从庆市搬去了京市，以后要见面就没那么方便了，于是她给卓颖打电话，约对方吃饭，感谢她近一年来的照顾。

卓颖很爽快就答应了，说这两天忙着收拾东西，谁的邀约都没有答应，唯独想见见她。

夏一心约了卓颖吃火锅，她虽然知道卓颖不怎么吃辣，但庆市的火锅香辣爽口，会让人终生难忘。

见到卓颖，夏一心看到对方眼里的依依不舍，于是抱怨着："司总也太不近人情了，像你这样优秀的人离开，他准得后悔。"

卓颖苦笑着："傻丫头，天下没有不散的宴席。虽然我的离开，会让一些同事对司总的管理能力产生怀疑，我却觉得他一点都没有做错，在我主动提出想担任卓胜的CEO的时候，我对咨询工作的坚持已经动摇了，带着私人情感，这样的咨询顾问是不合格的。”

卓颖的豁达和释然让夏一心敬佩，夏一心想，或许很多年以后，她才能像卓颖和司昭南那样，把对事业的执着和热情融入生命里，面对人生的曲折与失败，能够做到“行到水穷处，坐看云起时”。

夏一心一直称卓颖为卓经理，问道：“我以后能叫你卓姐姐吗？”

卓颖点头：“我很愿意。”

“那以后我在工作上有不明白的事，肯定会骚扰你，你可千万别嫌烦。”

卓颖笑着：“欢迎随时来骚扰我。”

然后她顿了一下，突然问道：“你喜欢司昭南吗？”

夏一心知道卓颖心里爱着司昭南，聊这样的话题太突兀，也太不合适。

卓颖却强调：“我很想知道，我希望你能真实地面对你的心，告诉我实话。”

夏一心下意识地将手放在胸口，她能感觉到想起他时，心脏加速跳动，猜测他的心思时，莫名烦躁，梦境里看到他移情别恋时，心情也会低落。

她说：“我喜欢他，心里很喜欢很喜欢他。”

卓颖问：“你会爱他一辈子吗？”

未来的事谁又能预测呢？夏一心说：“我不知道，只是现在很喜欢很喜欢他，但有时候，我又很害怕。”

卓颖追问：“你害怕什么？”

“害怕爱人的心捉摸不定，有时候人太聪明、太睿智反而让人害怕，但那也恰恰是他的魅力所在。”

卓颖笑了笑，没再说什么，夹着菜在火红色的汤锅里涮了涮。她是不吃火锅的，来庆市这么久，司昭南也劝过她，让她试试，但她一直连试都不愿意，有一点偏执，认为自己坚持的东西，才是最好的。现在尝尝这个味道，果然不错，她觉得因为自己的执着错过了很多不错的风景。

卓颖说：“如果是自己喜欢的，哪怕带着畏惧，也请去尝试一下，不走出第一步，怎么知道下一步的风景如何？”

夏一心开始的起点，是她永远到达不了的终点，只是这句话哽在喉咙里，卓颖没有说出来。